LETTRES ROUMAINES
série dirigée par Irina Mavrodin

LES FENÊTRES MURÉES

Ouvrage publié avec le concours de l'Office régional
de la Culture Provence-Alpes-Côte d'Azur

Titre original :
Ferestrele zidite

Editeur original :
Editura Cartea Româneascà
Bucarest, 1993

ISBN 2-7427-0642-9

Illustration de couverture :
Bruegel le Vieux, *La Tour de Babel* (détail)
Musée de Boymans-Van Beuningen, Rotterdam

ALEXANDRE VONA

LES FENÊTRES MURÉES

roman traduit du roumain
par Alain Paruit

ACTES
HUBERT NYSSEN EDITEUR
SUD

pour Mira

I

J'étais triste, mais pas comme tous les jours, pour être plus précis comme chaque matin, quand j'ai tant de mal à me détacher des êtres fragiles et soumis avec lesquels je passe mes nuits, à quitter le monde d'avant, ce monde où le moindre détail modifie tout. Un sourire infime sur le visage d'une jeune fille (rien que le bord légèrement relevé de la lèvre humide) signifie que quelque part, derrière moi, une fenêtre s'est ouverte, on sent l'ombre des nuages blancs, le vent divague dans les branches effilées des peupliers. Il y a aussi, certes, la paresse du sang qui doit reprendre après les vacances de la nuit son rôle subalterne de messager aveugle de la vie.

Cette tristesse, dont les enfants témoignent quand ils se réveillent en pleurant, se retire ensuite lentement, pareille aux eaux du reflux ; seules restent parfois sur la grève du corps, comme dans certains trous, des flaques de fluide amer. Je connais ainsi les jours où mon cerveau ne supporte pas le bruit, où je ferme les volets et passe mon temps à l'abri des murs. Les jours où les mains ne peuvent rien faire, où jusque tard dans la nuit, lorsqu'elles s'endorment exténuées à mes côtés, je les sens trembler, en proie à une angoisse inexplicable.

D'autres jours, cette tristesse m'abandonne si vite que la femme de ménage qui m'apporte le lait ne la trouve plus dans ma chambre. Elle ne se rend pas compte que c'est la raison pour laquelle elle éprouve le besoin de me parler du temps qu'il fait ou de m'expliquer le pourquoi d'un tapage nocturne au bistrot du coin ; mais moi, je sais : ses paroles m'annoncent que, chose inhabituelle, ma tristesse, qui agit secrètement sur elle aussi, s'est évanouie, et je lui souris, reconnaissant pour cette bonne nouvelle.

A vrai dire, la plupart des regards ont la faculté de me refléter, de révéler les traces de la nuit, le niveau de la tristesse… encore présente. Lorsque la caissière du restaurant, dans l'autre ville, m'a retenu pour me parler d'une épidémie que les autorités cachaient, j'ai su que j'avais à nouveau les yeux troubles, qu'en songe j'étais allé dans des endroits dont je ne m'étais pas encore débarrassé et qui s'accrochaient à moi comme le hâle à la peau des gens rentrant des colonies.

Je décide quelquefois de chasser la tristesse si elle s'attarde trop ; d'autres fois, elle ne me gêne en rien, j'accepte de passer ma journée avec elle. Alors, avec des gestes qui provoqueraient l'étonnement de mes rares connaissances, habituées à mon indolente maladresse (Kati m'aide à enfiler mon pardessus, non par jeu ou pour me faire rougir, mais parce que je suis d'une lenteur qui l'irrite), je m'habille en trois minutes et je descends dans la rue.

Je suis arrivé à la conclusion que ma tristesse est d'un caractère faible, elle ressemble à ces héros qui, après avoir noté dans leur journal des résolutions grandioses, s'empêtrent dans les riens du quotidien et épuisent leur élan dans des gestes sans importance. Ma tristesse supporte mal l'imprévu que représentent chaque passant, les images insolites, les couleurs criardes, le bruit. Je trouve tout cela dans la rue et, parfois au bout d'une heure seulement, je peux rentrer apaisé à la maison.

Cette tristesse obéissante, avec laquelle je joue comme un père avec son enfant, plus audacieux au fur et à mesure qu'on s'occupe de lui mais qu'on sait pouvoir soumettre d'un regard et renvoyer dans sa chambre, cette tristesse me réserve pourtant certaines surprises.

Elle apparaît soudain sur mon chemin en y plaçant à dessein un objet, généralement laid ou inamical : une fenêtre trop haute, au châssis écaillé et aux vitres opaques, une page de journal mal imprimée dont les lettres me donnent le tournis dès que je commence à la lire ; elle tente de me reconquérir, de m'obliger à retourner dans ma chambre, vers les ombres et les vagues contours flottant derrière les paupières closes. Mais, avec le temps, j'ai appris à percer son jeu et j'ai aussi trouvé le moyen de la repousser. Je me dis à voix haute : "Ces fenêtres sales ne cachent certainement rien d'intéressant" ; ou encore : "C'est probablement un article sur la nomination d'un nouveau ministre ou quelque chose de ce genre." J'ai un sourire méprisant, je l'imagine parfaitement, bien que je ne fasse jamais de grimaces devant la glace, et j'aborde résolument autre chose, en ignorant la tristesse dès lors évanescente.

C'est plus difficile quand elle se tapit dans un geste ou dans un passant, échappant ainsi à mes possibilités d'investigation. Je me répétais en vain : "Ce n'est qu'un malheureux vieillard à moitié fou." Le petit bonhomme qui portait sous son pardessus en guenilles une veste de velours orange bouleversa tout mon après-midi.

En fait, je sais qu'il est inexact de l'appeler tristesse, c'est plutôt une sorte de pas en arrière, dans une ombre où tout se mélange, des images peu précises, des souvenirs, quelquefois de vagues désirs. (Si ces "désirs", bien entendu irréalisables, étaient moins flous, le mot serait mieux approprié. Là, je l'emploie faute d'en trouver un plus juste.)

Un vieillard en veste orange qui ne vous quitte pas tout un après-midi, ou une main gantée tirant lentement la portière d'une voiture avant de disparaître brusquement et dont vous ne pouvez plus vous détacher, jusqu'au moment où, de façon non moins imprévisible, l'un et l'autre retrouvent leurs proportions ordinaires, ce ne sont tout de même pas choses commodes.

J'essaie parfois de les repasser à quelqu'un, mine de rien. Je parlais à une connaissance de la manière étrange dont une jeune femme avait répondu, de sa fenêtre, au salut lancé depuis la rue par un homme, sans doute son mari. Elle avait plaqué un instant sa main sur son front, comme si elle s'inquiétait de sa température, puis l'avait retirée, l'air confuse, semblant penser qu'une fois éliminée la possibilité d'une hallucination, plus rien n'était explicable. Il y a des gestes après lesquels quelque chose doit arriver – ils ne peuvent pas se perdre dans le vide. Jetez une pierre dans un puits : il s'ensuivra nécessairement une attente et, aussi tardivement que ce soit, viendra la réponse lointaine de l'eau. Je ne trouvais pas les mots pour reproduire ce que j'avais ressenti. "Mais qui étaient-ce ? Je les connais peut-être aussi", me demanda mon interlocuteur. "Allons donc ! Je ne les connais pas non plus, comment les connaîtrais-je ?" "Alors, elle rime à quoi, votre histoire ? Je croyais que vous faisiez allusion à certains détails de leur vie, mais comme ça !..." J'eus droit à un regard soupçonneux.

On trouve difficilement quelqu'un qui soit disposé à prendre en charge de telles histoires. Pourtant, ce fardeau qui m'encombre tellement, un sauveur pourrait le jeter sans le sentir sur ses épaules (pas plus puissantes que les miennes) : la transmission le pulvérise.

Ensuite, gêné, je regarde le visage de celui qui m'a écouté sans réagir. Sur le mien il y a alors un sourire incertain qui dit : "Ne pensez pas que ceci soit dépourvu d'importance mais, surtout, si cette importance vous a échappé, sachez que je ne vous crois pas dépourvu de subtilité. Ne vous vexez pas, ne m'en veuillez pas."

Je fais toujours plus attention à mon expression qu'à celle de mon interlocuteur et pourtant je ne pourrai jamais en savoir plus que ce qui se reflète d'elle dans les yeux de l'autre. Le peu que j'arrive à connaître de cet extérieur impossible à surprendre, ce sont quelques bribes, résultat d'une convention existant depuis je ne sais quand, plutôt qu'une véritable image. (Ainsi, quand je rentre le soir dans l'obscurité de ma chambre, je reconnais la chaise grâce à l'endroit où elle se trouve, mais je ne la reconnaîtrais pas dans une autre pièce également plongée dans les ténèbres, puisqu'en réalité je n'y vois rien.)

Ces images, généralement sans intérêt, sur lesquelles la tristesse dirige une partie de son pouvoir de séduction, peuvent me tenir compagnie jusqu'à une heure tardive. Dans ces cas, lorsque je me mets au lit, vaincu, le plafond s'assombrit de plus en plus, puis s'élève lentement, s'éclaire à nouveau et enfin, subitement, l'obscurité disparaît. J'ai l'impression d'être sous un ciel serein. C'est le signe de la libération. Je suis certain que, dans les heures qui suivent, les pompiers pourraient monter, sans que je les entende, le vieil escalier aux marches grinçantes. (Mais je me trompe sans doute : pareille aventure ne peut arriver que pendant un silence absolu.) Je ne m'abîme pas dans une rêverie enfantine, simple prolongement d'une terne réalité bridée par la pauvreté du hasard. Je suis plutôt semblable à un amateur de gravures qui, voulant comprendre l'émoi suscité en lui par la vue de l'une d'elles, en cherche d'autres, apparentées par la qualité de la réaction qu'elles provoquent, s'entoure de celles qui engendrent des émotions similaires et établit entre elles des liens de plus en plus audacieux, auxquels cèdent tour à tour l'anecdote, le détail, tout ce qui est exprimable. Ces associations qui ne réclament aucun effort, comme dans l'air raréfié du rêve, où les distances ne comptent pas, donnent raison aux rapprochements les plus étranges.

Lorsque personne ne fit plus tinter ses couverts, je lançai autour de moi un regard circulaire. Messieurs et dames se succédaient régulièrement, tels les pleins et les vides d'un peigne. Tous tenaient les mains – qui font tant d'efforts pour passer inaperçues, pour rester anonymes – sur la table. Une seule, la main gauche d'un jeune homme apparemment calme, se trahissait. La paume vers le haut, les doigts écartés, elle paraissait s'offrir à un chiromancien. Elle disait : "Vous ne voyez peut-être rien, mais moi, je sais ce qui va arriver par moi." Moi ! L'orgueil, et la conscience voluptueuse du secret.

Il m'est arrivé de suivre longuement, aux lisières de la ville, l'agonie discrète d'un crépuscule dont les eaux incendiées se glissaient à grand-peine sous le dôme de nuages d'un jour gris.

Le cri de la main, la grotte ensanglantée du couchant, un bac qui traversait à vide le lac (je ne voyais pas le passeur, vraisemblablement dissimulé par les caisses) s'étaient rassemblés d'eux-mêmes et attendaient, muets, autour de moi. Pendant quelque temps rien ne se passa puis, soudain, des parentés secrètes commencèrent à mettre au jour ce qui était enfoui. La main qui trahissait, les débris de l'embrasement du soir, l'angoisse provoquée par la progression du bac paraissant vide, c'était le même message : ce qu'il y a derrière les apparences, ce qui se montre à peine, ce qui nous échappe le plus souvent, ce qui peut se trouver aussi près que la main, aussi loin que le ciel.

Mais le plus éprouvant, ce ne sont pas ces rapprochements cherchant à éclairer les objets et entraînant bien des fois leur disparition. C'est quand rien ne se lie : le silence devient peu à peu une lente balançoire qui me ramène sans cesse au-dessus d'un précipice au fond duquel tourbillonnent les dérisoires objets de l'extérieur, dont je n'ai pas pu me débarrasser. Une balançoire envoûtante à laquelle je sais ne pas pouvoir échapper. Je crispe les mains sur les cordes, tandis que mes yeux poursuivent encore l'objet toujours plus éloigné de sa première identité et auquel ses nouvelles hypostases confèrent des pouvoirs insupportables. Derrière les associations d'idées et de sens les plus extravagantes, je me heurte à quelque chose d'étranger, de complètement étranger et hostile, qui me paraît être le stade ultime de toutes les investigations. Lorsque le galop du sang dépasse un maximum, les briques instables de la conscience s'éboulent tout à coup. C'est une sensation que j'ai éprouvée aussi sous le masque à chloroforme. Je me réveille guéri, les yeux nerveux, comme ceux du malfaiteur sondant l'obscurité de l'appartement qu'il cambriole. Fatigué, je me lève et j'allume. Mais ce mode de guérison est trop coûteux, la température nécessaire pour tuer le mal laisse des traces.

Il m'arrive, quand je me sens traqué, d'errer dehors jusqu'à une heure avancée. Je déambule uniquement dans les rues les mieux éclairées et les plus passantes. Mes promenades nocturnes suivent ainsi la trajectoire sur laquelle la vie extérieure, celle du jour, va se cacher dans le secret des maisons. Certaines fois, libéré d'un seul coup, je retourne vite chez moi, comme quelqu'un ayant mené à terme une entreprise difficile. Mais, s'il ne reste que moi dans les rues (c'est une petite ville paresseuse, les gens disparaissent bien avant minuit), je ne peux pas continuer à traîner. Alors je rentre lentement, nous sommes ensemble, nous savons où nous allons, nous n'avons aucune raison de nous presser. En montant l'escalier, je dis à voix haute : “Quelle journée ! J'ai trop couru, j'ai sommeil”, et je mets la main devant la bouche, tout cela à l'intention du tailleur en train de m'épier – je le sais – par l'entrebâillement de sa porte. C'est un rituel ridicule, cela me rappelle mon père au téléphone, saluant cérémonieusement de la tête quand il entendait une voix de femme à l'autre bout du fil.

En haut, après avoir ouvert la porte doucement, bien qu'il n'y ait personne que je puisse réveiller, je m'allonge sur mon lit, résigné, et le jeu commence.

Une seule fois, j'ai ramené quelqu'un croisé dans la rue. Un ancien camarade de régiment, que j'ai entraîné chez moi en l'amadouant habilement. Je sortais de chez le coiffeur, où j'avais vu l'un des employés, un homme d'une trentaine d'années, au front bombé comme une gamelle et aux mains trop soignées, gagner, en troquant sa blouse blanche contre un long pardessus à col de fourrure, une prestance inattendue, une allure qui jetait un doute sur la réalité de son aspect précédent. Je me disais : “Dans son faubourg, on l'appelle X le merlan.” Mais je ne pouvais plus le croire. Maintenant il en imposait, étonnamment. Je cherchais en vain des indices rassurants, des ponts, aussi discrets fussent-ils, entre son apparence antérieure et la nouvelle. Même ses chaussures bon marché à bout rond n'étaient plus pareilles. Elles pouvaient être tout aussi bien celles d'un fermier ou d'un ingénieur ; je ne sais pourquoi, je pensais surtout aux souliers d'un original. Il poussait peut-être l'originalité jusqu'à faire semblant durant la journée d'être coiffeur. Mais restaient la nuit et sa véritable identité.

Lorsque je rencontre un ancien condisciple que je n'ai pas vu depuis longtemps, je lui demande s'il s'est marié ; en cas de réponse affirmative, je lui demande s'il a des enfants, de quoi il s'occupe. Ensuite se déroule la liste des camarades de classe, assortie de questions analogues à celles des formulaires que font remplir les autorités. Je pense ne pas être bien distrayant. Les gens réagissent à mon égard à la façon des distributeurs automatiques. Si je ne fais rien, il ne se passe rien. Si je glisse une pièce dans la fente, je reçois parfois une réponse précise, prévue, comme les bonbons à odeur de savon enveloppés dans du papier poisseux ; mais, d'autres fois, l'appareil est détraqué, j'introduis une deuxième pièce, et encore une, toujours rien. Si nous nous trouvons dans un lieu public, il peut se passer quelque chose d'extrêmement désagréable. Un inconnu survient qui, d'un mot brusque lancé à mon interlocuteur, tel un coup de poing sur le distributeur, lui fait dégorger d'une traite toutes ses friandises. Gêné, je reste planté à côté d'eux. Je ne sais comment prendre congé sans interférer dans leur conversation. (Il m'a peut-être déjà oublié et me regardera d'un air un peu agacé.) Je dois pourtant faire quelque chose. A chaque instant qui passe, j'ai le sentiment de devenir plus importun. J'essaie éventuellement de filer à l'anglaise. Je fais quelques pas à reculons, mais on me surprend toujours. Il y a une férocité des petits désagréments, qui en plus se répètent systématiquement. "Qu'est-ce que tu fais ? Tu me laisses tomber ?" Les yeux, faussement amicaux, disent : "Voilà comment tu es, tu souris tant qu'on te parle et tout à coup tu montres que tu te fiches de tout le monde." Je me retrouve alors pareil à un arbre qui aurait perdu soudainement toutes les feuilles cachant ses nudités noueuses. Certes, je n'ai ni le tronc lisse et mou des saules, ni l'écorce chaude et profonde des sapins. Je suis un triste arbrisseau de banlieue, d'essence médiocre, qui a poussé par hasard entre les pavillons retentissant de cris. "Je me suis rappelé que quelqu'un m'attendait à la maison, pour une question importante", dis-je, embarrassé. Je cesse de regarder le visage qui se trouve devant moi, il me ferait du mal, il me poursuivrait chez moi. Je cherche seulement la main qui pend, absente, au bout du bras étranger, je l'effleure des doigts et je me sauve sans lever les yeux.

Mon camarade de régiment avait l'esprit plus pénétrant que je ne le pensais. "Ecoute, me dit-il après avoir jaugé tout ce qui se trouvait dans ma chambre, j'ai l'impression que tu n'as pas changé du tout." "Pourquoi voudrais-tu que j'aie changé ?" Mais il était rusé et il ne me répondit pas. Il préférait me laisser parler.

Jadis, une tante éloignée, qui nous rendait rarement visite, me donnait de la même façon sa joue à embrasser. La joue penchée au-dessus de moi attendait tranquillement, les rides pleines de poudre de riz et de l'odeur de la poussière des rues. Je devais me dresser de mon mieux pour y poser les lèvres et je craignais alors je ne sais quoi de désagréable, avoir la bouche trop humide ou avaler des grains de poudre ou de poussière.

Mon camarade me dévisageait en souriant : "Eh bien, pourquoi te tais-tu ? Parle." "Les temps sont durs, on ne trouve pas de travail." Il continuait à sourire ironiquement. "La conjoncture politique me préoccupe beaucoup, nous nous fourvoyons. Mais la politique ne t'intéresse peut-être pas ?" L'œil gris restait impassible. Je repris sur un ton conciliant : "Il ne va pourtant rien arriver, n'est-ce pas ?" Il me regarda comme on survole dans le journal une rubrique qu'on ne lit jamais. J'eus alors une malheureuse inspiration : je renonçai à mon habituelle prudence. Ma voix n'était plus la même. Trop pathétique mais, simultanément, je sentis s'éveiller son intérêt, jusque-là inexistant.

"As-tu jamais pensé à l'allure des coiffeurs quand ils rentrent le soir chez eux ?" Les mots traduisaient mal ma pensée et j'en fus paralysé un instant. "Non, pas forcément les coiffeurs, je veux dire n'importe qui." "C'est-à-dire ?" Incapable de penser une réponse, je poursuivis néanmoins : "Tu ne comprends pas ? Tous les gens qu'on peut voir faire quelque chose, certes de peu d'intérêt, les coiffeurs, les standardistes et tant d'autres." Je me laissais emporter par le flux des mots, sans pouvoir l'endiguer.

J'avais beaucoup parlé, en m'embrouillant de plus en plus, je m'engluais dans un de ces cauchemars où l'on ne peut pas crier quand surgit le monstre. J'aurais dû m'arrêter depuis longtemps, mon compagnon était retombé dans l'indifférence, il commençait même à donner des signes d'impatience, il grattait avec sa chaussure mon tapis usé. Le coiffeur se moquait de moi : je le sentais entre nous, faisant semblant d'écouter poliment, il arborait le même regard qu'au moment où je me recoiffais après la coupe de cheveux. Non seulement je n'avais pas réussi à me débarrasser de l'angoisse avec laquelle j'étais revenu à la maison, mais, outre le dépit dû à une tentative avortée et l'agacement d'une conversation ridicule, je devinais le danger qui me guettait, tapi dans le marais de ces yeux qui continuaient le manège entamé depuis qu'il était entré dans ma chambre, scrutant chaque recoin, mesurant et jetant en vrac tout ce qui m'entourait.

Je me tus brusquement, je crois que c'était un dernier réflexe, sinon j'aurais risqué de lui parler de je ne sais quoi, je me serais peut-être dévoilé dangereusement devant lui.

"Bizarre, cette histoire de coiffeur, mais je ne comprends pas pourquoi tu es tellement curieux, en fin de compte qu'est-ce que ça peut te faire, tu t'en balances."

Il avait cependant écouté, juste autant qu'écoutent les oiseaux perchés sur la balustrade du balcon et que j'entends crier toujours le même nom (dans leur langue, bien sûr), indéfiniment répété. J'étais curieux de savoir si le coiffeur avait disparu ou s'il était encore avec moi. Je m'enfermai si profondément en moi que la figure de mon camarade me devint totalement étrangère. Je ne savais même plus ce qu'il faisait chez moi. (Cette opération dura longtemps, elle s'accomplit sans hâte, trait par trait.) Enfin, le silence l'atteignit. Son dodelinement – affalé contre le dossier de la chaise, il laissait pendre ses bras – me disait que j'avais réussi : il luttait à grand-peine contre le sommeil.

Cela peut paraître curieux, mais je crois être capable de provoquer le sommeil à ma guise, presque aussi facilement que j'ouvre la fenêtre ou éteins la lumière. Il arrive aussi que ce pouvoir échappe à mon contrôle. La fille de mes voisins, qui montait de temps à autre chez moi pour lire tranquillement (chez eux il y avait toujours trop de bruit), s'endormit un jour son livre à la main. Elle devina sans doute que c'était un sommeil anormal, puisqu'elle cessa de venir et qu'elle évitait mon regard quand nous nous croisions.

Rentré du palier dans ma chambre, je constatai sans surprise que le coiffeur n'était pas parti. Il y a des choses qu'il est inutile de combattre, des maladies sur lesquelles on n'a aucune prise, qui passent seulement quand leur terme est échu. Il ne faudrait pas les affronter, mais nous le faisons tout de même – et nous en sommes encore plus malades. Le coiffeur resta une longue partie de la nuit chez moi.

Il est très rare que je me réveille autrement, simplement, comme les regards des gens dans la rue me montrent qu'ils le font, eux (il y a toutefois des exceptions). J'ai alors le sentiment d'être quelqu'un qui, absent durant plusieurs mois, aurait laissé en plan ses affaires et retrouverait la pile effrayante des dossiers oubliés. Ces jours-là, je fais des choses inutiles et imprévues. J'achète chez le bouquiniste d'imposantes monographies que je ne lirai sans doute pas, je noircis des cahiers de plans agrémentés de symboles dont j'oublie souvent le sens ; je suis même allé une fois chez une voyante. Plus dangereux sont les gestes qui impliquent des obligations par la suite. Ainsi, j'ai lié connaissance avec un comptable dans un jardin public. Chaque fois qu'il me rencontre, il s'arrête net et un sourire ravi dévoile ses dents pointues et jaunes. "Bonjour, mon lieutenant !" me crie-t-il du trottoir d'en face. Lui demander pourquoi il m'affuble de ce grade signifierait renforcer nos relations. "Bonjour, mon lieutenant. Mais c'est que vous avez un bien beau pardessus !" Il tâte ma manche entre ses doigts brunis par le tabac. "Quelle élégance, ma parole, quelle élégance !" Et de me sourire d'un air complice, en me donnant une bourrade familière.

A cause de lui, je suis devenu très prudent. Lorsque je sais que, m'étant réveillé avec une figure quelconque, je peux être facilement abordé par n'importe qui, j'évite les lieux publics, je marche vite. On me démasque pourtant aussitôt. Je vois des inconnus me sourire quand je passe à côté d'eux et il me semble les entendre : "Eh bien, qu'est-ce que je te disais, n'est-ce pas qu'au fond la vie est agréable et simple, très, très simple ?" (C'est une ville tellement petite qu'en deux ans tous ses habitants vous connaissent, même si ou surtout si on les évite.) Jusqu'aux chiens qui se mettent à me suivre, comme ils suivraient n'importe quel autre passant. Je me retourne et je les regarde d'un œil noir. Tant qu'ils ne voient devant eux que la rue, les gens, le jour pourchassant les ombres, ils trottinent de leur pas oblique derrière moi, en silence. Mais si, en route, quelque chose déclenche mystérieusement un carrousel de visages anciens et nouveaux, également proches et prisonniers de l'axe que je nomme improprement "tristesse", mes compagnons à quatre pattes me quittent sur-le-champ. J'ai remarqué un jour, par hasard, un basset qui avait surpris le moment où ma tristesse appelait mon regard vers un café peint en rose, devant la porte duquel attendait une enfant aux chaussettes tirebouchonnées sur de maigres mollets. Il s'arrêta, une patte en l'air, tantôt levant les yeux sur moi, tantôt les tournant vers le café, de l'autre côté de la rue. Je m'arrêtai aussi et, sans le vouloir, je fis un geste de la main, semblable à celui que font machinalement les domestiques de grande maison quand ils se trouvent devant une porte par laquelle passe quelqu'un, qui que ce soit (s'ils s'aperçoivent que c'est un simple fournisseur, ils en rougissent de dépit). Le chien secoua la tête, très légèrement mais assez pour moi : je compris ce qui lui arrivait et il rebroussa chemin au plus vite.

Parmi les gens que je connais, aucun ne fait preuve d'autant de flair. Certains continuent leur histoire, que je n'entends plus, ils me demandent de temps en temps mon avis, que je donne de façon de plus en plus inadéquate, puis ils réalisent soudain qu'ils parlent tout seuls. Alors, comme si toutes leurs paroles étaient des perles gaspillées par ma faute, ils me lancent un regard lourd de reproche : il fallait le dire, mon vieux, que tu t'en moquais ! D'autres, plus sensibles et d'autant plus dangereux, préfèrent se taire, non pas gênés, mais pleins de tact : notre promenade peut alors se poursuivre indéfiniment. Nous nous arrêtons devant des vitrines dans lesquelles je fais semblant de découvrir je ne sais quoi, nous nous attardons quelques instants sur le pont et regardons ensemble couler l'eau, ce que je ne fais jamais seul (pourquoi ?), nous nous remettons à marcher, aussi vite ou aussi lentement qu'avant. Je ne sais même plus si c'est moi qui imprime le rythme. Je ne peux rien faire, je me sens surveillé comme une maison dont toutes les issues seraient bloquées par la police. Tout ce que je ferai sera louche et entraînera une réaction. Montons sur le toit, me dis-je, et je lève les yeux au ciel, mais mon camarade me prend délicatement par le bras, protecteur sans être importun (c'est du moins ce qu'il pense). Je tente divers stratagèmes. Je laisse pendre mollement mon bras. La pression de la main qui l'a agrippé faiblit, mais ne disparaît pas. Je le balance comme les écoliers rentrant gaiement à midi en secouant leur cartable. Mais alors la pression devient plus forte. Enfin, pour m'en tirer, je suis obligé de regarder mon ange gardien. Il sourit, fier de son tour de force. Je comprends, il s'est montré délicat, il ne m'a pas demandé pourquoi j'étais soucieux, ni posé d'autres questions, et je lui souris à mon tour. Je devrais peut-être lui dire que je suis un peu triste. Non, impossible. Ce soir, de toute façon, nous allons nous quitter. Lorsque nous parcourons encore une fois le centre, je dis : "Je crois que nous sommes déjà passés par là." "Oui, nous avons fait une belle promenade", m'est-il répondu. Je rentre chez moi fourbu. Au fond, ce pourrait être encore une méthode pour éliminer les toxines : des kilomètres de marche en compagnie du vide. Je me sens coupable, comme un étudiant qui aurait volontairement manqué un examen. Un goût saumâtre d'inachevé. Une ombre froide, dernier reflet de la tristesse, obscurcit ensuite mes voyages dans le sommeil.

Comme d'habitude, la femme de ménage déposa le lait sur la table et ressortit doucement, pour ne pas me réveiller. En fait, je l'étais déjà et je la regardais en cachette. Il était tard, la lumière explorait les coins les plus timides de ma chambre. Lorsque je n'entendis plus ses pas dans l'escalier, j'eus l'impression étrange de me trouver très loin, égaré dans une espèce d'habitation lacustre, bâtie sur des pilotis d'une hauteur interminable. J'allai à la fenêtre, poussé par le flot d'une inquiétude bizarre comme si, pendant la nuit, la tempête avait pu balayer tous les autres foyers autour du mien, pour me laisser seul au milieu des eaux. La rue montait paisiblement le long de la maison et poursuivait son cheminement là-haut, entre les arbres clairsemés et les clôtures connues.

Je retournai mon regard vers la nuit. Rien. Dans le miroir, mes yeux étaient étonnamment clairs, comme si je n'étais pas à peine réveillé. Cette discordance accentuait l'incertitude du moment.

Kati a raison. Je pense à elle plus souvent que je ne veux l'avouer. Je m'éloignai de la fenêtre en proie à un sentiment d'infinie solitude au tréfonds de laquelle, parmi les objets méconnaissables abandonnés sur la rive par les crues, je la retrouvai inchangée, telle une figurine de bronze inutilement intacte. La solitude seulement ? J'interrogeai longuement mon visage dans le miroir, mais la tristesse ne voulut pas me répondre.

II

Solitude ou autre chose, le vide devait être affronté et je décidai de choisir la voie la plus familière pour moi.

Le jeu consiste à faire revivre les quelques rares êtres que je me suis appropriés (comme l'arbre s'approprie les signes gravés dans son écorce) et qui poursuivent depuis notre séparation, en plus de leur propre vie, que j'ignore, une autre vie, indépendante de leur destin, indissolublement mêlée à la mienne.

La seule particularité de ces revenants par rapport à ceux que la mémoire courante fait remonter de l'ombre, c'est évidemment qu'ils continuent à changer, mais je n'ai jamais su de quelle façon. Ma vie nourrit leurs modifications. Cela explique peut-être le malaise, cette sorte de mal de l'altitude que je ressens dans l'air où ils m'apparaissent. A moins que ce ne soit l'effet du vide dans lequel je les ai plongés pour pouvoir les garder autrement en moi.

Je commençais à l'attendre à quatre heures, heure où nos parents faisaient encore la sieste et où nous autres, les enfants, nous sortions en catimini de nos chambres. Elle me faisait toujours attendre. Elle arrivait quand, n'espérant presque plus, j'échafaudais des projets audacieux. Le plus téméraire aurait été d'atteindre avec un petit caillou la fenêtre du deuxième étage, pour qu'elle s'y montrât – la pension de famille était installée dans un ancien pavillon de chasse, aux pièces très hautes de plafond. Il ne me serait pas venu à l'esprit de monter l'escalier revêtu de linoléum rouge de l'aile que nous n'habitions pas et de frapper à sa porte. Il y avait, surtout, une domestique à la poitrine plate comme celle d'un homme et aux dents en argent, qui m'aurait surpris dès mes premiers pas dans le couloir sombre et aurait deviné où je me rendais. Je n'ai jamais osé non plus lancer ce caillou.

C'était seulement quand je bouillais à force d'attendre qu'elle apparaissait. Je recourais à un stratagème. Je mimais l'exaspération, j'imitais les signes d'énervement que je voyais parfois chez mon père, je me mordais les doigts, je marchais de long en large. En vain. Elle ne se montrait pas tant que je n'étais pas réellement à bout (à vrai dire, mon échec ne m'étonnait pas). Elle me trouvait alors adossé au vieux mur tapissé de lichen, du côté nord de la maison. L'alliance entre le nord et les lichens m'avait été révélée par un scout en vacances dans la même pension, un garçon pas plus âgé que moi, mais qui connaissait une foule de choses surprenantes, notamment une série infinie de nœuds marins, dont il me faisait la démonstration sans ficelle, en se servant seulement de ses longs doigts toujours sales.

Aujourd'hui encore, je ne dresse pas le plan d'une conversation. Je sais que la personne assise à côté de moi s'en chargera et je mange tranquillement, le nez dans mon assiette. "Oui, madame, c'est un grand artiste." Si elle continue à me regarder, j'ajoute : "Je crois même qu'il est l'un des plus grands." Il y a cependant un risque à compter sur l'initiative de son voisin. Certains posent soudain leur fourchette, s'essuient soigneusement la bouche et vous demandent : "Alors, mon cher ami, quoi de neuf ?" Avec Kati, depuis que je la connais, je n'ai échangé que la même centaine de mots. Elle a trop d'interdits dans le choix de ses sujets et de ses gestes, toujours si appropriés au moment présent que nos rapports, malgré leur simplicité, ont quelque chose de guindé, de plus en plus conventionnel et, au fond, d'inexistant.

J'ai fait une tentative hardie. Je suis allé la voir un lundi à la place du mardi et, au lieu de passer la prendre au bureau, je l'ai attendue chez elle. Sa vieille logeuse ne m'a permis d'entrer qu'après une assez longue hésitation, tandis que je souriais, désarmé, croyant me heurter à un refus. (Peut-être voulait-elle seulement s'amuser.) Je redoutais moins l'étonnement de Kati que, par exemple, celui du coiffeur si j'avais frappé à sa vitrine après la fermeture. Kati m'a paru seulement un peu moins soigneusement coiffée que lorsque ma visite est prévue. Elle s'est arrêtée une seconde sur le seuil, puis elle a dit simplement : "Bravo, quelle surprise !" Elle ne l'a pas dit fort et, en réalité, elle ne semblait nullement prise au dépourvu.

Finalement, elle est très habile. Dans la soirée, la conversation languit étrangement, comme si elle ne dépendait en rien de moi ; je commence une phrase, je ne trouve pas mes mots et me voilà dans le vestibule avec Kati à mes côtés. Ce qui m'a épaté c'est que, même en dehors de son programme habituel, le rituel ne puisse être tant soit peu modifié. Nous avons passé le lundi soir comme nous aurions passé le mardi. Telle était la similitude qu'à dix heures, quand je suis reparti chez moi, je me demandais si je ne m'étais pas trompé de jour.

Sans échanger deux mots, nous filions derrière la pension, nous sautions une clôture que je me proposais toujours de franchir sans m'aider des mains (mais je n'osais pas) et nous nous retrouvions dans le verger. Après cette clôture, jusqu'à laquelle semblait s'étendre la tutelle familiale, commençait le tourment. Je souffrais comme un chien qui, ayant tourné des dizaines de fois autour du piquet auquel il est attaché, loin de s'échapper, raccourcit tellement sa longe qu'il ne voit plus que l'objet dont il est prisonnier.

Mon silence, qui au début gardait encore des traces de mes préoccupations d'avant son arrivée, n'était plus dirigé que vers elle. Je savais dès lors qu'il n'y avait plus d'issue, que ce silence allait m'étreindre de plus en plus douloureusement. Lorsqu'elle s'arrêtait pour cueillir une fleur, j'en faisais autant, machinalement. Lorsque, pensive, elle contemplait le paysage, je regardais dans la même direction, mais sans rien en retenir. Je rentrais à la pension exténué, épouvanté à l'idée de la rencontre la plus inoffensive.

Un jour elle me dit, comme un fait divers, qu'elle aurait bientôt treize ans et qu'elle allait probablement se fiancer. Ce jour-là, ce fut la fin de nos escapades : je n'ignorais pas qu'une future fiancée ne pouvait pas se promener avec n'importe qui. Je ne la voyais plus qu'à l'heure du déjeuner, raide entre ses parents, qui me semblèrent dès lors très imposants.

Je me rends compte que cette fin peut paraître ridicule. ("C'est attendrissant, mais quel bêta tu étais", m'a dit Kati, et j'ai compris à son regard amusé qu'elle ne pensait pas que j'aie beaucoup changé depuis.) Cela peut paraître non seulement ridicule, mais également absurde et pourtant, je le sais, c'est précisément grâce à cette absurdité, voulue, que j'ai pu détacher ma petite camarade de vacances des aventures vouées à la disparition parce qu'elles s'accomplissent, l'imprégner de quelque chose qui m'appartenait – la souffrance que je m'infligeais moi-même, la dernière image d'elle choisie à mon gré (peut-être aussi comme une revanche sur ma passivité antérieure) – et ainsi la rendre mienne. A ce moment-là, bien sûr, rien de cela n'était conscient, j'agissais en quelque sorte d'instinct, un instinct très particulier, asservi aux intérêts d'un être qui n'existait pas encore. Mais je visais juste.

La jeune fille avait grandi à la manière des forêts dans lesquelles on n'a plus mis le pied depuis des années. Elle était la même, si peu changée – la durée des forêts est différente de la nôtre, nos brèves années n'y sont presque pas ressenties. Je l'avais reconnue en rêve avant de la voir, rien qu'au silence qui flottait autour de nous. Les hauts murs à l'ombre desquels nous nous tenions n'avaient aucun rapport avec le passé. A la vérité, le silence n'était pas le même non plus. De la souffrance du silence ancien, subsistait seulement ce qui m'avait sans doute déjà déterminé alors à isoler cette histoire de toutes les autres, égarées en route : un goût un peu amer, celui que laissent certaines herbes sauvages frottées entre les mains ; le parfum des choses auxquelles on renonce, qu'on écrase pour découvrir ce qui n'appartient pas à l'instant, ce qui ne disparaît pas.

Cette expérience ne fut cependant que la première, moins intéressante que les autres ; cela, non pas en raison de l'érosion due au temps, lequel – je l'ai dit – n'a pas de prise sur de tels souvenirs, mais parce qu'elle était malgré tout, dans un certain sens, une aventure accomplie, figée : le son de la cloche que je peux tirer n'importe quand, clair et toujours identique ; le signe a été probablement gravé dans une partie de l'écorce qui s'est beaucoup moins transformée que le reste de l'arbre.

La grande capture, je l'ai faite plus tard, vers dix-sept ans, et là je peux parler au sens propre d'une greffe. C'est une aventure qui se poursuit encore, et pas seulement sur la petite scène pour laquelle je débauche les acteurs de l'autre théâtre, celui où je joue aussi, une aventure dont je sais qu'elle ne s'achèvera que lorsque je viderai les lieux. (J'ai feuilleté récemment un album de vieilles photos. Il n'y en avait pas une, parmi celles comptant plus de trois personnages, où l'un d'eux ne soit pas mort entre-temps ; et pas toujours de vieillesse, mais cela ne me regarde pas.)

La dernière carte postale, reçue il y a trois ans, représentait un port du Pérou. J'ai identifié le pays grâce aux timbres. Trois mots. Pas plus. Il n'y en a jamais un de plus dans ses cartes ; j'ai regardé encore une fois les timbres et je l'ai rangée dans ma collection ; j'en ai quelques dizaines.

L'aventure avait été anticipée par une autre, qui m'avait conduit comme une rivière peu profonde vers les eaux plus abondantes du fleuve.

Il existe certainement des maisons mystérieuses, des maisons dont le secret de ceux qui les habitent perce à l'extérieur. Je me demande parfois si ce secret n'appartient pas à la maison elle-même, comme la ligne du toit ou la forme des fenêtres. Quoi qu'il en soit, il y a des maisons devant lesquelles il suffit de passer pour savoir qu'elles n'abritent pas que des comptables et des retraités. Les signes sont de deux sortes. Les uns trop visibles, comparables à la lividité des tuberculeux aux pommettes saillantes comme si elles n'avaient pas la patience d'attendre le moment où la peau amincie se détachera toute seule dans le noir. D'autres plus subtils, qu'on ne remarque pas d'emblée, par exemple, sur la figure en apparence la plus saine, une rougeur trahissant des poumons malades.

C'était une maison faisant partie de la première catégorie. Elle s'élançait, avec ses graciles balcons en fer forgé, au-dessus de la place déserte, comme quelqu'un qui court vous porter une nouvelle, vous croise en chemin et va continuer sur sa lancée quand il se rend compte que c'est chez vous qu'il allait. Il s'arrête, ne bouge plus, mais pendant un moment, vous le voyez bien, il lutte encore contre son élan. J'avais toujours l'impression qu'elle était arrivée à peine un instant plus tôt pour occuper son coin modeste au bord de la place. C'est probablement à cause de cette image, certes absurde, qu'elle me semblait aussi fragile.

Lorsque s'ouvrait la porte étroite, on voyait l'escalier montant vers les trois étages et sa rampe jaune, qui se détachait avec une netteté inattendue dans la pénombre. Je trouvais cela indécent, peut-être aussi à cause des femmes vulgaires, jamais les mêmes, qui le matin secouaient la literie sur les balcons. Ces femmes, toujours l'air fatiguées, portaient des combinaisons aux couleurs criardes. Je les surprenais souvent en train de vider sans se gêner dans la petite cour des récipients pleins de toutes sortes de détritus (je me cachais alors derrière les rideaux ; elles ne m'auraient pas pardonné de les avoir prises sur le fait). Je ne savais pas comment apprendre qui étaient les locataires de cette maison d'en face. Chaque fois que je croyais en reconnaître un dans la rue, je le voyais le lendemain franchir la porte d'un autre immeuble du voisinage.

La nuit, le mur nu ressemblait au flanc d'un transatlantique, sur lequel s'allumeraient les uns après les autres les hublots des cabines, éclairées mais peut-être vides, désertées par les voyageurs partis se réfugier ailleurs, dans des salles aveugles. La nuit, le secret inaccessible de cette maison m'intriguait encore plus.

Je me figurais quelquefois que tous les locataires se connaissaient et avaient un lieu de rendez-vous secret au-delà des petites pièces aux fenêtres trompeuses. Toujours est-il que la diversité des catégories sociales représentées, dévoilée par des détails physionomiques et vestimentaires, suffisait amplement pour mobiliser mon imagination. Je finis par en distinguer trois, aussi différentes que le sont, dans une forêt, les taupes qui fouissent sous les racines des arbres, les chenilles et les araignées couleur d'écorce qui se cachent, timides, gênées dirait-on par leur peu d'importance, et, enfin, les oiseaux, qui, lorsqu'ils prennent leur envol, se montrent sans crainte.

Il y avait d'abord les femmes vulgaires, d'allure coquette (un jour, j'étais tellement sûr d'avoir deviné leur métier que je passai des heures à ma fenêtre, attendant que l'une d'elles se mît à la sienne pour m'appeler d'un signe). Chez ces femmes venaient – en vérité je ne les ai jamais vus ensemble, mais, quand elles vidaient leurs pots douteux du haut des balcons, je pensais à tous ces visiteurs – des hommes au corps lourd de sous-officiers ou de portefaix ; je reconnaissais aussi parmi eux des apaches, à leur air ambigu, à la fois effronté et prudent. Il y avait ensuite les vieux, qui faisaient halte devant la porte comme s'ils voulaient juste reprendre leur souffle, et s'engouffraient à l'intérieur. L'un d'entre eux, porteur d'un étui à violon me rappelant je ne sais pourquoi les boîtes à chapeau de ma mère, j'avais réussi à le localiser après qu'il s'était fondu dans l'obscurité de l'immeuble. Il logeait sous les combles et je le voyais, courbé comme un cordonnier, des heures durant, sur un ouvrage que je ne pouvais pas distinguer. Je n'entendais jamais le violon.

Je suis curieux, mais pas quand on exige mon attention.

Kati tenait sa main fermée devant mes yeux : “Qu'est-ce que je t'ai apporté ?” Je la regardais d'un air gêné, humilié eût-on dit par l'aveu de mon manque de perspicacité. En réalité elle m'embêtait, mais je ne voulais pas le laisser voir. Comment m'intéresser à ce que pouvait receler un poing serré ? Le sien oscillait devant moi, si ridicule en se voulant gracieux. Il me rappelait notre cuisinière, une grosse femme sans âge que j'avais vue un jour, il y a longtemps, danser toute seule en silence au milieu de l'office. “Ça suffit !” Je ne faisais que secouer l'étourdissement provoqué par la main qui ne s'apaisait pas et semblait avoir perdu tout lien avec Kati, pour devenir un intrus autonome et incontrôlable. La main s'immobilisa, comme un enfant apeuré au bord des larmes, et, entre les doigts qui s'ouvraient lentement, apparut l'épingle de cravate que j'avais perdue longtemps auparavant.

Par contre, une stupide curiosité peut me tarauder avec d'autant plus d'insistance que je comprends toute l'insignifiance de son objet.

Les messieurs importants et les dames distinguées qui entraient dans la maison jaune (ou en sortaient), l'air indifférents comme s'ils franchissaient le seuil d'un immeuble quelconque, me troublaient le plus. J'aurais bien voulu croire qu'ils ne faisaient que se rendre chez des fournisseurs, mais je ne réussissais pas à me convaincre. J'en reconnaissais un seul, à sa démarche hésitante qui me rappelait le vent, l'automne, quand il emporte une feuille, l'entraîne sur une dizaine de mètres, l'abandonne un moment, la pousse à nouveau.

Cette maison me joua un méchant tour. Pourquoi décidai-je de compter combien de temps y passerait un inconnu que j'étais sûr de voir y entrer pour la première fois ? J'avais deux jours de vacances et je ne bougeai pas de ma fenêtre ; je m'y postais à l'aube et je me couchais quand la dernière ampoule s'était éteinte en face. L'inconnu ne se montra pas et je ne le revis d'ailleurs jamais par la suite. Je faisais les suppositions les plus extravagantes. Ce fut une expérience que je ne répétai pas.

Je fis sa connaissance à cette époque.

C'était un garçon au visage osseux sur lequel la peau était tendue, un visage triangulaire entre un front plat très large et un menton pointu. “Il te plaît, ce cahier ? C'est moi qui l'ai fait.” Ses petits yeux, bridés comme ceux des populations amérindiennes, disaient : “Non, ce n'est pas ce que tu crois, j'ai de l'argent, mais j'en ai besoin pour autre chose.” Je touchai machinalement la couverture en carton ornée de petites fleurs imprimées et renfermant des feuilles de taille inégale. J'ouvris vite le cahier pour que le garçon ne lève pas les yeux sur mon sourire et je vis à la première page l'en-tête d'un ministère, en travers, à la manière dont on portait les chapeaux au lendemain de la guerre. L'en-tête perçait, obstiné, sous de grosses biffures tracées dessus à l'encre. Mon camarade lut l'étonnement dans mon regard. “C'est sans importance. On s'en sert aussi bien !” Il rit et je remarquai qu'il avait les dents petites et, me semblait-il, plus nombreuses que la normale.

“Sais-tu que je te connais ? Tu ne te souviens pas de moi ?” Je le dévisageai. Essayait-il d’accroître ma confusion ou sa question était-elle innocente ? Je ne savais pas. Il insista : “Nous nous connaissons depuis longtemps.” Et ajouta : “Eh bien, si tu ne le sais pas encore, ça te reviendra plus tard.” Un autre, me disais-je, aurait pu se vexer que je l’aie oublié. Pas lui : dès le début, il m’avait paru peu sensible à ce genre de détails. Il s’éloigna, mais seulement pour voir ce que faisaient quelques autres élèves rassemblés auprès du tableau noir.

Je pense que tous ceux auxquels l’aventure coupera la route sont ainsi : détendus, directs, lapidaires. Pareils aux navires qui font des voyages de milliers de kilomètres à travers les océans, ils ne sont troublés que par la houle la plus forte et ignorent le clapotis accompagnant les caboteurs qui ne se hasardent pas au large.

A midi, il s’approcha tranquillement de moi et me dit, comme si nous étions toujours repartis ensemble : “On rentre ?” Devant ma porte, il me serra la main, toucha son front d’un doigt et traversa rapidement pour entrer dans la maison d’en face. Ce fut le point de confluence.

Je me jetais passionnément dans ces eaux nouvelles.

“Ceux-là, reliés en toile, doivent être plus chers”, il comptait mentalement les livres et une ombre obscurcissait son front lisse, “tu as aussi des tableaux, mais ils sont plus difficiles à vendre, et puis un des stylos, il ne t’en faut pas deux.” Il me prit par le poignet et retroussa légèrement ma manche : “Je ne savais pas que tu avais une si belle montre, mais tu tiens peut-être à la garder.” Il s’assit, pensif, dans le fauteuil de mon père, tandis que je restais debout, aussi figé que les mannequins dans la vitrine d’un magasin de prêt-à-porter. Il se releva soudain et je pensai à un hypnotiseur soufflant, pour le réveiller, sur un pâle visage où le sang recommence à affluer, encore engourdi. Je ne trouvais pas un mot, pas un geste. Je fis semblant de réfléchir. J'étais perplexe, hébété. Il reprit : "Au fait, je ne t'ai pas demandé si tu voulais partir avec moi." J'eus honte de ne pas savoir où (l'avait-il dit ?) et je me tus. Je remarquai à ce moment-là la veine couleur de bois fraîchement écorcé qui montait de la naissance du nez et bifurquait sous ses cheveux drus comme une averse la nuit, pour dessiner un V sous lequel j'eus la certitude qu'on pouvait sentir les pulsations du sang.

Pour ce qui est de la faible lumière qui s'allumait et s'éteignait successivement aux fenêtres d'angle des trois étages, il ne m'apprit rien de précis. Il essayait de me tromper. Je le sentais au ton inchangé sur lequel il me parlait – je descendais de même les marches, d'un pas égal, quand je sortais la nuit et ne voulais pas avoir à dire où j'allais. "Qu'est-ce que tu veux que ce soit ? C'est peut-être une fausse impression que tu as eue (rien ne se modifia sur ma figure), ce sont peut-être les fenêtres de l'escalier, oui, ça doit être ça, les locataires montent la nuit et alors elles s'éclairent et puis elles s'éteignent quand ils sont passés." "D'accord, mais je te l'ai dit, la lumière vacille." "Bien sûr", répondit-il et je compris que je ne pourrais plus lui poser de questions, "il y a souvent des coupures de courant et les gens se dépannent avec des chandelles." Pourquoi me cachait-il la vérité ?

Kati me regarda d'un air intrigué et critique. "Quelle vérité voulais-tu qu'il te dise ? Ça va de soi, les gens s'éclairaient avec des bougies dans l'escalier." Avec Kati, on ne peut parler que de choses précises et utiles. Les autres conversations, je les entame par désespoir, comme les balades que je fais sous la pluie, quand l'ennui me chasse dans la rue et alors, puisque je suis sorti, je traîne toute une matinée, en pestant, les pieds dans les flaques d'eau.

Il était évident qu'il ne voulait pas me laisser visiter l'appartement dans lequel il habitait. Il me parlait souvent de ses frères. Tous mariés. Je me demandais s'il ne les évoquait pas pour justifier le fait qu'il ne m'invitait jamais chez eux. Ils étaient trop nombreux. J'aurais été gêné ou plutôt j'aurais gêné. Je ne parvins jamais à identifier un seul des membres de sa prolifique famille. J'avais envie de lui demander combien de pièces ils occupaient, mais une telle question me paraissait indiscrète. Peut-être vivaient-ils très à l'étroit ou se trouvaient-ils au contraire à tous les étages. Aucune supposition ne résista longtemps. De toute façon, j'en étais sûr, les femmes vulgaires qui s'agitaient si souvent derrière les fenêtres ne pouvaient pas être de sa parenté.

Certes, si je m'étais départi de ma discrétion pour lui poser clairement la question, peut-être même sans insister, j'aurais sans doute obtenu une réponse. Mais je contribuais par ma réserve au maintien du secret, ce qui ne signifie pas qu'il n'existait pas un mystère que je n'aurais jamais pu élucider.

Je saute tout un été. Au début de l'automne, nous nous trouvions un jour, loin du centre de la ville, sur une place ronde bordée d'arbres plantés à intervalles réguliers, à huit pas l'un de l'autre. Nous en avions fait d'innombrables fois le tour quand il me dit brusquement : "Chez moi, on doit être à table depuis longtemps." Et il ajouta aussitôt, sur un ton condescendant : "Tu sais, nous avons déménagé de ton quartier, maintenant nous habitons par ici. C'est assez loin, mais nous nous reverrons."

La maison avait du coup plongé dans le néant. Je ne la voyais plus. Si j'avais surveillé alors les gens qui y entraient, j'aurais pu, en dressant l'inventaire des visages que je ne retrouvais pas, reconstituer une partie de sa famille. Cela ne m'intéressait plus. En fait, pour moi, son voyage avait commencé dès ce moment-là. Je le regardais d'un autre œil. Lorsqu'il me parla plus tard de ses projets soudain précipités, j'éprouvai, outre le sentiment paralysant d'une solitude encore inconnue, la joie amère d'un désastre prévu.

Il jouait avec un signet entre le pouce et l'index. "Pour cette fois, je pars seul." Je ne comprenais pas à quoi il faisait allusion, devait-il emmener quelqu'un ou avait-il pensé à moi ? "Je commencerai par passer rapidement partout, sans m'arrêter nulle part. Pour voir, tu saisis ? Le moment est propice, ils sont chacun à sa place, une coupure de courant et... hop ! j'aurai disparu." Il nota mon adresse dans un calepin crasseux, probablement rempli de toutes sortes de renseignements saugrenus.

Je le revis pourtant une fois. "Je ne t'ai pas écrit parce que je n'étais pas encore arrivé assez loin. Ç'aurait été ridicule de t'écrire de cinq ou six cents kilomètres, n'est-ce pas ?" Je ne sais pourquoi, je le comprenais très bien. "Quelqu'un est mort et je suis rentré pour régler des affaires, ensuite je repars." Il ne me laissait aucune illusion. "Si nous ne nous étions pas rencontrés par hasard, tu n'aurais même pas su que j'étais revenu. Pendant les dix jours que je passe ici, je n'aurais pas eu le temps de te faire signe !"

Les cartes postales qu'il m'envoie sont des types les plus divers. Je sais comment il fait. Il s'arrête devant un kiosque, tend le bras et met sous le nez du marchand la première qui lui est tombée sous la main. Il y jette un coup d'œil indifférent en attendant sa monnaie. Lorsque c'est une carte particulièrement idiote, il sourit mais ne l'échange pas. Il pense à moi uniquement quand il m'écrit ses deux ou trois mots, mais il continuera à le faire jusqu'à la fin de son voyage. Cela aussi dépasse l'entendement de Kati. "Qu'est-ce qui te permet d'en être aussi sûr, mon ami ?" Chaque fois qu'elle me dit "mon ami", en soulignant ironiquement le mot "ami", je la vois immanquablement, par réflexe, toute nue derrière la porte de l'armoire, en train d'enfiler ses bas. J'ignore où se fabriquent ces associations d'idées. Au début de ma solitude, ces enchaînements insolites m'aidaient à combler le vide et surtout à chasser les corbeaux qui s'emparaient trop souvent de mon esprit. L'image de Kati nue ne s'effaça pas sans laisser des traces. Je me mis à penser aux rapports de mon voyageur avec les femmes qu'il doit croiser. Rien ne se passe. Par contre, je le vois attablé avec de nombreuses personnes, hommes et femmes, devant des mets qu'on apprend à manger en imitant ses voisins. Il paraît joyeux, tout à son affaire.

Mais, le plus souvent, il est seul et la pluie dégoulinant sur les vitres éloigne les maisons d'en face. Il se trouve dans une chambre d'hôtel, très différente de la mienne, mais quand il pleut les choses s'éloignent de la même façon des fenêtres. Il marche de long en large, ouvre un tiroir, en sort un tas d'objets que je ne peux pas voir et qu'il manipule avec des gestes rapides. Je ne sais pas pourquoi il se renfrogne d'un seul coup. Le V s'accentue, marqué au fer rouge. Puis il se détend un peu et la peau de son visage paraît à nouveau souple – il s'agit d'états aussi changeants que ceux des voiles d'un vaisseau gonflées par le vent. Qu'avons-nous décidé de faire ? Le jeu peut se poursuivre sans fin.

“Pour cette fois, je pars seul.” Peut-être me le disait-il en pensant réellement que j'aurais pu l'accompagner. Ils ne cesseront pas d'arriver, ces mots écrits sans hâte – trois mots, cela ne s'écrit pas à la hâte – sur des cartes postées du monde entier. Un jour, je les ajouterai au tas sans même les lire.

La femme de ménage m'a demandé les timbres pour un neveu qui en fait collection. J'allais les lui donner mais, au moment où j'essayais de décoller le premier, je me suis rendu compte que je faisais une bêtise. “Ils ne sont pas bons, ceux-là, ils sont oblitérés.” (Si elle m'avait répondu que cela n'avait pas d'importance, je ne sais pas comment je m'en serais tiré.) Je ne voulais pas mêler un tiers à notre jeu. Depuis, je cache les cartes – quelqu'un d'autre pourrait me faire la même demande.

Dans la pièce, la lumière était pareille à celle, froide et indiscrète, entrant par les baies trop grandes d'un sanatorium. Une lumière qui voulait tout montrer, tout savoir. Elle s'acharnait sur mes affaires les plus accoutumées à l'obscurité. Je me souviens d'une jarretière lovée au pied du lit comme un ver au corps large, dans la gueule duquel brillaient deux dents acérées en métal. Il existe une présence trop insistante des objets, dont j'ignore le but et qui trouble mes jeux. Je remarquai aussi le mouchoir pendant hors de la poche, aile brisée d'un pigeon, et les trois boutons blancs glissant doucement sur la manche de la veste posée sur la chaise. Je revis les petits bateaux en papier que je lançais jadis au fil de l'eau. Les objets se liguaient contre moi. Je réagis en ne détachant pas mon regard de la dernière carte reçue. Lorsque je m'aperçus à quel point la statue du libérateur du Pérou – un homme très grand, les bras tendus vers des horizons depuis longtemps disparus – me rappelait un tour d'adresse consistant à fixer sur un verre d'eau, au moyen d'un bout d'allumette, deux fourchettes aux dents entremêlées, je compris que la communication était cette fois définitivement coupée.

Je respirai profondément. Je sentis une fraîcheur inhabituelle et pourtant j'avais dormi les fenêtres fermées. Ma solitude était ouverte comme celle du voyageur ayant débarqué à l'aube dans une ville inconnue et qui marche entre les maisons aux volets encore clos. Je me retournai une dernière fois, mais je ne vis plus que l'assemblage de fourchettes et, derrière, la figure réjouie du garçon de café qui m'avait montré le truc un soir où la salle était vide.

III

Quand elle mange, Kati a des gestes précieux. Très droite, les coudes serrés, le petit doigt écarté des autres ; ce doigt un peu ridicule provoque souvent une réaction bizarre. Toute l'indifférence dans laquelle je flottais se condense sur Kati, comme la buée se dépose sur les vitres du café les soirs d'hiver et indique ainsi la température extérieure. De même, Kati mesure, par sa simple présence, l'intensité de mon absence. Son visage me devient totalement étranger, telle l'image grossie de la peau le jour où j'ai regardé ma main à la loupe. Le mardi, jour de nos rendez-vous, est aussi le jour le plus neutre, car toute autre possibilité d'attente en est exclue. En vérité, il subsiste bien une espèce d'attente, mais c'est celle du soldat de faction devant le palais, qui sait qu'à l'instant où l'autre sentinelle repartira à l'extrémité opposée de la cour d'honneur, il commencera lui aussi, automatiquement, le même mouvement.

Je suis, bien avant de retrouver Kati, prisonnier de l'horaire convenu qui doit nous réunir, comme deux rivières courant vers leur confluent, peut-être consciemment à partir d'un certain moment. Ainsi, le vide de nos rendez-vous m'éprouve longtemps à l'avance, bouleversant toute ma journée. Il contient parfois, douloureuse, la nostalgie d'une attente authentique. Cette fois-là, cependant, je ne ressentais strictement rien de plus que l'appréhension du temps creux qui allait suivre.

A la sortie du bureau, Kati me tend la main sur les marches avant d'être au même niveau que moi, comme elle l'a vu au cinéma, dans la publicité d'une marque de voitures. Même les soirs où il pleut, elle fait ce geste ample et inutile. Cela suffit pour épuiser toute son énergie destinée aux autres, aux yeux qui peuvent nous voir ensemble, après quoi elle retombe dans sa routine, constituée d'un minimum de manifestations. Je la vois toujours contourner au même endroit la tranchée de canalisation à laquelle on travaille depuis des années, puis au restaurant poser son manteau sur une chaise libre, soigneusement pour qu'il ne balaie pas le sol et ne fasse pas de plis inesthétiques, me sourire enfin sans aucune variation dans le mouvement de la bouche et des sourcils tandis que j'appelle le garçon. A la maison, elle commence par vérifier que chaque objet est à sa place ; je ne comprends d'ailleurs pas comment elle trouve encore quoi que ce soit à ranger le soir en rentrant, puisqu'elle fait vraisemblablement le même contrôle minutieux le matin avant de s'en aller. Dès qu'elle est de retour, tout ce qui l'intéresse, c'est que le poudrier soit bien à côté du flacon d'eau de Cologne et que l'essuie-mains soit suspendu correctement dans la salle de bains. Ensuite, elle baisse doucement le volet roulant, en prenant garde à ne pas détraquer le mécanisme. Et c'est seulement après avoir allumé la lampe de chevet qu'elle s'approche de moi.

Je pensais au mystère des remémorations accélérées (auxquelles aucun détail n'échappe) qui en quelques secondes font défiler toute une journée, si ce n'est plus. J'eus un instant l'impression qu'il y avait un vice dans ce calcul, que j'oubliais quelque chose, mais je sentis le danger propre à certains terrains où, je le sais, je ferais mieux de ne pas trop m'aventurer. En fait, la question est simple. Où s'en va le temps, puisque faire revivre ce qui nous en reste en consomme si peu ? Mais dans tout ce que nous pouvons garder et faire revivre, ne manque-t-il pas toujours la part non mesurable de l'inertie et de l'insignifiance et, surtout, du secret et de l'inavouable ? (J'avais remarqué depuis longtemps la lenteur avec laquelle la fille du tailleur exécutait ses missions dans ma chambre. Elle se déplaçait entre les meubles avec la gaucherie des femmes trop fortes, accompagnant chaque geste de mimiques destinées à me faire part de sa timidité. Elle posait sur la table les chemises qu'elle avait lavées et repassées, mais je l'entendais pendant un bon bout de temps encore les tâter, les lisser, les remettre en pile. Un jour, je voulus connaître la raison de toute cette perte de temps et je me retournai brusquement. Je lus dans son regard humble et pourtant insistant qu'il pouvait s'agir de tout autre chose que l'indolence : un plaisir caché qu'elle faisait durer et auquel, à mon insu, j'étais sans doute mêlé.) Comment serait la vie si l'on mettait au jour tous nos pauvres secrets, si l'on déchiffrait les raisons dissimulées derrière les inexplicables disparitions du temps ?

Ce ne fut pourtant pas seulement la prudence qui me détermina à m'arrêter. J'appuyais en vain sur les boutons qui d'habitude déclenchent immédiatement la réponse : rien ne prenait forme, ne voulait me rejoindre. J'étais pareil à une salle pleine face à une scène vide. Je m'étais évertué inutilement à y pousser tour à tour quelques-uns des acteurs de mes pièces habituelles. Je devais le faire sans que le public s'en aperçût. (La solitude mène à des jeux étranges.) Enfin ils se laissaient tomber sur une chaise tandis que je me tenais dans les coulisses, et pourtant il ne se passait rien, absolument rien. Il y avait sans doute dans l'air, ce matin-là, quelque chose qui m'était hostile, qui brisait toutes mes tentatives. Lorsque je regardais à nouveau la chaise, au bout d'un moment, ils n'y étaient plus. Ce qui me fatiguait, ce n'était pas tant l'effort fourni pour les amener en scène ; c'était de savoir d'avance, comme parfois en songe, qu'il n'aboutirait pas. Je baissai le rideau, mais du coup je ne voyais plus le public ; était-il parti ou attendait-il la reprise du spectacle ? Je redoutais de fâcher mes artistes, les partenaires de mes heures de solitude, en interrompant le jeu trop tôt. Pour échapper à ce trouble, je quittai le théâtre ; la scène et la salle à la fois. Kati y resta la dernière, affaissée sur la chaise qui avait servi aux autres aussi.

Je sortis de ma chambre en proie à la crainte étrange que j'éprouvais jadis au début des vacances. J'entendis grincer à peine la porte du tailleur sur mon passage. Dehors, il faisait moins chaud que je ne croyais. J'étais curieux de savoir où m'entraînerait la pente secrète du jour, car j'étais conscient de mon humeur inhabituelle. Il s'agit d'une découverte bizarre que j'ai faite il y a longtemps : nous cherchions, un camarade et moi, une certaine adresse dans une ville où nous nous trouvions pour la première fois. Nous errâmes des heures durant en silence, sans nous poser de questions. Je ne fus pas convaincu par l'explication simpliste qu'on me donna par la suite : nous nous croyions chacun guidés par l'autre. En réalité, nous avions été tous deux emportés par la pente particulière de la ville à ce moment-là. En raison d'une coïncidence peu courante, la ville ou le jour nous avait trouvés pareillement disponibles. Il m'arrive moins souvent de m'endormir de la même façon, livré aux impulsions les plus fantasques, car d'habitude je sais ce qui va suivre, les nuits où je rentre à la maison sans m'être libéré : le sommeil m'attend dans son gouffre qui engloutit tout, visages et signes.

Je marchais comme dans les autres rêves, beaucoup plus rares, allégeant à chaque pas le lest de ma conscience, de plus en plus léger et ouvert. Si cet état de joie nous est trop souvent interdit, c'est parce que nous sommes incapables de donner congé de temps à autre aux mécanismes qui s'usent à notre service. Ils devraient avoir droit à un jour férié, comme les bonnes qui sortent endimanchées, pour pouvoir ensuite reprendre leur travail sans rechigner. Deux ou trois fois, je n'ai plus été moi-même, de la manière dont une maison ne serait plus elle-même si, les maîtres s'étant absentés, les domestiques prenaient leurs aises dans les salons. J'ai surpris un soir au café une scène éloquente à cet égard : pendant que le pianiste tournait la tête pour parler au garçon, sa main droite restée sur le clavier passa à un air sans aucun rapport avec celui qu'il venait d'attaquer. Les doigts mercenaires sautillaient à présent gaiement, libres soudain – ils jouaient pour eux.

Je marchais d'un pas mesuré, plutôt lent ; quand on marche ainsi, le chemin peut tourner à tout moment. Je ne regardais pas vraiment, la ville avait une réalité intermittente, née à l'instant où elle se révélait. Lorsque je levais les yeux, j'apercevais ici ou là une fenêtre bondissant du toit pour aller se tapir au bord de la gouttière et je sursautais. Mes absences s'accumulaient comme des gouttes d'eau de plus en plus grosses au bout d'un robinet mal fermé. Dès qu'elles dépassaient un certain poids, elles tombaient et éclataient par terre ; tantôt j'étais devant une porte dont les monogrammes auraient dû me rappeler quelque chose que je ne réussissais pas à retrouver, tantôt je passais sous le balcon d'une maison que je croyais encore très loin. Toute la ville était pareille à la silhouette immobile d'un voisin de fauteuil dans une salle de concert. Je pourrais le détailler à ma guise, il ne me regarde pas, et pourtant je ne le fais pas. Mais la musique qui m'empêchait de me concentrer était d'une nature plus subtile que celle jouée par un orchestre.

Cette vacance de l'attention dégageait une volupté que ne bornaient pas les frontières de mes sens. J'ignore si la pression du monde extérieur s'était brusquement épuisée ou si une lumière intérieure, une rumeur, une musique venues je ne sais d'où avaient ôté aux choses leur signification, leur présence. Mais poursuivre dans cette voie m'amènerait à m'ensevelir en moi, puis à me lancer dans une exploration des ténèbres condamnée d'avance.

Lorsque la jeune fille passa à côté de moi, ce fut d'une brièveté irréelle, comme les images que le pitre de la classe introduisait dans la lanterne magique, une seconde à peine, tandis que le professeur continuait à commenter la beauté de la reproduction remplacée. Je crois avoir ouvert les yeux au moment précis où son profil glissait à ma hauteur. Ce n'était peut-être pas une simple coïncidence, la lumière de son visage forçait sans doute la barrière du brouillard dans lequel je flottais. Sorti de ce brouillard, je redevenais infiniment sensible et mon être tout entier la reçut – une vibration indifférenciée, qui s'apaisa comme le tremblement de l'eau autour de l'endroit où est tombée une pierre, et je la revis. Le front pâle à moitié caché par les mèches de cheveux blonds, l'œil tel qu'il apparaît sur certains profils antiques, représenté de face, l'iris baigné de larmes, et d'une façon incompréhensible j'eus en même temps la vision de la paupière presque transparente, claire. Tout cela ne dura qu'un instant.

Je crus d'abord que je n'avais pas vu autre chose, que je n'en saurais pas plus. Or, presque aussitôt, le souvenir de la fragilité du cou et du rebondi à peine perceptible de la poitrine s'ajouta à l'image fugitive.

Il y a des habitudes qu'il faut prendre de bonne heure, faute de quoi on ne les aura jamais. Je n'ai pas appris à temps à suivre une inconnue dans la rue, sinon je ne l'aurais sans doute pas laissée disparaître ainsi. Mais, cette fois, ce fut peut-être aussi une prudence prémonitoire qui m'empêcha de le faire.

Ma passivité me mit néanmoins de mauvaise humeur et je l'étais encore quand je me cognai au comptable. "Hé ! mon lieutenant, où courez-vous comme ça ? Qu'est-ce que vous dites de ce vent ?"

Je ne courais pas et il m'avait heurté volontairement ; il aurait de toute évidence pu m'éviter. Je n'aime pas ce genre de procédés et je m'arrangeai pour lui fausser compagnie : je lui demandai l'heure et je filai pendant qu'il tirait la montre de son gousset.

Chaque pas m'éloignait d'elle et pourtant elle était toujours là. D'autres détails se firent jour : le petit col rond de sa robe noire, les frêles épaules qu'on devinait sous le voile et la courbe gracile et altière du cou, qui me revenait, plus nette que son profil.

Je ne sais pas combien de temps nous errâmes ainsi dans une ville que j'avais du mal à reconnaître. Lorsqu'une inertie salutaire me ramena sur l'itinéraire menant chez Kati, le spectacle de la rue reprit son aspect ordinaire et je crus l'aventure achevée.

Mais, dès que j'entrai dans l'appartement, je compris que je me trompais. Kati était affalée sur le divan et le bout d'un de ses souliers (elle croisait les jambes) remuait nerveusement. Je ne peux pas parler aux gens qui ne se tiennent pas tranquilles. Je ne lui aurais certes pas raconté ce qui venait de m'arriver, mais son agitation peu courante me gagnait. Je sentais croître mon hostilité, quand, sur une chaise dans la pénombre, je vis l'inconnue, assise timidement, le buste légèrement penché en avant, les mains jointes sur ses genoux cachés par sa robe noire. Je la regardai sans m'étonner. Kati continuait à balancer le pied comme si de rien n'était.

"Il y avait beaucoup de vent, ce matin ?" La voix de Kati me sembla différente, lointaine. L'inconnue me souriait, mais crispée en même temps, et je crus deviner une prière dans son regard. Ou un reproche ? Pourquoi ne l'avais-je pas arrêtée quand elle passait à côté de moi ? Que répondre ? Embarrassé, je dis : "Je ne l'ai pas senti, mais quelqu'un m'en a parlé dans la rue." "Qui, encore le comptable ?" Qu'est-ce que ça pouvait lui faire, que ce fût le comptable ? Son ton neutre m'agaça, comme ma porte qui s'ouvrait la nuit pendant que je lisais au lit, quand ma mère venait voir si je m'étais enfin endormi. Je finis pourtant par acquiescer, autrement mon silence aurait pu l'intriguer. Kati fait partie de ces gens qui, s'ils vous voient maussade, vous le disent, mais pas tant pour que vous les sentiez à vos côtés : surtout pour vous montrer leur perspicacité. Je suis peut-être injuste à son égard, puisque je ne supporte pas mieux l'intérêt le plus sincère s'il se manifeste sous certaines formes. ("Nous revoilà triste ? Qu'est-ce qui est encore arrivé ?" C'était un garçon toujours animé des meilleures intentions, mais il me suffisait de voir sa face rubiconde et ses doux yeux de veau pour sentir monter en moi un flot de haine.) "Tu devrais me le présenter, ce comptable, il a l'air d'un brave homme, toujours de bonne humeur." Cette fois-ci, je ne répondis plus.

Je fixais en vain la chaise vide dans la pénombre. L'inconnue avait disparu.

"Tu parais fatigué." J'esquissai un sourire. J'étais aussi mal à l'aise que si l'inconnue avait réellement pu me voir.

J'ai longtemps pensé que les gens se dévoilaient avec le temps, à la façon des livres : on tourne page après page et on les fait peu à peu passer en nous. Je me trompais. Chez certaines gens, il y a quelque chose à connaître qui, tel le goût de l'air après une pluie du soir, n'a pas à se répéter pour être retenu. Ces gens-là s'ouvrent brusquement, comme un abîme, pas besoin de détailler les contours, les arbres, les rochers découverts en un instant pour accéder à l'essentiel. L'inconnue appartenait à cette catégorie.

J'avais envie de rentrer chez moi (elle m'aurait peut-être suivi), mais Kati m'aurait sûrement demandé pourquoi je ne restais pas. Je ressentais l'évanouissement de l'apparition comme une amputation.

En passant à côté de moi, un plateau de desserts à la main, la jeune fille me jeta un regard complice, comme si elle avait entendu le cri sourd, le déchirement qui remplissait ma poitrine de chaleur. Les invités venaient de s'asseoir sur les chaises entourant le piano. Dès le premier accord, une mèche de cheveux tomba sur le front de l'artiste ; elle me faisait penser à un drapeau noir flottant au-dessus de la mêlée des armées aux prises sur le clavier. Je sentis alors pour la première fois la perfidie des touches qui attendent en silence, au coude à coude, l'attaque des doigts courageux, mais si peu nombreux. En fait je n'écoutais pas la musique, le regard posé sur le pianiste, mais l'attention ailleurs. Trop près du piano, je n'osais pas remuer, si peu que ce soit, de peur de troubler l'audition. Mon impatience était nourrie par un pressentiment que je ne parvenais pas à combattre : la jeune fille était probablement partie entre-temps. Mais ne pouvait-elle pas se trouver derrière moi ? Je savais déjà à l'époque détecter sans les voir certaines présences à proximité. Non, elle ne s'y trouvait pas. Serait-elle allée dans une autre pièce ? Mais pourquoi aller ailleurs pendant le concert ? Lorsque celui-ci s'acheva, je n'avais plus l'ombre d'un doute : je savais que je ne la reverrais pas. Je la cherchai pourtant parmi les invités. Je m'introduisis même dans les deux pièces donnant sur le salon, sans penser à la maîtresse de maison, qui aurait pu me surprendre dans sa chambre. Demander si quelqu'un était parti n'aurait pas eu de sens et je ne savais d'ailleurs pas qui interroger. Au moment où je prenais congé, je vis la bonne dans le vestibule. Elle portait une robe de la même couleur. Je lui adressai un sourire las, elles se ressemblaient en effet, mais je ne m'y trompai pas. Je me souviens de son expression étonnée (je l'avais fixée avec insistance) et de mon rêve cette nuit-là.

Pour je ne sais quelle raison, la présence de Kati constituait certainement le facteur inhibiteur.

Je n'arrivais pas à me concentrer. Mon silence était peu profond, une nasse insuffisamment plongée, sous laquelle les poissons pouvaient nager en toute quiétude. L'inconnue restait toujours à l'horizon ; j'ignorais si elle s'éloignerait vers le grand large ou si elle reviendrait au rivage. Les yeux clairs refusaient de se trahir. Je ne me rappelais pas leur couleur, ce qui ne me surprit pas, mais me fit comprendre que je m'approchais d'elle. En effet, je ne retiens jamais la couleur des yeux, ni l'âge, des gens dont je m'approche, je les remarque seulement chez ceux qui viennent vers moi. Eux, je peux les décrire en détail, ils s'avancent à découvert, ils sont une armée ennemie dont je décèle aussitôt les faiblesses, la profondeur des blessures et leur nombre. Les autres, ceux vers lesquels je me dirige, restent pour moi des étrangers comme les inconnus avec qui l'on fête dans la rue une victoire longtemps attendue. Je vais à eux dans une lumière qui efface leurs traits.

Je ne réussissais pas à rendre son image plus précise. Il me semblait la voir à travers une eau trouble qui diluait les obscurités.

Kati alla préparer quelque chose à la cuisine. Alors, l'inconnue se pendit à mon cou et je sentis sur ma poitrine son visage humide. Je me demandais si ce n'était pas un de ces faux retours n'ayant rien de significatif ; la discontinuité trop flagrante de sa dernière attitude était louche. J'aurais dû réagir, lui lever la tête je ne sais comment pour la regarder. Kati pouvait entrer à chaque instant et cela me paralysait. Il y a des subtilités qu'elle ne comprend pas malgré toute mon habileté à les lui expliquer. "Ma mort, ou la tienne, c'est quoi pour toi ?" "Qu'est-ce qui te prend de parler de ta mort et de la mienne ?" "Une minute, je veux dire que pour chacun sa propre mort n'est pas la même chose que la mort de l'autre." "Quel autre ?" Kati ne parvenait absolument pas à saisir. Pendant que je lui parlais, elle accompagnait mes paroles de gestes les illustrant. Elle figurait sa mort en pointant l'index sur son cœur et elle le tournait vers moi quand j'évoquais la mienne. Pour la mort de l'autre, sa main s'ouvrait toute grande comme une tulipe et restait sans défense en l'air. Je déteste les confusions de ce genre, et ma haine des mots qui ne me servent pas est d'autant plus forte que je n'ai aucun moyen de les punir pour leur mauvaise volonté.

D'autre part, de telles confusions comportent le risque des conséquences imprévues. Kati a cru comprendre un jour, en interprétant de travers une comparaison, que j'avais les poumons faibles. Je lui disais seulement que je craignais de devenir pareil aux tuberculeux, qui se méfient de tout déplacement d'une certaine importance. Depuis, elle s'inquiète dès que le temps est un peu brumeux et me gronde si je sors sans écharpe.

Lorsqu'elle revint de la cuisine avec une assiette de biscuits, je pris mon courage à deux mains : "Je ne me sens pas bien aujourd'hui, je crois que je ferais vraiment mieux de rentrer chez moi." Je jetai un coup d'œil du côté de l'inconnue. Je m'attendais à surprendre un regard approbateur. Elle avait encore disparu. Je me dis qu'elle faisait preuve d'une remarquable énergie. Mon pouvoir de persuasion en pâtit. "On grignote un peu et on bavardera après." Kati souriait, narquoise.

Je sais d'où lui vient cette assurance : les femmes ayant une belle poitrine se conduisent en général ainsi avec les hommes de mon espèce. Je voulais protester, mais je ne savais comment. Je cherchais un prétexte pour m'esquiver sans la blesser, quand je m'entendis dire : "Je ne pourrais pas dormir chez toi cette nuit ?" J'ignore quel ennemi secret me joue ce genre de tours, à chaque fois tellement incompréhensibles que je regarde autour de moi pour voir si ce n'est pas quelqu'un d'autre qui a parlé. Elle me répondit par un sourire équivoque, qui me rendait seul responsable d'une situation que j'avais voulu éviter. J'étais tourmenté, en outre, par ce nouveau constat de mon incapacité de surmonter les moindres gestes de l'autre, incapacité dont je sais qu'elle est la sanction immédiate de ma subordination.

Il me parla une seule fois de ses rapports avec les femmes. C'était peu après son déménagement dans un autre quartier. "Ça te plaît ?" D'une poche de son pantalon, il tira comme un prestidigitateur un énorme carré de soie bleue, ou un voile, je ne m'y connais pas. En tout cas, c'était un tissu très léger qui, dans l'air figé, trouva encore assez de courants pour onduler gracieusement, on eût dit la cape d'un matador, à un mètre du sol. "Je tiens à lui faire un cadeau. D'autres lui offrent bien plus parce que, vois-tu, elle aime bien les cadeaux." J'ignorais de qui il s'agissait. "Qu'est-ce qu'elle pourra en faire ?" La question m'avait échappé. "Peu importe, ce qu'elle voudra. Devine où je l'ai déniché." Chez un antiquaire, qui exposait dessus ses bibelots dans la vitrine. De tout cela, je retenais sa désinvolture. Il savait simplement que quelque chose lui plaisait. Quoi ? Quelle importance ! Le choix de ce don relevait uniquement de son caprice. Il se moquait de ce qu'elle en ferait, il n'avait certainement pas pensé un seul instant à ce qu'elle pouvait souhaiter elle-même, ou bien il allait de soi qu'elle aimerait nécessairement *son* présent. Je l'envie pour cette liberté.

Mon regard navigua quelque temps entre le visage de Kati et l'endroit où j'avais vu l'inconnue, que j'essayais inutilement de faire réapparaître. Je me réfugiai finalement dans mon état coutumier d'observateur indifférent, état que je cache, quand je suis avec Kati, sous un air de discret bien-être.

Elle se leva pour s'approcher de moi (elle s'était assise en face) et, en passant, elle poussa contre la table la chaise sur laquelle s'était tenue l'inconnue. Cet acte – qui au fond n'en était pas un – me fit comprendre que je ne contrôlais plus ni les faits ni leur retentissement en moi. J'avais une conscience tout extérieure, n'adhérant pas plus qu'une veste dont on peut se débarrasser quand on veut et rester le même. Je réalisai d'ailleurs que je venais de le faire. Je l'avais retirée et donnée au tailleur qui, sans se soucier de ma présence, se lança dans ses opérations habituelles. Il commença par l'étendre sur sa table de travail constellée de taches. La veste, qui prenait ainsi une forme étrange, difficilement imaginable pour celui qui la porte, me devint subitement tout à fait étrangère. Il marqua à la craie des découvertes que je ne comprenais pas et qui ne me semblaient pas toutes me concerner, puis il mania avec dextérité ses grands ciseaux aux anneaux de grosseur inégale. Il souriait bizarrement quand les lames tranchaient avec facilité le tissu usé et sifflait pendant tout ce temps un air qui, aux moments où son travail exigeait un surcroît d'attention, s'altérait et disparaissait, comme certaines rivières dans les régions calcaires, pour resurgir un peu plus loin sans avoir changé. La besogne du tailleur pouvait durer longtemps. Je ne me préoccupais pas vraiment de ses gestes et pourtant je ne voyais rien d'autre qu'eux dans l'atelier ; en même temps que de ma veste, je m'étais dépouillé de mon impatience. Une seule pensée émergeait parfois de la surveillance ininterrompue du traitement auquel était soumise ma veste : quel serait son aspect quand il me la rendrait ? (Car je n'imaginais pas un instant que je pourrais décider de la reprendre moi-même.)

Enfin Kati me rejoignit, elle mit son bras autour de mon cou et je sentis sa chaleur ronde glisser doucement sous mon menton. Je fermai les yeux. “Pourquoi fermes-tu les yeux quand je m'approche de toi ?” Les siens devaient briller de plaisir à cause de la subtile et voluptueuse découverte qu'elle venait de faire. Elle se figurait bien entendu que cela témoignait d'une forte émotion. En réalité, je les fermais parce que le contact d'une peau m'éloigne plus qu'il ne me rapproche. En outre, pensant à l'éventualité que son attitude paraissait provoquer, j'en récapitulais tous les désagréments. Chaque fois que je passe la nuit chez elle, mon départ à l'aube doit être d'une extrême discrétion. Elle ouvre la porte en prenant un maximum de précautions pour ne réveiller personne et je dois sortir le plus vite possible, à une heure où les chiens eux-mêmes ne se hasardent pas dans les rues. Et c'est furtivement aussi que je dois rentrer chez moi. J'ai surtout peur de rencontrer la fille du tailleur, matinale et trop curieuse. (Je ne peux cependant pas déceler sur son visage placide ce qu'elle sait de mes escapades nocturnes.)

J'ai toujours été surpris par la désinvolture des femmes dès qu'un certain niveau d'intimité est atteint, la nonchalance avec laquelle elles se rassoient sur les genoux dont elles viennent de sauter, à cause du téléphone par exemple. Kati remarqua, par-dessus mon épaule, qu'un coussin était tombé du divan et elle alla le ramasser. J'essayai d'en profiter pour dresser entre nous l'obstacle des mots. “Tu avais l'air bien soucieuse quand je suis arrivé tout à l'heure.” “Oui, j'ai quelques problèmes, mais je ne veux pas t'ennuyer avec ça.” Elle se blottit sur ma poitrine. J'eus honte de mon indifférence à son égard. Au fond, rien ne m'obligeait à m'intéresser aux questions qui la tracassaient, je ne lui parlais jamais de mes propres problèmes. Pourtant, cette fois-ci, j'étais mal à l'aise. Pour la première fois, j'eus un élan de tendresse, joint à un inhabituel sentiment de culpabilité. Sans raison précise. Cela n'entrait pas dans notre contrat tacite. L'inconnue avait peut-être laissé dans la pièce une parcelle de son désarroi, bizarrement attardée comme le bruit de l'eau dans les gouttières après l'averse ou comme le dernier accord d'un concert, que l'on retrouve dans l'immobilité d'un visage en général plein de vivacité. Je devinai un sourire sur sa figure cachée contre une poitrine que j'aurais voulue plus émue.

IV

Parfois certains clients s'arrêtent pendant un instant en passant près de ma table et me lancent un regard embarrassé, celui qu'on a devant un domestique trop bien mis : on n'ose pas le gratifier d'un pourboire, mais on ne voudrait pas se déconsidérer auprès de lui. Je n'ai jamais compris pourquoi, peut-être cette table à côté de la porte était-elle naguère réservée à un employé qui offrait certains services, j'ignore lesquels. C'est le seul défaut de ma table ; autrement l'endroit, discret, est bien choisi, et, surtout, m'épargne les acrobaties des garçons. Ils m'ont toujours fait peur, ces jongleurs qui préfèrent renverser le café sur vos vêtements plutôt que de porter le plateau sur plus de trois doigts.

Je m'assieds sur la chaise ordinaire dont le velours vert est élimé depuis longtemps ; la banquette côté entrée reste toujours libre. Le journal m'attend sur la table, crucifié sur son support de noisetier. Puis vient le garçon, qui m'apporte mon café quotidien. A travers les grandes vitres sales, je vois, au-dessus des rideaux qui montent jusqu'à la hauteur de mon menton, la rue qui longe la rivière, et le vieux pont de pierre. C'est un pont étroit, sans rien de remarquable, dont le garde-fou refait il y a peu jure comme un fichu blanc repassé de frais sur la tête d'une vieille paysanne. Les gens et les charrettes le montent lentement, peut-être autant à cause du raidillon, assez rude, que du rythme particulièrement paresseux de la ville. Leur disparition de l'autre côté du dos d'âne semble se faire plus vite.

Je constate sans cesse que je me fais des illusions en croyant découvrir de nouveaux jeux. Le garçon me vit tourner les yeux dans la direction du pont au sommet duquel arrivait justement un homme à la démarche lente. Avec les habitués, la réserve des serveurs laisse parfois à désirer. "Avant que vous ayez compté jusqu'à dix, il aura disparu." Je le regardai d'un air intrigué ; il me comprit de travers. "Il y en a qui disparaissent avant six, mais pas des vieux comme celui-là." Qu'est-ce qui peut obliger un garçon de café bavard à se taire ? Il y a une méthode simple, le journal, mais je n'avais pas envie de lire. En fait, je n'avais nullement eu l'intention de mesurer le temps qu'il faudrait au bonhomme pour passer de l'autre côté du pont, mais il est vrai que je m'adonnais quelquefois à ce jeu. J'étais surtout contrarié à l'idée de devoir désormais faire attention à ne pas me laisser surprendre en train de compter. (Ce qui m'amusait le plus, c'étaient les moments, rares, où un quidam engagé sur le pont se ravisait soudain. Il s'arrêtait, à moitié avalé par la pente opposée, pour se retrouver une seconde plus tard le visage tourné vers moi. J'éprouvais alors un plaisir semblable à celui du pêcheur quand le poisson a mordu à l'hameçon.)

Préoccupé, je ne suivais qu'en apparence le spectacle de la rue. J'avais encore présents aux yeux le visage trop large, à la peau malsaine, et le sourire stupide de la fille du tailleur. Ayant rebroussé chemin, je l'avais trouvée dans ma chambre, installée tranquillement à la fenêtre, un ouvrage de couture sur les genoux. Elle s'était levée lentement, l'air presque paralysée par la peur. Comme je tournais la tête, incommodé, je surpris du coin de l'œil un sourire curieux sur ses lèvres décolorées. Je ne pus me retenir : "Qu'est-ce que vous faites là ?" "Rien, veuillez m'excuser, il y a trop peu de lumière chez nous." Elle ne bougeait pas et ses grands bras pendaient gauchement le long du corps ingrat qui paraissait encore plus épais, tordu comme un épouvantail. Je devinais que je n'en apprendrais pas davantage. Elle usait de la roublardise des paysans, qui savent si bien jouer les idiots. Elle passa à côté de moi d'un pas rapide, en dodelinant de la tête, comme le bétail qu'on mène en pâture le matin, et laissa une odeur de savon bon marché dans ma chambre. Je ne comprenais pas pourquoi elle y était venue : chaque chose se trouvait à sa place, on eût dit qu'elle n'avait touché à rien, et pourtant il me semblait évident qu'elle n'aurait pas osé monter chez moi uniquement pour la lumière. Je décidai d'en parler à son père. Mais, une fois devant sa porte, je compris quelle imprudence j'allais commettre et je repartis sans tarder. Je n'en reviens pas d'avoir pu penser éclaircir cet incident en le dévoilant au tailleur. Si c'était lui qui l'avait envoyée ?

Le boiteux, qui m'avait été présenté par un camarade que je connaissais un peu pour avoir arpenté avec lui les couloirs de l'école depuis un mois, devait me vendre un cours qu'on ne trouvait plus dans le commerce. Les rues du quartier de la gare se poussaient les unes les autres de plus en plus profondément dans l'obscurité. C'était une nuit humide d'automne, les réverbères semblaient serrer frileusement la lumière autour de leurs corps noirs, rongés par la rouille. Les pas du boiteux résonnaient avec une lourdeur inattendue pour quelqu'un d'aussi chétif. Soudain il commença à me raconter les meurtres commis dans le quartier. J'hésitais à le croire, bien qu'il eût l'air très sérieux en me parlant des gens découverts au petit matin pendus à des lampadaires ou écroulés, la gorge tranchée, sur les clôtures basses des jardins embroussaillés. Lorsque nous entrâmes sous la voûte basse et que je fus obligé de me pencher, le petit homme que j'accompagnais me parut tout à coup beaucoup plus important. Il montait bruyamment l'escalier, comme s'il voulait annoncer son arrivée à je ne sais qui. "N'allons-nous pas réveiller les voisins ?" "Peu importe, ici il n'y a que des braves gens." J'ignore pourquoi, je le regardai attentivement. Ses yeux verts avaient une sérénité déplaisante qui, si elle cachait quelque chose, ne pouvait cacher que la démence. Quand il me demanda un prix exorbitant pour le cours, je me levai pour partir, mais il sauta de sa chaise et me coupa le chemin. "Attends, je vais t'expliquer par où rentrer." Il m'avait pris la main et je me souviens du contact glacial de sa peau. "Vois-tu, ici il y a des endroits par où il vaut mieux ne pas passer tout seul." L'itinéraire qu'il esquissait, en mettant bout à bout ses doigts longs et jaunes aux ongles soigneusement coupés, était impossible à retenir. "Je ne réussirai jamais à me débrouiller." Il souriait. "Peut-être." J'avais envie de lui demander ce qu'il voulait dire. Dans la pièce, très grande, une lampe à pétrole nous entourait d'un faible halo au-delà duquel on ne voyait que nos ombres énormes sur les murs nus. La table se trouvait au milieu ; il n'y avait aucun livre dessus, un gros paquet seulement, dont je ne pouvais pas deviner le contenu. Le sourire ne s'était pas effacé sous mon regard, au contraire, il s'accentuait et je fus bientôt en proie à un étrange sentiment d'insécurité. Inexplicablement, une tête de serpent se dessina dans l'ombre qui entourait le paquet. "Alors, aie la bonté de me raccompagner" et, sans lui laisser le temps de répondre, j'ajoutai que j'étais obligé de toute façon de lui acheter le cours, malgré son prix que je trouvais excessif. Mon camarade d'école se montra stupéfait quand je lui dis combien j'avais payé et s'excusa de m'avoir mis en rapport avec le boiteux. "Je ne le connaissais pas plus que toi", dit-il. Le lendemain au soir, je les vis s'engager bras dessus, bras dessous dans une ruelle obscure.

Au fond, il pouvait y avoir de surcroît entre le tailleur et sa fille une complicité ne devant rien à leur parenté. Je me félicitais de plus en plus de m'être ravisé avant de lui parler. L'aspect presque mongolien de sa fille n'était peut-être qu'une apparence.

Les gens forment parfois des groupes, des alliances parfaitement occultes, et plus leurs visées sont condamnables, plus leur dissemblance les avantage. Rien ne m'indispose autant que les photos de famille qui ont l'allure d'un arbre généalogique avec toutes ses vieilles branches et ses derniers rejetons. Les enfants assis à la turque aux pieds des adultes n'ont pas l'air moins sournois que ceux-ci. Je sais qu'il y en a toujours deux ou trois qui n'hésiteraient pas à écraser le gros vieillard tenant dans les bras son arrière-petit-fils, mais je n'arrive pas à les identifier.

Excepté Kati, je ne connaissais personne à qui parler des bizarreries de la fille du tailleur, or elle aurait certainement souscrit à l'explication que cette dernière m'avait donnée. J'avais beau faire l'inventaire de ma chambre, je ne voyais pas ce qui aurait pu l'intéresser. Je l'avais soupçonnée autrefois d'avoir des vues sur moi, mais ce n'était donc pas fondé puisqu'elle venait aussi en mon absence. Restait une hypothèse : peut-être me surveillait-elle. A l'instigation de qui ? Il est vrai que les petites villes sont plutôt hostiles aux gens seuls. Un solitaire est toujours louche. Je m'étais rendu compte que le jeune homme qui voulait me faire visiter l'autre ville, où je n'avais passé que dix jours, n'était pas un guide innocent, mais un envoyé chargé d'apprendre ce que je cherchais, dans quel but j'étais venu. La raison pour laquelle j'ai une sympathie particulière pour certains corps de métiers – les savetiers, les boulangers et même les balayeurs –, c'est que, contrairement à d'autres, ils ne se mêlent jamais de ce qui ne les regarde pas.

Ainsi, j'ai remarqué à plusieurs reprises que le garçon de café qui paraissait dormir debout, adossé à l'un des piliers revêtus de miroirs sur deux faces, surveillait en réalité les tables proches de l'entrée. Lorsqu'on entendait grincer la petite porte du fond, qui mène je ne sais où, il s'en approchait après s'être détaché nonchalamment du pilier, comme s'il voulait faire croire qu'il n'avait aucune autre raison d'être que de sommeiller, les mains sur les revers tachés de son veston. Je n'arrivais pas à voir s'il adressait ou non un signe à quelqu'un caché derrière une porte. Un jour, je me levai et m'en approchai à mon tour. Au moment où j'allais appuyer sur la poignée, un autre garçon, embusqué derrière la caisse, me cria : "Les toilettes, c'est à côté", de sorte que je dus battre en retraite.

Les gens qui passaient dans la rue devant le café, la tête séparée du corps masqué par les petits rideaux jaunes qui couvraient trois empans des vitres, me faisaient une impression curieuse et désagréable. Peut-être surtout parce que j'ignore si, quand on se trouve derrière une fenêtre, on est tenu de saluer une connaissance passant dehors. (Et, aussi, la crainte que la vitre ne puisse dénaturer mon sourire.) Cette crainte, certainement ridicule et probablement injustifiée – je connais seulement quelques personnes ici et je sais où se trouve chacune d'entre elles à telle ou telle heure de la journée –, me poussa néanmoins à détourner les yeux de la fenêtre.

Le café avait un goût plus corsé que d'habitude. Je constatai non sans joie que son arôme s'insinuait en moi et dissipait la brume amorphe dans laquelle je croupissais. Les odeurs me font un effet plus envahissant que les bruits, plus même quelquefois qu'une idée devenue obsédante. Dans la chambre de Kati, flotte toujours une odeur semblable à celle qui demeure après qu'on a fait le ménage. Une fraîcheur dont on pressent la brièveté. De ce fait, je ne respire jamais profondément chez elle. Je ne me sens que partiellement là. Sinon, nous aurions peut-être d'autres conversations ; je pourrais penser aussi à des choses s'enchaînant davantage. Il en va de même au cinéma du quartier, où je n'apprécie que les comédies les plus grotesques ; à cause du parfum vaporisé dans la salle, les héros des drames sentimentaux ont des têtes de coiffeur et les aventures les plus sanguinaires ne sont guère tragiques dans la senteur forte de l'eau de Cologne bon marché.

Je venais de quitter ma chaise pour la banquette lui faisant face, afin de lire mon journal dans un meilleur jour, lorsque mes yeux se portèrent par hasard sur le pont. Bien que la silhouette penchée sur le parapet fût à plus de quatre-vingts pas, je la reconnus tout de suite. Je feignis de ne pas trouver la banquette assez confortable et je revins m'asseoir sur la chaise, d'où je pouvais regarder à mon aise par la fenêtre.

Elle portait la même robe noire ; nu-tête, accoudée au garde-fou, le menton entre les mains. J'essayais en vain de la distinguer avec plus de netteté : elle était trop loin. Je remarquai que sa robe légère, ou trop large, flottait au vent. Je m'étonnai un instant seulement de ne me sentir nullement surpris. Je trouvai aussitôt l'explication : je ne suis surpris, ou plus précisément troublé, que par les événements qui ont quelque chose de contrariant ; les autres, je les portais déjà en moi et, au moment où ils surviennent, ils ne font que passer d'un plan de la conscience à un autre, simplement, ainsi qu'en rêve, quand s'ouvrent les portes auxquelles de jour je frappe inutilement. De même, ce qui étonnait mon père, c'était qu'aucun cadeau ne me surprenait. Son attente l'avait déjà fait mien. Mon père n'en restait pas moins certain que j'étais – et il ne se trompait pas – modeste et pas du tout blasé. Mais, pour cette raison, on me croit quelquefois insensible.

J'étais allé d'un pas tranquille au-devant de ma sœur et je lui avais dit : "Tu m'as beaucoup manqué. Personne ne s'attendait à ce que tu reviennes à l'improviste." Je n'avais malheureusement pas exprimé le reste de ma pensée : sauf moi. Son air triste m'étonnait d'autant plus que je n'étais encore au courant de rien ; je sais aujourd'hui que j'ai eu tort. J'aurais dû faire un geste, même un geste conventionnel, les gens en ont si souvent besoin, et, plus que quiconque, une enfant malade, que de longues années passées loin de nous rendaient étrangère. Elle resta un mois seulement dans ma chambre et, chaque matin, la revoyant toujours plus pâle, je sentais qu'elle n'avait pas pu surmonter l'amertume de nos retrouvailles.

D'aucuns font des confusions encore plus graves : "Vous, mon lieutenant, vous me faites l'effet de quelqu'un de très calme, de très, très calme, et pourtant vous avez traversé beaucoup d'épreuves, n'est-ce pas ?" Les yeux de fouine brillaient de tant de sagacité. Je ne pouvais pas le rabrouer, car il me parlait toujours comme s'il n'y avait rien de plus important à ce moment-là que l'expression de mon regard, la façon dont m'allait mon pardessus ou mon chapeau. "Je ne suis pas calme, j'en ai seulement l'air, je suis ataraxique." Le mot avait jailli comme un chat inconnu, tapi sous le lit, quand on rentre la nuit à la maison. Je fus gai plusieurs jours en pensant à la façon dont la stupéfaction avait, comme une glace déformante, allongé le petit menton et outrageusement rétréci le front à peine large de deux doigts.

Je la voyais sans m'arrêter sur un endroit précis, comme on voit l'ombre ou la lumière. Elle était partout ; je remuais doucement la tête de part et d'autre, mais elle ne disparaissait pas – il faut dire que le pont se trouve juste en face de la vitre. Je renonçai à une certaine insistance qui consommait mon énergie et je la regardai sans vraiment la fixer : je regardais plutôt autour d'elle, en glissant, mais en revenant sans cesse vers elle, et soudain la distance s'effaça. Je sentais que je pouvais la rapprocher de moi à ma guise, mais, en deçà d'une limite que je ne savais pas estimer en mètres, son image se transformait, comme les photos vues à travers une loupe, en une succession incohérente de surfaces violettes et grises.

Je n'eus plus aucun doute quant à la couleur de ses yeux. Pendant une seconde, j'eus l'impression de distinguer un médaillon entre ses mains ; l'objet s'évanouit immédiatement, tel un nuage blanc dans un ciel inondé de soleil, au même instant tout s'effaça et seule demeura la silhouette frêle appuyée au parapet massif. "Un médaillon ?" me dis-je. "Non." Tout eût paru trop lourd et trop dur sur sa peau mate ; elle portait sans doute des perles, les grains mystérieux qui renferment le silence dans leur sourire pâle. J'hésitai. Le front sur lequel tremblaient des cheveux rebelles remuait un peu, de gauche à droite. "Ou bien tu n'aimes aucun bijou ?" La tête ne bougea plus. Comment pouvais-je en déceler l'immobilité à une pareille distance ? Je compris sa crispation subite, ma question avait été d'une frivolité déplacée, prématurée. J'étais dans un état d'esprit très particulier, je glissais au-delà des limites de l'attention, vers une sorte d'indifférence passive. En tout cas, j'étais certain qu'elle ne pourrait pas partir, disparaître, tant que je ne la quitterais pas des yeux.

Cela, je l'ai appris il y a longtemps déjà, un matin où il apparut à une croisée du premier étage de la maison d'en face – dès lors, je sus du moins où il habitait – et me héla familièrement : "Hé ! hé !" J'ouvris ma fenêtre pour mieux l'entendre. "Tu ne veux pas venir prendre le soleil ?" Je m'habillai rapidement, je me rappelle que j'eus la prudence de choisir une chemise que je pouvais verdir dans l'herbe. Je le trouvai devant la porte. Son col ouvert avait une tout autre allure que le mien. Ma mère avait souri énigmatiquement lorsque je lui avais dit que les filles ne l'intéressaient pas. (Je bavardais parfois avec elle, jusqu'au jour où je m'aperçus de sa profonde indifférence envers tous les gens dont il m'arrivait de lui parler et je cessai alors de l'importuner.) Je me suis demandé plus tard comment elle avait fait pour deviner que son désintérêt à l'égard des filles était dû justement au fait qu'il les connaissait autrement que moi.

Il me prenait par le coude – il me poussait comme si j'étais un de ces chariots sur lesquels on transporte ses bagages à la gare – ou, sinon, marchait à trois pas de moi, tantôt devant, tantôt derrière, à tel point que je n'en revenais pas de pouvoir encore saisir ses paroles. Après avoir tourné au coin de sa maison et traversé la rue, nous nous retrouvâmes dans la cour de l'église. C'est tout. Il s'assit posément, comme on le fait lors d'une halte gagnée à grand-peine. Il contemplait, enchanté, le ciel sur lequel glissait lentement le voile des nuages. “Tu vois le roi ?” La pression de sa main dirigea mon regard vers un coin du ciel. Sur le fond bleu, se dessinaient un profil aquilin et une couronne à trois pointes. Je tournai la tête et lui demandai pourquoi il regardait aussi attentivement. Il me répondit par une question posée à mi-voix, comme on demande pour la sixième fois un livre qu'on n'a pas trouvé dans cinq librairies de suite : “Tu le vois toujours ?” Je ne le voyais plus. Je dévisageai mon compagnon. Il avait l'air très concentré, les lèvres blanchies, et l'on discernait sur son nez mince la ligne à peine perceptible de l'os. “Moi, je le vois toujours.” Enfin, il secoua la tête, à la manière d'un chien qui s'ébroue, et me dit gravement : “Si tu ne veux pas qu'il disparaisse, ne le quitte pas des yeux.” Ce jour-là, je n'avais pas compris comment la figure complètement déformée pouvait ne pas perdre son sens.

Pendant un instant, je trouvai cette idée amusante : aussi longtemps que je la fixerais, l'inconnue serait obligée de rester sur le pont. Elle paraissait absorbée dans ses pensées. Je tressaillis au moment où une charrette la frôla sans qu'elle esquissât le moindre mouvement. Mais la distance me trompait peut-être. De toute façon, je pouvais distinguer seulement les ondoiements de sa robe sous l'effet du vent.

Il y a longtemps, j'ai vu à la foire un petit Tzigane d'une douzaine d'années qui, pour une somme modique, se dressait sur la pointe des pieds, s'approchait de votre oreille et, la bouche grande ouverte, égrenait les notes d'un air à la mode en faisant vibrer avec l'ongle sale de son pouce droit ses dents d'une blancheur éclatante. J'imaginais cette explication : les sons étaient en réalité fredonnés sur un ton infiniment plus aigu que celui qui est couramment perceptible, mais que captait pourtant notre oreille, dont la sensibilité est sous-estimée. De même, je ne pouvais considérer certaines de mes appréhensions concernant l'inconnue du pont comme de pures hypothèses, suscitées par quelques détails retenus fortuitement. J'étais certain qu'elle aussi avait murmuré quelque chose – j'entendais ses pensées – au moment où nous nous croisions. Elle cherchait quelqu'un dans cette ville qu'elle ne connaissait pas, quelqu'un à qui elle devait parler à tout prix. J'ignorais si elle m'avait choisi ou si elle chuchotait sans cesse les mêmes mots, tels les grains d'un chapelet qu'on fait glisser entre ses doigts. Je m'interrogeais, je l'interrogeais.

Son profil énigmatique était indéchiffrable et sa solitude éveillait en moi d'innombrables échos, comme le tintement d'un vase de cristal repris par les autres objets endormis dans une vitrine. Je me sentais soudain perdu parmi les habitants de la ville, qui demeuraient pour moi de parfaits étrangers. Je ne comprenais pas pourquoi je pouvais me les représenter avec autant de précision. A chaque détail inutile qui me revenait à l'esprit, je m'estimais la victime d'une mémoire que je ne contrôlais plus. Une sculpture presque effacée dans un linteau de pierre – la poignée de la porte à tambour du café. La figure osseuse du tailleur, avec son nez trop long marqué par deux protubérances, était l'une des images les plus insistantes. (Je ne sais pourquoi, dès que je le vis je me dis qu'il en avait eu d'abord une seule et que la seconde lui était venue par la suite, comme la marque d'un péché.) Par contre, le visage de sa fille ne gardait désormais pas plus d'importance qu'un tiroir oublié ouvert dans une chambre d'hôtel où l'on sait qu'on ne reviendra jamais. Quant à Kati, je n'y pensais plus, un peu comme on ne compte pas la chemise qu'on porte quand on fait l'inventaire de sa garde-robe. Cette solitude partagée était pour moi un don de l'inconnue. Je contemplais avec reconnaissance la mince silhouette vêtue de noir.

J'allais quelquefois nager dans le lac ; le soir, quand il n'y avait plus au milieu des eaux qu'un seul autre attardé. L'eau, qui perd si vite sa chaleur, me faisait frissonner tandis que je descendais prudemment dans la rocaille de la berge. Lorsque j'en étais assez loin, j'éprouvais un sentiment bizarre, directement lié à l'inconnu qui nageait lui aussi quelque part. Le plus souvent, je ne le voyais plus ; sa présence conférait à ce lac soudain étranger, et peut-être dangereux, un charme nouveau. J'avais l'impression que chaque mouvement de mes bras se transmettait jusqu'à l'autre nageur et je croyais sentir le remous des eaux troublées par lui. C'était une espèce de greffe dans le milieu fluide, une greffe qui, en dissolvant les strictes limites de nos corps, créait un être différent, lequel pouvait trouver en soi, mais dans son autre moitié, le mystère faisant défaut au démon de l'imagination. Lorsque je regagnais la rive, je ne savais jamais qui avait donné le signal du retour, moi ou l'autre. Le lac restait derrière nous d'un calme trompeur, gouffre avide dont nous avions réchappé de justesse.

J'examinais longuement l'architecture des maisons d'en face, pendant que l'inconnue se penchait sur le filet d'eau serpentant dans le lit presque à sec de la rivière. Je ne me rappelais pas quand j'avais regardé assez attentivement du haut du pont pour revoir maintenant avec autant de précision les broussailles poussant sur les deux rives et les pierres sur lesquelles l'eau s'écoulait doucement, et j'eus un instant le sentiment d'une mystérieuse communion. En raison de la hauteur du pont et du faible débit de la rivière, tout se passait dans un silence absolu qui, je le sentais comme je sentais la fraîcheur de l'air au-dessus de l'onde, entourait aussi mon inconnue. Dans ce silence, elle entendait sûrement mes pensées, clairement, comme dans une salle immense ou dans une forêt de songe.

"Allons-nous-en à présent, tu es trop restée là, il fait froid." Elle me sourit et s'écarta de la balustrade. J'étais à côté d'elle. Ses petits pas ne faisaient aucun bruit. Je ne pouvais pas lui prendre le bras, mais la distance qui subsistait entre nous ne m'empêchait pas de lui parler. "Rien n'est encore perdu." Elle ne réagit pas. "Il faut que tu aies, que nous ayons tous deux confiance, les gens n'imaginent pas tout ce que nous pouvons endurer." J'eus peur d'en avoir trop dit ; elle tournait la tête. Je ne savais ni où nous allions, ni où nous nous trouvions. Et, tout à coup, elle n'était plus à côté de moi. Je le sus à la fraîcheur qui m'enveloppa soudain, comme au début du printemps quand des nuages couvrent brusquement le soleil encore sans vigueur. Je me sentis triste et las. Je pensai au sculpteur dont les doigts s'immobilisent d'un seul coup dans la terre glaise, alors que la créature encore inexistante s'enfouit toujours plus profondément dans la matière devenue hostile. Les phrases que je ne pouvais pas dire pourrissaient lentement en moi et une amertume semblable à celle qui suit un long et inutile voyage m'égarait dans l'ombre. Je ne connais que trop cette lassitude qui me fait parfois rester dans ma chambre sans bouger du lit jusqu'à la tombée du soir. Pendant quelque temps, j'entends encore les bruits de la rue, mais sans y prêter attention. Puis le silence s'étend sur mon corps abattu et les heures passent comme des nuages sur une plaine déserte. Lorsque je rouvre les yeux, je ne sais jamais si ce n'était pas une espèce d'évanouissement, si je ne suis pas réellement malade. Dans ma chambre, il fait nuit noire. (J'avais entendu les coups frappés à ma porte, mais pendant un instant seulement, le temps de dissiper mon sommeil, qui aussitôt me reprit, telle une eau engloutissant un corps étranger qu'elle métamorphosera de la façon la plus inattendue. Naturellement, je ne bougeai pas. La fille du tailleur tourna la poignée et entra. Comme je descendais du lit, elle poussa un cri étouffé et ce fut seulement après m'avoir distingué dans l'obscurité qu'elle me remit la lettre. "Je ne pensais pas que vous dormiez à cette heure-ci, sinon je serais venue demain." Je préférais cela, qu'elle imaginât m'avoir réveillé.) C'est peut-être une sorte de sommeil, mais pour ma part j'associe le sommeil aux rêves ; or, l'état dans lequel je baignais était plutôt la fin d'un rêve, quand la mer assombrie fait tout disparaître dans ses profondeurs.

L'inconnue était restée au même endroit. Mais les choses avaient changé.

Un mot sans importance peut quelquefois rendre insupportable la présence de l'autre. C'est un phénomène curieux : en une seconde il m'est totalement étranger. "J'adore manger l'escalope avec du chou et de la moutarde." C'était un garçon dont j'avais fait la connaissance pendant les vacances et que je retrouvai l'automne à mon lycée. Il avait des traits délicats et ses lunettes à grosse monture lui donnaient un air sérieux. Il me parlait de ses passions : les livres, les sports, les amis. Tant d'épanchement m'étonnait. J'imaginais les gens portant des lunettes plus discrets que les autres. Tout avait été supportable tant qu'il ne m'avait pas parlé de cette maudite escalope. Je ne savais comment m'en débarrasser. Elle s'accrochait à moi comme les plantes aquatiques que je cherchais à éviter quand je me rapprochais de la rive du lac. Mon camarade de classe avait coulé en même temps dans l'anonymat auquel il essayait d'échapper en se cramponnant à moi grâce à ce mot ridicule. C'est là, bien entendu, un cas sur mille, les plus caractéristiques étant précisément ceux qui n'ont rien de particulier, ni de comique, ni de dramatique. Kati, quand elle met la main devant sa bouche pour réprimer un bâillement, fait un geste qui se veut gracieux, mais qui la vide aussitôt de tout sens. L'inconnue n'y était pour rien – je ne pouvais pas la rendre responsable du fait que son ombre s'était détachée de moi –, mais d'un seul coup sa mince silhouette perdit toute importance et, à cause de je ne sais quel lien qui, bien qu'interrompu, continuait d'opérer, l'insignifiance m'atteignit également.

Je me regardais avec les yeux d'un étranger, sans aucun intérêt, comme lorsque nous prenons connaissance d'une présence qui tente de s'imposer à nous. J'étais troublé comme nous pouvons l'être quand une indiscrétion – par exemple la lecture d'un journal intime égaré – nous révèle des choses que, lecteur clandestin, nous aurions préféré ignorer et dont nous n'avons pas le droit de tenir compte, puisque nous les connaissons par la violation d'un secret ; nous devons de surcroît nous forcer à les oublier.

Je revins en arrière. L'ombre s'était détachée de moi. Sans doute une éclipse, dont j'étais seul responsable. J'avais été trop direct. "Les gens n'imaginent pas tout ce que nous pouvons endurer." C'était un acte de possession, une manière de la rendre mienne. Je l'avais effrayée.

Je repris le journal et me mis à le feuilleter distraitement. Il est des lignes qui veulent être lues, comme il est dans la rue des visages qui veulent vous marquer. Un mot quelconque, aperçu sur une page que je tournais négligemment, m'arrête avec une force inexplicable. Un mot quelconque, comme tous les autres sur lesquels ont glissé mes yeux. Je sais bien que c'est encore un signe, et non l'un des moindres au royaume du hasard, mais cela ne me rassure pas. A chaque fois, je tente vainement de m'expliquer l'intérêt provoqué justement par ce mot-là. Il fut un temps où je croyais qu'il existait dans certains mots comme dans certains signes – je me retourne souvent sur un passant dans la rue à cause de la bande de velours du col de son pardessus ou d'un paquet qui dépasse de sa poche – un pouvoir magique, un mystère réel, pareil à l'écho prisonnier dans la spirale du coquillage. D'autres fois, je pense que c'est seulement un mouvement de défense de ma conscience au moment de se lancer sur un chemin dangereux. Ce comportement rappelle celui de certains élèves (les plus émotifs) qui, avant d'être interrogés, s'occupent de toutes sortes de broutilles ; d'un stylo qu'ils tournent entre les doigts, d'un cahier qu'ils placent symétriquement sur le pupitre. N'importe quel rien peut dévier le cours de ma conscience, généralement vers des vallées plus paisibles.

Dans le bas de la page, le chiffre continuait à se balancer, comme la sonnette accrochée au lustre quand je la touchais par mégarde pendant le repas ; ses oscillations, se transmettant alors au lustre, étaient entretenues par celui-ci un certain temps, aussi devais-je finalement me lever et, non sans mal, arrêter les deux. Je revins à la première page. Le chiffre en question indiquait l'âge d'un homme chauve portant de grosses moustaches – on le voyait sur une photo, au-dessus de la légende –, homme que recherchait sa famille, du sein de laquelle il avait disparu. J'essayai de passer à la suite, mais c'était maintenant son nom qui me rappelait en arrière. Ensuite, son adresse. Des lutins prenaient un malin plaisir à se moquer de moi. Je saisis le journal à deux mains, le pliai nerveusement et approchai la photo de mes yeux. J'entendis un craquement. Le garçon adossé au pilier avait fait un pas et tendait le cou pour voir ce qui me troublait tant. Je rouvris le journal en affichant un air calme et je l'étalai sur la table. Mais je ne tournai pas la page. Je savais que j'y serais revenu et cela m'aurait humilié encore plus. La figure farouche de l'homme photographié semblait s'être un peu radoucie. Je me dis que j'étais en train de subir une défaite, qu'il allait me poursuivre dans la rue, peut-être même à la maison. Je résolus d'acheter le journal.

Ce qui dilue l'amertume de ces échecs, c'est l'insignifiance des prétextes matériels ; pourtant, j'ai parfois l'impression d'être favorisé par rapport à d'autres.

Nous n'avions encore jamais beaucoup bavardé ensemble, mais la mésaventure de mon collègue de bureau était une de ces pénibles histoires d'amour non partagé, dont le déroulement est suivi presque involontairement par une foule de gens, moins par malveillance que par désœuvrement et parce que tout y est trop évident. Je savais depuis longtemps ce qu'il me racontait d'une voix étranglée, je savais même plus : la vérité. Il était un de ces timides qui, même seuls, se déshabillent assurément dans le noir. Il avait beaucoup bu et n'arrêtait pas de parler. Je ne l'écoutais pas. Parce que je savais qu'il ne m'apprendrait rien de nouveau, mais surtout parce que son écharpe de soie blanche me fascinait. Je craignais qu'il ne remarquât que je ne regardais pas son visage, que mes yeux s'étaient fixés, au-dessous de son menton, sur cette écharpe qui brillait, provocante, dans la pénombre de la salle embrumée par la fumée. Je ne pouvais pas m'en détacher. Au-dessus de la soie, ses lèvres remuaient sans rime ni raison. Lorsque nous sortîmes, il me demanda mon avis. "Je pense que tu as raison, et puis au fond tu n'as pas besoin d'avoir raison, tu n'as d'ailleurs besoin de l'approbation de personne, même pas de la tienne." Il ne me quittait pas des yeux. Je me ressaisis et je poursuivis d'une voix dont, heureusement, l'indifférence lui échappa : "Pour moi, il n'y a rien d'étonnant à tout cela."

Je ne sais de quelle façon je regardai de nouveau le journal – l'inexplicable n'est peut-être pas extérieur –, toujours est-il que la figure du moustachu perdit subitement son mystère et que la photo retomba non moins brusquement dans l'anonymat de la page. Je levai les yeux : l'inconnue avait disparu.

Ce fut alors, je crois, que je fis le mouvement qui allait m'attacher pendant des semaines à l'homme se trouvant derrière moi. A vrai dire ce n'était rien d'extravagant, un simple haussement d'épaules en même temps que j'avançais légèrement la tête. Le mouvement fait quand on se rassied, dans le train, après avoir cru par erreur arriver dans une certaine gare, peut-être même moins, le mouvement esquissé quand on reconnaît quelqu'un après l'avoir croisé et qu'on renonce à l'appeler, soit parce qu'il s'est déjà éloigné, soit parce qu'on est sûr de le rencontrer à nouveau.

J'ai toujours éprouvé de la répulsion pour les gens qui ont des attitudes théâtrales, qui ont l'air de répéter des poses testées devant la glace. J'ai horreur des efforts inutiles. On ne retient pas de nous les gestes ni les mots soigneusement étudiés, mais plutôt les réactions incontrôlées qui nous trahissent.

Je me trouvais dans un magasin de jouets. A côté de moi, une dame enveloppée dans un parfum raffiné caressait les cheveux d'une petite fille. Elle lui achetait une poupée énorme, la plus spectaculaire de la boutique. Tandis qu'elle parlait à la vendeuse, sa main alourdie par les bagues ne quittait pas la petite tête. Au moment où la vendeuse lui tendit la poupée par-dessus le comptoir, la fillette leva juste un peu les coudes, comme des ailes encore insuffisantes pour voler, et ouvrit un instant seulement ses doigts maladroits. Lorsque la dame rattrapa la poupée, je remarquai son regard dur et aussi que l'enfant ne lui ressemblait absolument pas.

Plus les gens sont policés, plus on les démasque vite. Les gestes insignifiants font succomber les plus habiles, alors que les êtres simples peuvent les faire sans se trahir. Ce qui me mettait en état d'infériorité face à la fille du tailleur, c'était précisément sa substance opaque.

L'embarras provoqué par mon mouvement dont, je ne l'ignorais pas, la signification pouvait être aisément devinée, m'incita à me tasser humblement sur ma chaise. Même s'il n'avait été interprété d'aucune manière, mon tressaillement avait dû produire une impression bizarre. Je n'avais guère vu passer de clients près de moi à ce moment-là, et pourtant j'étais sûr qu'on l'avait remarqué. Je sentis mon cœur s'accélérer.

"Un peu d'hystérie, rien de grave." Le monsieur décoré montrait de sa canne, comme s'il s'agissait d'une rare espèce de légume, la petite fille qui se roulait par terre, la bouche écumante, à l'arrêt du tramway. Puis il confia sa canne à un badaud, se pencha sans hâte, d'une main empoigna l'enfant par les cheveux et de l'autre lui flanqua deux claques retentissantes, de la paume et du dos de la main. Je me sentais avili, comme si c'était moi qui recevais les gifles.

Je bus le verre d'eau, auquel d'habitude je ne touche pas. En me levant, je vis par la fenêtre une charrette chargée de bois qui montait lourdement le pont. Pendant que la dame du vestiaire tenait mon pardessus, je distinguai mieux la figure et l'expression curieuse du jeune homme qui se trouvait, je ne sais pas depuis combien de temps, derrière moi.

V

Après le cinéma, nous rentrâmes chez elle. Sur sa figure suffisamment mobile pour refléter les sentiments sans complication qui l'animent en général, venait d'apparaître une expression incertaine – un état nouveau l'agitait de toute évidence. "Tu as vu ses cils et son regard ?" Je ne montrai nul enthousiasme. "Et ce menton de statue !" Sa voix disait quelle révélation elle avait eue. "Il est plus que beau, n'est-ce pas, le visage du héros ?" J'imaginais sa tête si je lui avais demandé : "Et moi, quelle sorte de visage j'ai ?" Elle aurait éludé ma question saugrenue. Pour les gens comme elle, rien n'est plus difficile que de changer de registre. Au fond, je ne sais pas pourquoi je lui en voulais. Moi aussi, j'ai mes héros. Sauf que, à la différence des siens, auxquels elle accède en quittant la plus haute catégorie du beau, par une sorte de saut dans le vide (ce qui expliquait sa question), les miens s'affirment sans passer d'examen : grâce à leur diversité, ils retirent tout sens à cette notion, comme une chaise sur laquelle on jette tellement d'affaires qu'on ne sait plus ce qui se trouve dessous et que son existence en devient problématique, car n'importe quoi d'autre – et même rien – pourrait jouer un rôle identique. Mes héros ne sont que les habitants d'un certain territoire intérieur auquel ils accèdent par un simple geste, parfois tout à fait anodin.

La salle de conférences sombrait dans l'ennui. J'observais autour de moi les têtes qui tombaient tour à tour d'un centimètre de plus sur des poitrines inertes depuis longtemps. Je connaissais le sens de cette chute presque imperceptible. Quel songe bizarre se déroulait dans mon bras droit jusqu'au bout de ma main endormie ? Curieusement, les gens qui savent qu'une partie de leur corps, quelle qu'elle soit (un pied, le cou, etc.), fait parfois des rêves, ne supporteraient pas qu'on leur en parle, peut-être en souriraient-ils. Il n'y a pourtant pas d'autre explication à une foule de gestes absolument incompréhensibles tant que nous nous bornons à chercher leur origine dans notre conscience officielle. C'était probablement un rêve très énergique (dans le songe comme dans le jour, notre plongée est plus ou moins active). Le bras remua lentement, la main saisit le chapeau et me le posa sur la tête, sans se soucier de l'effet obtenu. *Moi-même*, je dormais presque et je fus réveillé par le regard de ma voisine de fauteuil. La stupeur (je me demande pourquoi elle ne me trouva pas simplement ridicule) se dissipa dans ses yeux, où je vis s'allumer la flamme énigmatique de l'intérêt le plus vif. Je compris qu'à cet instant-là un héros de plus venait de naître et j'en fus consterné : ce héros, c'était moi. La mésaventure ne devait pas s'achever là. Le regard de l'autre, hardiment fixé sur moi (comme sur un champion porté par ses supporters, auxquels il appartient en fait), s'avéra opérant. Je me levai et m'en allai calmement, somnambule que ne troublaient pas les centaines de paires d'yeux des spectateurs résignés à attendre la fin.

Les événements les plus importants ne s'enchaînent-ils pas ainsi, sans qu'ait à intervenir le personnage qui deviendra "le héros" ? (Je le pense peut-être pour me rassurer, car le combat serait complètement inutile si, parmi nous, existaient réellement aussi "les autres".)

La question de Kati m'avait surpris à un moment particulier. Je naviguais encore le long des côtes de ce territoire mystérieux, peut-être inaccessible, dont l'appel m'était parvenu au moment où je sortais du café. Derrière la ligne ferme du rivage, je ne pouvais rien deviner, et surtout pas les dimensions des étendues cachées.

Malgré la délicatesse de ses traits, le visage de l'inconnu s'imposait comme ces airs simples qu'on retrouve immédiatement sur les touches hautes du piano. Je n'avais vu que son torse étroit et sa grosse tête disproportionnée. Il avait un front extrêmement haut, qui me fit penser je ne sais pourquoi aux collines ravinées par les torrents, entre lesquelles s'assourdit le bruit du train. Un front comme un bouclier ou une barrière interdisant de connaître ce qui se passe derrière. J'étais certain de ne pas pouvoir le fixer longtemps, à cause de ses yeux étonnamment clairs, du même métal impénétrable que son front. Les lèvres minces étaient trop bien ourlées, le nez fin légèrement busqué à sa naissance.

Son sourire ne fut une certitude que pendant un court moment. Je l'avais rattaché à mon geste inattendu, mais à présent j'en doutais. Il avait été tellement ostentatoire que je commençais à me demander s'il ne s'adressait pas à quelqu'un d'autre.

Je m'assis à ma place habituelle. Fatigué, un peu hébété. J'avais mal dormi et je venais à peine d'échapper au brouillard de la rue. Pendant la nuit, le vent avait claqué les volets, me donnant l'impression qu'on frappait à ma porte. Le bruit m'avait réveillé à plusieurs reprises et, à chaque fois, je le retrouvais, lui, en face de moi. En fait, nous avions probablement été tout le temps ensemble mais, de même qu'on devient conscient de marcher parce qu'on a trébuché, il fallait le claquement des volets pour que la lumière se fît autour du visage que je fixais dans le noir. Ce n'était pas un sourire qu'on jette comme un vieux ticket de bus oublié dans la poche. Je me demandais d'ailleurs si c'était réellement un sourire, c'est-à-dire un signe tant soit peu affectueux. Ce pouvait être simplement l'impression due à l'harmonieuse régularité de ses traits, accompagnée peut-être d'une pensée neutre, comme par exemple "c'est donc lui", concernant un personnage dépourvu d'importance.

J'étais certain qu'il reviendrait, mais rien ne me disait qu'il s'assiérait juste derrière moi – le café était presque vide. Une part d'inquiétude entrait dans mon impatience. Les solitaires ne sont jamais trop prudents. (Je dus pousser Kati pour que nous passions devant chez elle sans nous arrêter. Je ne lui avouai pas la raison de mon geste. Je sentais que quelqu'un nous suivait, mais je ne devais pas me retourner pour voir qui : il se saurait démasqué et deviendrait incontrôlable. Par ailleurs, j'ignorais comment réagirait Kati. Elle risquait de ne pas me prendre au sérieux et de se moquer de moi. Elle me demanderait sûrement quel intérêt nous pouvions bien susciter et ne comprendrait pas qu'il ne nous était pas possible de savoir ce que nous représentions pour les autres – quelle réponse, quelle cible ?)

Il se mit à pleuvoir, à petites gouttes qui dissipaient le brouillard. Par les vitres du café, je voyais se détacher, pâles, les maisons alignées sur l'autre rive. L'image indécise, variable à travers le rideau de la pluie, conférait aux murs une vie silencieuse comme celle des coquillages au fond de la mer, qui ne paraissent certes pas inanimés aux autres êtres sous-marins. Le pont brillait – on eût dit qu'on l'avait ciré – et les vêtements mouillés des passants semblaient tous noirs. Je renonçai à essayer de deviner qui, parmi eux, étaient des clients du café. Ils pouvaient d'ailleurs aussi bien arriver par la rue qui longe l'autre côté du café et que je ne voyais pas. En ville, après la pluie, les odeurs sont plus vives. Inexplicablement, cela se produisit aussi à l'intérieur du café et l'odeur du plancher lavé au savon noir m'obligea à changer de place. Il me fallut un moment pour en trouver une où ne m'incommodaient ni les courants d'air humides ni les bouffées désagréables montant du plancher.

Des relents qui me rappellent l'haleine d'un malade se dégagent du logement du tailleur. Lorsqu'il laisse sa porte ouverte pour me parler, je m'empresse de descendre quelques marches et nous bavardons à distance. Qui sait ce qu'il imagine ? Peut-être que je le fais exprès, pour écourter nos conversations.

Chaque fois que j'entendais grincer la porte du café, mes tempes se glaçaient un instant. Je ne suis pas plus nerveux qu'un autre et beaucoup moins que certains chez lesquels l'émotion provoque de vrais ravages. Je n'aime pas ce type d'émotifs. J'ai toujours honte pour eux. Moi, j'ai seulement les tempes qui refroidissent et ce n'est heureusement pas visible.

Lorsqu'il entra, je pus détailler son corps. Très mince, de taille moyenne. Le col de son pardessus était relevé et un journal qui dépassait de la poche intérieure touchait presque son menton. Il ne me voyait pas ; pour cela, il aurait dû se retourner. Je l'entendis tirer une chaise pour s'asseoir à la table placée derrière moi. Puis ce fut le silence, un silence étrange, parcouru par un cortège d'images disparates. La présence de l'inconnu derrière mon dos décomposait les pensées à l'aide desquelles j'essayais de repousser la tentation de me retourner. Je me dis qu'il existait d'autres silences et d'autres attentes, bien plus pénibles, par exemple celles qui précèdent un verdict. Tout ce que je voyais revêtait soudain une patine sur laquelle mes regards glissaient sans y adhérer. Si je n'avais pas tourné le dos à la salle, si j'avais eu devant les yeux d'autres visages, je n'aurais pas ressenti d'une façon aussi insupportable sa présence invisible.

L'espace d'un instant, je trouvai même étonnant d'être déjà resté à cette même place, avec toutes ces tables vides ou occupées en train de comploter derrière moi. (Mais ce n'étaient sans doute là que des prétextes.)

Je me levai de ma chaise et je m'assis en face, sur la banquette.

Il lisait ou faisait semblant. Je voyais seulement ses cheveux blonds, cuivrés dans l'ombre. Je dépliai moi aussi mon journal et essayai de me concentrer sur les lettres. Ce jeu était quelque peu ridicule, je savais qu'il devait s'achever, mais j'ignorais comment et qui donnerait le signal. Lorsqu'il tournait une page, il ne levait pas la tête. Cela m'intriguait. Faisait-il semblant de lire ? Même si c'est un livre, en général plus captivant qu'un journal, on lève la tête à ce moment-là et on regarde autour de soi, ne serait-ce que pour se reposer un peu les yeux. Tandis que lui, il était pétrifié, courbé au-dessus de la table. On lui apporta du thé et sa main gauche sortit à son tour de l'obscurité pour tourner longuement la petite cuiller dans la tasse. Peut-être voulait-il, en prolongeant ce geste superflu, marquer son indifférence à tout ce qui l'entourait. Ses mains avaient la même couleur que sa figure : chlorotiques, d'un blanc bleuté. Comme la tête, elles étaient trop grandes ; les doigts n'étaient pas très fins. Je ne me serais pas donné la peine d'essayer de deviner son caractère d'après leur forme, même si je m'étais trouvé plus près. C'étaient les mains d'un autre, un leurre. Je me posais une question : pourquoi avait-il choisi ces mains-là et non pas d'autres, plus petites par exemple, mieux proportionnées ?

J'étais curieux de voir comment il se débrouillerait quand il commencerait à boire son thé. (En rêve, quand l'homme qui me poursuit s'approche de chez moi, bien que toutes les portes soient verrouillées, je sais que je ne lui échapperai pas.) Il porterait la tasse à sa bouche sans lever les yeux dans ma direction, j'en étais sûr. Mais il devait prendre un air naturel, vraisemblable. Je faisais de plus en plus attention à ses moindres mouvements. De temps à autre, la main que je croyais décidée à faire enfin le geste recommençait à tourner la petite cuiller dans la tasse dont il ne sortait plus de vapeur. Mon impatience était devenue douloureuse, elle épuisait presque mon attention, lorsqu'il écarta le journal, tira la tasse devant lui et y but sans la soulever. On pouvait sûrement lire le dépit sur mon visage. Mais lui, il ne me voyait pas, il ne voulait pas me voir.

Il sirotait, comme si le thé était encore trop chaud. Mon état de concentration trop soutenue se résorbait lentement, mais la tension, en faisant sauter une série de fusibles, m'avait complètement isolé du reste. Même des choses les plus proches de lui. Il ne m'intéressait presque plus, mais nous nous trouvions l'un en face de l'autre et je ne voyais pas ce qui aurait pu changer la situation. Je me dis un instant que cette passivité était surprenante de ma part, qu'elle m'était imposée de l'extérieur. Mais cela non plus n'éveilla aucun écho.

Je ne fus pas sûr d'abord qu'il s'agissait bien d'un salut. Il leva un peu la tête au-dessus de la table et, après m'avoir rapidement regardé, il la rebaissa lentement. Naturellement, ma réponse automatique lui échappa. Il se remit à boire tranquillement son thé. Soudain, avec la discontinuité des transformations intérieures, je me ressaisis. Je connaissais ce comportement. Il me rappelait ce camarade de lycée d'allure aristocratique que n'osaient tutoyer que deux de nos condisciples, une sorte d'écuyers qui lui retenaient sa place et l'aidaient à ramasser ses affaires à la fin des cours. J'avais souvent remarqué l'art avec lequel il les manipulait. Tantôt en les flattant par un sourire complice, et alors ils se donnaient en spectacle pour lui, tantôt en les ignorant.

De telles attitudes ne peuvent pas me donner le change. Je continuai à fixer l'inconnu, mais je ne le regardais plus de la même façon.

Le temps s'écoulait, muet, entre nous. Depuis quand attendais-je un signe ? Lorsqu'il leva de nouveau les yeux, ils étaient totalement différents, ils brillaient et j'y lus une sorte de sympathie discrète. Leur registre était d'une étendue surprenante. Ses lèvres minces, sur lesquelles le sourire se tenait difficilement en équilibre, m'auraient peut-être rebuté s'il n'y avait eu dans ses yeux cette lumière, à vrai dire plutôt indifférente qu'amicale, mais que les miens ne pouvaient pas quitter. Au début, son regard me parut d'ailleurs étrangement désorienté. En fait, il le fixait sur ma table, juste devant moi. Et je savais que cela ne l'empêchait pas de poursuivre des réflexions dont je n'étais certainement pas l'objet.

Lorsqu'il se leva prestement et s'approcha, je remarquai son pas résolu (de militaire ?). Tout se passa si vite que je n'eus pas le temps de marquer ma surprise. Il me pria de lui prêter mon journal. Continuer notre petit jeu ne rimait à rien et je l'invitai à s'asseoir à ma table. Comme il protestait, je m'empressai d'ajouter, pour vaincre ses réticences, que la lumière était meilleure ici, la banquette se trouvant près de la fenêtre. Il s'assit, le dos rond, comme moi enfant quand ma mère n'était pas là pour m'obliger à me tenir droit. Je n'imaginais pas que ce serait aussi simple et j'eus un moment d'indécision, craignant d'avoir oublié une partie de ce qui venait de se passer et de commettre pour cette raison quelque erreur. Ses joues pâles étaient si bien rasées qu'il paraissait imberbe. En le voyant de profil, je remarquai l'étrange avancée de son front jusqu'à la naissance de sa chevelure blonde fuyant comme une vague lisse et légère vers la nuque.

Il feuilletait méthodiquement le journal, semblant très bien savoir ce qu'il cherchait (un titre pouvant se trouver n'importe où). Je continuais à douter qu'il m'eût réellement salué, ce qui me troublait.

Ma mère m'avait laissé seul dans ma chambre avec la fille d'une voisine venue nous rendre visite. J'étais perplexe, mais je devais faire mon devoir d'hôte. La petite fille avait l'air tout aussi embarrassée et je ne parvenais pas à croiser son regard : il se dérobait comme mon chardonneret quand il s'échappait de sa cage et que je ne réussissais pas à l'attraper. Ç'avait donc été la volonté de sa mère et non la sienne. Elle s'assit cependant, imitant mon exemple, et nous restâmes immobiles je ne sais combien de temps. Sa présence s'estompait de plus en plus, son identité se décomposant en éléments disparates que je contemplais sans penser à elle – aussi bien son accroche-cœur que ses yeux durs comme des billes –, tout en attendant impatiemment la fin de la visite. La porte se rouvrit enfin et notre voisine dit par-dessus ma tête à sa fille (elle restait assise, tandis que je m'étais dressé d'un bond) : "Si tu es sage cette semaine, je te ramènerai dimanche prochain." Comment savoir si elle avait vraiment voulu accompagner sa mère ? Cela n'avait guère d'importance et pourtant je me souviens encore de mon agacement à l'idée que je ne connaîtrais jamais la vérité.

L'inconnu m'avait-il réellement salué ? Cette question distillait le même venin. Il trouva enfin ce qu'il cherchait ou faisait semblant de chercher. Il lisait, à présent, penché sur le journal. Il me défiait par son silence, se moquant bien de savoir si j'étais ou non dupe de l'intérêt qu'il feignait de prendre à sa lecture. Pourtant, il m'avait peut-être salué et, de toute façon, il était venu de lui-même me parler. J'eus le pressentiment d'une aventure qui s'engageait mal. Ses gestes pouvaient paraître soumis à un banal ordre conventionnel, mais l'extrême précaution qu'il y mettait était significative. Quelqu'un qui verrait seulement le tronc et les bras d'un funambule devinerait aussitôt de quoi il s'agit, rien qu'aux mouvements d'une prudence exceptionnelle, aux intentions immatérielles flottant dans l'air autour du corps, aux vibrations invisibles et néanmoins sensibles. Moi, j'aurais été gêné si un étranger s'était tenu immobile à côté de moi pendant que je lisais. Lui, il continuait imperturbablement et cela dissipa mes derniers doutes. Du même coup, je me rendis compte que plier le premier pouvait être plus adroit. Je rompis le silence, que je supportais sûrement beaucoup moins bien que lui.

"Je crois qu'on trouve aussi des magazines littéraires, ici. J'ai eu l'impression que vous lisiez la page littéraire." Il me dévisagea quelques secondes durant, comme s'il avait besoin de se répéter mon propos pour le comprendre. "Je ne lisais pas la page littéraire. Je ne la lis jamais." Il le dit trop tôt pour que ce fût vrai. Je me demandais dans quel but il me mentait. Je décidai de vérifier par la suite s'il y avait page trois autre chose que la rubrique littéraire. Il me sourit, l'air vaguement confus. "Vous étiez là hier ? Excusez ma question, je crois vous avoir vu, mais j'ai peu de mémoire et parfois j'aime la contrôler." Je lui répondis calmement : "Comment, vous ne m'avez pas vu ? J'ai même eu l'impression que vous me preniez pour quelqu'un d'autre." Et j'ajoutai, d'un ton indifférent : "Vous étiez très souriant, hier." Il rougit et cela me surprit. Il ne devait pas avoir plus de vingt-cinq ans, malgré l'air mûr que lui donnait son front dégarni. "J'ai souri ? Et vous vous en souvenez ?" Il reprit après une pause, d'une voix mieux assurée : "Maintenant ça me revient, je vous ai bien vu hier. Je suppose d'ailleurs qu'il n'y a pas de café plus confortable dans le coin." Je fis non de la tête. "Nous sommes donc condamnés à rester entre ces quatre murs tant que dureront les pluies ?" Je reconnus les spontanéités brèves et trompeuses de mon ancien condisciple au maintien aristocratique. "Ici, il pleut tout le temps jusqu'aux premières neiges." Il tressaillit, comme s'il apprenait une nouvelle pouvant l'amener à modifier ses dispositions, et me demanda : "Comment, on ne verra plus le soleil pendant deux mois ?" "Qui sait ? On a eu aussi de beaux automnes. Autrefois." "Bizarre, je n'aurais pas pensé que vous étiez de la région." "Pourquoi ?" "Je ne sais pas, peut-être parce que nous nous sommes rencontrés au café." Il avait une étonnante variété de tons. Ses derniers mots restèrent suspendus dans l'air et je continuai à les entendre.

Je ne pouvais pas encore le questionner. Etant donné la manière inattendue dont tout s'était enclenché, il valait mieux ne rien précipiter. Il replia le journal, le poussa de côté et mit les coudes sur la table. Il commanda un autre thé et m'expliqua qu'il supportait mal le froid. Il portait une chemise de soie au col rabattu sur un chandail rouge fait main (peut-être un premier indice, mais je n'eus pas le temps d'y réfléchir). Il voulait me parler et je m'efforçai de paraître abordable. Il me demanda l'altitude exacte de la ville. Lorsque je lui répondis, il se montra déçu, mais pas trop ostensiblement et je compris que ce n'était pas ce qui l'intéressait réellement. Il m'étonnait : après s'être si visiblement retranché derrière le journal, il y renonçait brusquement et était prêt à n'importe quelle conversation. "Mais l'air est bon, c'est bien ce qu'on dit ?" Il insistait. Il tournait le dos à la fenêtre et, dans le contre-jour, le bleu de ses yeux était presque gris.

Il pouvait être n'importe qui. Rien ne trahissait son identité ni ses occupations. Ses mains se serraient l'une contre l'autre. Les doigts, qui se croisaient et se décroisaient lentement, paraissaient à chaque fois différents. Je ne crois pas qu'il le faisait exprès, ce pouvait être une initiative de ses mains. Quoi qu'il en soit, il interrompit lui-même ce jeu dont je commençais à devenir la victime.

"Pourtant, vous n'habitez pas ici depuis longtemps, n'est-ce pas ?" Etait-ce vraiment si important pour lui ou bien s'agissait-il encore d'un stratagème ? (Ma mère me demandait l'heure trois fois de suite en quelques minutes. Je finissais par comprendre pourquoi : elle ne répétait pas sa question par distraction, mais pour me rappeler que j'avais quelque chose à faire ou simplement pour me secouer en me voyant immobile devant la fenêtre, ce qui l'inquiétait. Tantôt ce procédé me déplaisait, tantôt il m'arrangeait car il me permettait de faire semblant de ne pas comprendre.) Je penchais pour la première hypothèse et je répondis : “Pas depuis toujours, en effet.” Ce renseignement ambigu lui déplut. Il me regarda de travers. Je n'avais pas satisfait sa curiosité. “De toute façon, vous connaissez la ville et les environs, vous savez où on peut se promener, passer quelques heures tranquilles en plein air ?” “Naturellement.” Je sentis qu'il en attendait davantage et j'enchaînai : “C'est une assez belle région, il y a des vergers, des forêts sur les collines, pas loin, et des ruines, dont vous avez probablement entendu parler.” Ces derniers mots éveillèrent son intérêt. J'en eus la certitude et en même temps je déchiffrai une partie de son alphabet secret. Lorsqu'il m'avait demandé comment était l'air de la ville, il avait tendu la tête en avant, mais de toute évidence la réponse ne l'intéressait pas vraiment. Cette fois-ci, il ne bougea pas et ses doigts jusque-là tourmentés, qu'on eût crus indépendants de lui, se séparèrent et s'immobilisèrent, paralysés par une attention que rien ne trahissait par ailleurs.

“Si tu veux que nous ne nous perdions pas l'un l'autre, nous devons apprendre à affronter le silence ensemble, comme les maillons d'une chaîne, qui forment un tout jusqu'à la première secousse, quand chacun tinte différemment.” C'était au début, je n'avais pas encore réussi à définir Kati. Je la trouvais singulière, avec ses longs silences rompus par des questions dont, à l'époque, je cherchais en vain le sens caché. J'y voyais une preuve de mes limites. En fait, elle s'ennuyait, elle était lasse des exercices d'attention imposés par nos promenades, exercices qui la faisaient rester soudain les yeux dans le vide, comme les enfants des petites classes après une page d'écriture. La parole a ses inévitables carrefours et, le sachant, je m'obstine rarement à suivre mon interlocuteur dans les zones d'ombre. Je dis : “Tu as un drôle de regard, que s'est-il passé ?” Je ne demande pas : “A quoi penses-tu ?” Ce n'est pas pareil, c'est beaucoup plus indiscret. Quelques-uns, les moins nombreux, répondent : “Je me rappelle une serre, il y a longtemps, où j'ai vu un citronnier." Inutile, je sais que désormais chaque mot signifiera pour lui autre chose que pour moi. Mais cette fois-ci je n'avais rien à perdre en m'éloignant, d'autant plus que le silence créait entre nous un rapprochement artificiel. Je serrais contre moi, dans le noir, un pantin inanimé.

Je l'examinai à loisir avant de découvrir ce qui pouvait expliquer son intérêt pour les ruines. Ses épaules étroites, sa poitrine presque concave me firent penser (pourquoi ?) qu'il avait passé son enfance dans des pièces trop hautes, aux fenêtres masquées par des tentures cachant un jardin rendu à l'état sauvage. Je faillis lui demander s'il avait fait des études d'histoire, mais je me ravisai et l'interrogeai plus directement : "Les ruines vous intéressent ?" Il me lança un regard intrigué. "Non, ce n'est pas moi qu'elles pourraient intéresser." Cela lui avait visiblement échappé et il se réfugia dans le silence, comme quelqu'un qui, attiré par la lumière de la fin de l'hiver, ouvre une fenêtre et la referme aussitôt, surpris par le froid. Mon impatience mal maîtrisée risquait de le rendre encore plus méfiant. J'essayai de paraître aussi détendu que lui – nous n'étions plus que deux habitués du café, chacun plongé dans ses pensées. Les derniers mots continuaient cependant à retentir. N'avait-il pas évoqué exprès une autre personne qui serait plus intéressée que lui par les ruines ? Etait-ce pour me pousser à me découvrir ?

Je revis dans la pénombre, près de lui, le visage de l'inconnue. Je pouvais cette fois les comparer à loisir. Il y avait effectivement un air de famille. Mais chez elle, les cernes eux-mêmes n'étaient qu'une lumière plus douce, tandis que chez lui toutes les clartés, du bleu des yeux à la blancheur du front trop lisse, étaient d'une froideur qui me tenait à distance. Je réussis à surprendre un instant, dans une lucarne de l'ombre, son regard qui m'épiait. Je n'en fus pas étonné ; ni troublé, ce qui est plus curieux, car je ne supporte pas d'être fixé.

Lorsqu'elle le faisait, cette femme plus très jeune qui m'accueillait gentiment (un peu comme un frère cadet), je commençais à arpenter sa chambre. Cela l'agaçait et, m'en apercevant, je m'arrêtais devant la fenêtre et faisais semblant de regarder dehors. Sans rien voir. Elle me rappelait alors auprès d'elle. Je réussissais parfois à me protéger de son regard en me cramponnant à une image : une branche bizarrement tordue ou la course hésitante d'un chien errant.

Je décidai de renouer les fils. "Si vous aimez les décors romantiques, vous n'aurez pas à vous plaindre. Rien ne manque, ni les rochers menaçants, ni les puits sans fond ; et les murailles, ou ce qu'il en reste, sont couvertes d'une antique mousse noire. Personne n'a pu me renseigner sur l'histoire de ce château." J'espérais le rendre curieux, mais il me demanda d'un ton indifférent : "Elles sont loin, ces ruines ?" "Pas très loin… Mais c'est assez compliqué pour y arriver, le chemin traverse quelques bois, d'ailleurs très beaux en ce moment." Je ne sais pourquoi, j'éprouvai le besoin d'exagérer les difficultés : "Il y a aussi un ruisseau qu'on ne peut passer qu'à un certain endroit." Je le regardais comme si je lui avais confié un secret. Je finis par ajouter : "De toute façon, nous ne nous perdrons pas." Sur son visage, n'apparut même pas le sourire qui accompagne un refus poli. Il semblait absent et je ne savais pas s'il m'avait écouté jusqu'au bout.

VI

Il y a des visages que le silence rend de plus en plus méconnaissables. Lorsque mes yeux glissent distraitement sur celui de Kati, pendant que je passe un certain temps auprès d'elle, sans penser à rien de précis, cueillant çà et là quelque chose, comme dans une barque quand on laisse traîner la main dans l'eau, peu à peu se forme dans mon esprit une image confuse, dépourvue de sens, semblable à celle qu'on a dans les minutes qui précèdent un concert et où les musiciens accordent leurs instruments. Soudain, je ne sais pas pourquoi, je sens que tout ce qui aurait pu être analysé est épuisé et je me retrouve face à un nouveau projet, à une figure recomposée, mais dont a disparu – voilà ce qui me trouble le plus – la parcelle d'accoutumance qui la faisait exister pour moi. Sur cette figure-là, dont les traits paraissent réunis par hasard, je ne reconnais aucun souvenir, et même le regard paradoxalement inchangé n'arrange rien. J'ai l'impression d'avoir affaire à un visage façonné avec des restes qui ont du mal à vivre ensemble.

Celui de mon compagnon de table réagissait tout autrement au silence, qui le dévoilait plus profondément, comme, à la tombée de la nuit, l'essence secrète de certaines demeures se détache de la masse insignifiante des détails si bruyants le jour.

Je ne fus pas gêné par le silence qui s'était installé entre nous ; cela me donnait le loisir d'observer le jeu ininterrompu des volumes, proportionnés d'une manière tout à fait inhabituelle. Comme dans une glace déformante, le front était tantôt étroit et haut, tantôt large et se perdant dans l'ombre ; par moments, je ne voyais que lui. Les yeux étaient profondément enfoncés, comme ceux de certaines statues. L'ombre noyant les orbites en interdisait l'exploration. Ce qui me frappait sur les lèvres minces, après que le reste du masque s'était évanoui, effacé comme les images dessinées par les nuages, c'était un hybride, telle une divinité bicéphale, d'indifférence et de cruauté. Je m'évertuais en vain à chercher dans mes souvenirs quelque chose de similaire. Je n'ai jamais vu un chat jouer avec la souris avant de la déchiqueter ; or, ce fut à cela que je pensai soudain. Je n'ai jamais crié à quelqu'un (les occasions ne m'ont pourtant pas manqué) : "Cache ton regard, je devine ce que tu penses." D'ailleurs, si l'autre l'avait fait, cela n'aurait plus servi à rien, je n'aurais pas pu oublier ce que j'avais surpris. Je tournai la tête, de peur qu'il ne décelât l'appel involontaire de mes yeux.

Nous nous séparâmes très simplement. Il se leva sans hâte en consultant sa montre. "Il est tard, bonsoir." Quand, du bout des doigts, je touchai le nœud de nerfs et de veines prolongeant l'avant-bras, je m'aperçus qu'il avait la main étonnamment chaude.

Je le rencontrai de nouveau peu de temps après, si peu de temps même que j'en éprouvai d'abord une espèce de regret car, n'ayant pas eu le répit nécessaire pour m'y préparer, je craignais de gâcher une occasion qui risquait de ne plus se présenter de sitôt. Il était dans la même disposition, ce qui ne me permettait pas d'entamer la discussion que j'aurais souhaitée. Quoi qu'il en soit, je trouvais étrange de le revoir si vite. Je l'avais aperçu du coin de l'œil, tandis que je regardais une vitrine. Je reculai d'un pas, comme un amateur de tableaux ; mouvement ridicule, puisque la vitrine était celle d'un marchand de couleurs et que je m'étais arrêté devant à cause d'un nom bizarre inscrit sur une boîte ronde en fer-blanc. Il faillit me heurter ; il n'y avait pas cinquante centimètres entre nos visages. Il simula le même étonnement que le jour où je l'avais invité à s'asseoir à ma table. Il paraissait encore une fois agacé. Pourtant, si vraiment il n'avait pas voulu s'arrêter, il aurait pu ralentir et m'éviter, il ne pouvait pas savoir que je l'avais vu. Cette attitude équivoque m'aurait éloigné de qui que ce soit d'autre. Mais j'avais à son égard des réactions inhabituelles.

"Vous allez vers le centre ?" Il inclina la tête et nous repartîmes ensemble.

Il était un peu plus petit que moi, mais il avait une particularité curieuse (peut-être à cause de sa façon de tenir la tête) : chaque fois que je cherchais son regard, j'avais l'impression de lever les yeux. Il marchait si vite que j'avais du mal à le suivre. S'il n'avait pas un but précis, il le faisait pour me contrarier. Peut-être devina-t-il mon soupçon, car il me demanda : "Le bureau de poste est près du café ?" Il n'attendit pas ma réponse. D'ailleurs, même si j'avais voulu le renseigner, je n'aurais pas pu lui parler. Il avait l'air aussi inabordable qu'un violon pour un profane. (Le violon n'offre aucun son aux non-initiés.) Je ne savais comment faire pour arracher un minimum d'intérêt à son expression. Dans une ville qui n'eût pas été aussi étrangère pour moi qu'elle l'était pour lui, je me serais senti encore plus mal. Ici du moins, me promener avec lui ne signifiait pas lui sacrifier une partie de mes activités. Je ne voulais pas accepter son silence. "Il y a par là un raccourci pour aller à la poste." Il ne m'accorda même pas une hésitation et continua son chemin dans une rue adjacente.

Il ne me tenait jamais de grands discours, mais un jour, après la pêche aux nuages dans le jardin de l'église, je le trouvai d'humeur presque méditative. "Qu'est-ce que tu fais quand tu ne sais pas ce qu'une certaine personne pense de toi ? Une fille, tu comprends ?" Cette précision était superflue, j'imaginais aisément la cause de ses fréquentes disparitions. “Ça dépend de la personne.” “De laquelle, de moi ?” “Non, de la fille.” Il s'était probablement posé la question bien avant de me demander mon avis, car il poursuivit : “Tu ne sais pas ? Je vais te l'apprendre : tu n'y penses plus.” Il avait l'expression de quelqu'un qui arrête de douter comme on arrête le faux col d'un verre de bière en le touchant avec la lame froide d'un couteau. Ses yeux noirs riaient, ravis. Mais pour aboutir à une solution pareille, il fallait disposer d'une réserve d'autres préoccupations immédiatement activables. “Ne pas y penser” signifie “penser à autre chose”.

Je n'en pouvais plus, de cette marche forcée ; je m'arrêtai, tout simplement, comme je m'allonge sur mon lit dès que je rentre chez moi, le soir. Il s'arrêta aussi, à deux pas devant moi, sans hésiter. Je lui montrai du doigt un kiosque à journaux. Il me suivit et en acheta un, qu'il fourra comme précédemment dans la poche intérieure de son pardessus. C'est inhabituel et peu pratique. Mais cela ne paraissait pas le gêner. J'aurais certes dû en acheter un également. Mais j'étais troublé et j'oubliai de le faire.

Nous nous remîmes en chemin, toujours silencieux, mais en marchant moins vite. “Je ne crois pas qu'il pleuve aujourd'hui.” “Espérons-le.” Il n'ajouta rien de plus. Il ne regardait ni les maisons ni les passants, ses yeux restaient fixés à dix pas devant lui, sur le trottoir. Nous faisions si peu attention à notre itinéraire que je n'aurais pas été autrement surpris si nous étions retournés, par d'autres rues, à l'endroit d'où nous venions. Je remarquai qu'il avait de très grands pieds. Il portait des vêtements de la meilleure qualité, mais un peu usés, plutôt mal soignés. J'avais perdu le contrôle de la situation. Je passais par un moment difficile, car je ne savais pas comment m'en sortir tout seul et j'étais sûr qu'il ne m'aiderait pas. En outre, je pensais au cauchemar qui risquait de reprendre le thème de cette absurde pérégrination. Nous pouvions, d'une autre manière, continuer à errer toute la nuit ensemble. J'étais certain qu'un couteau n'aurait pas suffi pour lui desserrer les dents. Je ne laissais passer personne entre nous, je me collais à lui, malgré mon embarras chaque fois que nous croisions un passant. Je craignais, si quelqu'un nous séparait, fût-ce un instant, de le voir ensuite me regarder d'un drôle d'air ou même de l'entendre me dire : "Je croyais que vous étiez parti pour de bon." La torture que je m'infligeais pour ne pas perdre le contact avec lui (bien qu'il fût sans doute un simple intermédiaire) me fit repenser à la fille du tailleur. Ne cherchait-elle pas, de la même façon, à atteindre quelqu'un d'autre par mon truchement ? Oui ! Il y avait peut-être méprise. Mais, pour le moment, la question n'avait plus aucune importance. Cependant, à l'idée que je provoquais chez lui le même malaise que celui produit en moi par les gestes inexplicables de cette fille, je me réjouis ; pas assez toutefois pour apaiser le dépit causé par son mutisme obstiné. J'avais envie de lui mettre la main sur l'épaule, de le retourner vivement face à moi et de lui crier : "Quoi ! vous vous figurez peut-être que vous m'intéressez ?" Une autre idée devint obsédante. M'entraînait-il malgré moi ou était-ce moi qui le poursuivais ? (Etrange poursuite que celle-ci, où l'on marche coude à coude.) Tout cela pouvait se terminer de la manière la plus déplorable.

J'étais entré dans la cour enclose d'une palissade peinte en rouge et je m'étais faufilé, sous les deux fenêtres aux volets fermés, jusque derrière la maison. Là-bas, trois personnes se tenaient sur une terrasse : une jeune fille élancée dont je ne distinguais pas clairement le visage et un couple âgé. "Qu'est-ce que vous voulez, jeune homme ?" C'était entre chien et loup et mon sourire contraint ne constituait pas une réponse. Je fis un pas de plus, pour ne pas devoir parler trop haut. A la vérité, j'ignore si ma réponse était prête. "Vous êtes sourd ? Qu'est-ce que vous faites là ?" Un changement s'était produit entre-temps. Le sang me monta violemment à la figure. Même si d'autres locataires avaient emménagé, ils auraient certainement été au courant et, au lieu de me recevoir ainsi, ils auraient seulement souri, gênés ou ironiques. Le souvenir me paralysait ; j'entendis hurler le vieillard recroquevillé dans un fauteuil, à côté de la jeune fille : "Foutez-moi le camp ! Vous êtes fou ou quoi ?"

De toute façon, même en supposant que je me trompais, qu'il ne m'avait pas salué au café et ne nourrissait aucune intention secrète à mon égard, il n'allait pas me rudoyer simplement parce que je marchais à côté de lui. Et, surtout, je n'imaginais pas qu'il pût hausser la voix. Non qu'il parût manquer de vigueur, mais le silence bloquait indubitablement certains de ses ressorts et il en allait de même pour moi. J'éprouvais de ce fait un sentiment inattendu de sécurité, comme dans mon cauchemar, lorsque le monstre qui me pourchassait se couche paisiblement à côté de moi, après la course folle durant laquelle j'ai parcouru, en tentant de me cacher, tous les recoins d'une maison transparente.

C'était une matinée caressante, au ciel blanc comme une taie d'oreiller renflée par la molle pression du duvet. Après les pluies des derniers jours, l'air restait encore humide, d'où une sensation persistante et assez forte qui convenait à nos lèvres serrées. Il est des matins où, dès que je tire les rideaux, la respiration de la ville envahit ma chambre. Les villes et les hommes entretiennent des rapports semblables à ceux des arbres et des oiseaux. (Bien qu'il existe des oiseaux d'une mélancolie intransigeante – oui, je pense à moi –, des oiseaux qui peuvent sauter d'une branche à l'autre sans nourrir la rumeur de l'arbre.) Je m'étais si bien habitué au silence que je ne le remarquais plus dans le climat de narcose de ce jour exceptionnellement blanc. J'en vins même à l'oublier, à faire attention de nouveau aux signes extérieurs. Je crois que je réussis en plus à changer le rythme de notre marche.

Je ne sais comment je me rappelai soudain la question qu'il m'avait posée plus tôt et je lui annonçai que nous étions arrivés à la poste. Il ne s'arrêta pas, se contentant de hocher la tête, comme s'il avait seulement voulu vérifier qu'elle se trouvait réellement là, entre le café et la mairie. Aussi longtemps que nous nous dirigions vers le bureau de poste, même en faisant des détours, notre promenade pouvait se justifier. Désormais, elle devenait insolite. Cependant, je ne décelais aucun changement sur le visage de mon compagnon. Je me montrais plus hardi que d'habitude. D'ailleurs, nous séparer brusquement, après nous être tus ensemble pendant près d'une heure, me paraissait très difficile et, de plus, j'avais toujours peur de rater un moment qui ne se reproduirait peut-être pas. Je me tournai vers lui en souriant et je marchai ainsi pendant quelque temps, la tête tournée. C'était une tentative désespérée et mon allure devait être extrêmement bizarre. Lui, il faisait semblant de ne rien remarquer.

Mais peut-être était-il simplement triste. Je n'en revenais pas de ne pas y avoir pensé plus tôt : triste, timide, incapable de communiquer. Je me souvins du thé brûlant qu'il touillait inutilement pour faire fondre le sucre, de son silence quand je lui parlais de son "monsieur" dont j'étais certain qu'il n'existait pas, mais cela ne donna pas plus de consistance à ma dernière supposition. Le balancier repartit dans l'autre sens. La rancœur revint. Il avait été d'une impolitesse flagrante en ne se donnant pas la peine d'essayer d'éluder d'une façon ou d'une autre ma question inopportune. J'y pensais encore quand nous nous trouvâmes nez à nez avec Kati. Il fit deux pas et s'arrêta devant la vitrine d'un libraire.

J'ignore si Kati s'aperçut qu'il était avec moi. En tout cas, mon humeur peu ordinaire ne lui échappa pas et, au lieu de me prendre aussitôt par le bras, comme d'habitude quand nous nous rencontrons par hasard, elle attendit de voir ce que j'allais faire. Je m'efforçais d'avoir l'air dégagé ; sinon il risquait de se croire de trop et de s'en aller. Or, je dis exactement ce qu'il ne fallait pas : "Tu ne veux pas faire quelques pas avec nous, Kati ?" Heureusement, elle était sortie du bureau pour une minute seulement, on l'attendait. Je m'empressai de lui tendre la main.

Lorsque je le rejoignis, il me dit : "Vous auriez peut-être préféré rester avec la demoiselle ?" Il prononça ces mots en articulant avec soin, précisément comme Kati se figure que parlent les gens ayant de l'éducation. Il me regardait autrement (avec déférence ?) et je me demandai s'il n'était pas en réalité bien plus jeune que moi. Il m'arrive de répondre en imitant involontairement des personnes dont je m'aperçois un jour que j'ai intégré la façon de parler dans certaines circonstances. Cette fois-ci, celui qui répondit fut un jeune homme ayant un œil de verre et une voix irréellement fluette, et qui semblait ne jamais se soucier que de la longueur nuancée des pauses entre les mots, si ce n'est entre les syllabes. Je n'utilise que rarement cette méthode ; mais le personnage était bien choisi et je constatai que mon obséquiosité déroutait mon compagnon. (Parfois je tombe mal et il s'ensuit une scène pénible. Mon interlocuteur sourit et me prie de répéter. Or, ne pouvant pas tenter le coup une deuxième fois, je suis réduit à mes propres ressources et ce sont elles alors qui sonnent terriblement faux.) "La demoiselle est d'ici ?" "Oui, c'est ma seule amie." J'essayai de faire une retouche : "C'est mon seul ami", mais je sentis qu'il avait compris. Je ne me rappelais pas ce qu'il faisait pendant que je parlais avec Kati. Il la détaillait sans doute du coin de l'œil, puisque maintenant il portait sur moi ce regard particulier qu'ont ceux qui s'interrogent sur la nature des rapports entre deux personnes qu'ils ont rencontrées.

Il ne devint pas plus amical. Mais il m'accorda un moment d'attention ; celle du médecin lors d'une consultation. L'ambiguïté de son attitude était énervante. J'ignorais si je l'intéressais dans une certaine mesure ou s'il était seulement disposé à me concéder quelques minutes de conversation. Lorsque je lui répondais – il s'agissait de mes occupations, de celles de Kati –, il hochait légèrement la tête en signe d'approbation, l'air de s'être attendu à ma réponse. Je remarquai toutefois que, tandis que je parlais, il avait tiré les mains de ses poches et les frottait comme pour les dégourdir. Mais c'était pour cacher les secousses nerveuses qui agitaient ses doigts. Il n'était donc pas vraiment maître de ses états secrets. Je pensai aux hérissons qui tournent leur armure de piquants vers l'extérieur à chaque changement de décor, armure qui doit les blesser en se raidissant et les isole ainsi deux fois du monde. Il ne faisait sûrement pas partie de la catégorie opposée, celle des désinvoltes, des vrais indifférents. Il est possible aussi qu'il ait tiré les mains de ses poches par hasard, sans que ce geste eût la signification que je lui attribuais.

"Vous êtes bien aimable de vous occuper autant de moi." Il exagérait. Accompagner un inconnu ne signifie pas s'occuper de lui. Je le dévisageai, cherchant l'ironie, de la façon dont, certains matins, la lumière me paraissant plus intense dans ma chambre, je cherche par la fenêtre une trouée dans les nuages. Or, il avait une expression concentrée, presque grave, comme quelqu'un qui n'a pas encore trouvé tous les mots grâce auxquels il pourra communiquer un message délicat. Etait-ce une allusion au fait que j'avais souhaité faire sa connaissance ? Avait-il deviné que je pensais pouvoir lui être utile ? C'était très improbable, mais je n'en recourus pas moins à une formule sibylline : "Dans une ville qu'on ne connaît pas, on peut avoir besoin d'un soutien, vous voyez ce que je veux dire, d'un peu plus qu'un guide." Je souris aussi simplement que je le pus, afin de ne pas le froisser en ayant l'air indiscret. "Sachez que je suis votre ami." C'était elle que je voyais en prononçant ces mots, son regard triste, éperdu.

Le vent soufflait un peu plus fort et je remarquai alors ses cheveux si fins, qui s'élevaient avec légèreté, telle une fumée jaune, et retombaient doucement. Je ne m'étais jamais trouvé aussi près d'un homme qui me fût totalement étranger. J'ignore dans quelle mesure intervenait ma nature guère optimiste, mais j'étais sûr que la situation ne changerait pas. Je ne conteste pas que j'aie des rapports apparemment étroits et très fréquents avec des gens qui ne me sont pas moins étrangers. Avec lui, cependant, il se passait quelque chose de plus : il m'était étranger, mais activement.

Il existe une façon indifférente de traverser un paysage, sans faire attention, et qui permet néanmoins de penser qu'on en a retenu l'essentiel. Lorsque je ne suis pas seul, je sais ce que cela signifie. Mais cette fois, sans m'attacher à ce qui se passait devant moi, j'avais l'impression de parcourir une ville inconnue, d'autant plus énigmatique que je la sentais en train de livrer une bataille perdue d'avance contre la présence trop forte de mon compagnon de route. Une présence qui, étrangement, chargeait en énergies nouvelles ce qui nous entourait et, en même temps, l'engloutissait dans son ombre. Plus la ville se dérobait, plus elle devenait séduisante. Puis tout s'effondra. Je sentais que l'interdit ne serait pas levé de sitôt. Il consommait tout l'espace et, pareil à l'air, m'enveloppait sans me restreindre. J'éprouvais un inexplicable sentiment de liberté. Je crus un instant pouvoir parler de n'importe quoi, comme on peut embrasser une fille devant un arbre. Rien de ce qui serait arrivé à côté de nous ne m'aurait surpris. La présence de mon camarade occultait tout, sans pourtant faire le vide. Et tout restait possible.

En sortant du café, le jour où je le vis pour la première fois, mon regard – au fond duquel son visage pâle persistait, comme persiste la chaleur quand on passe d'une pièce torride dans une autre chauffée normalement – s'arrêta sur un réverbère en fonte. Je ressentis brusquement, et violemment, la matérialité de cet objet dur et lourd, sonnant creux, d'une complication inutile avec ses ornements rigides, dont la peinture verte s'écaillait. Jusqu'à l'aube, je fus incapable de séparer les deux, le visage de l'inconnu et la sensation d'étouffement provoquée par le métal amorphe. (Les hommes et les bêtes ne sont pas les seuls à être proches ou lointains de nous. Les objets, et même les substances, se trouvent aussi à un certain niveau de proximité ou de rejet. Pour ma part, je suis surtout victime de ceux que je supporte mal. Je me souviens d'une nuit où je n'arrivais pas à m'endormir dans une chambre d'hôtel à cause d'un robinet nickelé qui s'enfonçait comme un perce-oreille jusqu'au fond de ma cervelle. Il existe des substances dont la proximité signifie presque pour moi une destruction physique. Cela se produit à une profondeur qui rend malheureusement toute investigation impossible. Je peux au mieux mesurer l'intensité de la répulsion ou de l'attraction ; de même, les physiciens peuvent mesurer la gravitation, mais elle demeure pour eux un mystère.) J'eus subitement une certitude : l'anxiété et l'apaisement provoqués à tour de rôle par la ville impossible – je la sentais m'entourer de toutes parts – étaient des émanations énigmatiques de cette substance qu'il me serait interdit de connaître : celle qui avait amplifié le son mat du poteau de fonte. Nous atteignions ainsi l'intervalle maximum qui pouvait exister entre nous : l'abîme des substances. Il ne me restait plus qu'à refaire le chemin dans l'autre sens.

Et s'il était, de son côté, préoccupé par ma présence ? Je voulus m'en assurer. Je réussirais peut-être à précipiter les choses. "Aimeriez-vous que nous allions visiter les ruines un de ces jours ?" "C'est vrai, vous m'avez parlé de je ne sais quelles ruines." Et il fourra de nouveau les mains dans ses poches. Comme s'il n'avait pas fait attention à ce que je lui avais décrit, il me demanda : "De quelles ruines s'agit-il, déjà ?" Je n'aime pas me répéter. Sa mauvaise foi m'agaça au point que je ne pus pas me retenir : "Les ruines qui intéressent, que je sache, ce monsieur, cette personne avec qui vous êtes venu." L'air étonné, il me répondit sur un ton tranchant : "Je ne suis venu avec aucun monsieur, je ne comprends pas !" Impossible de ne pas admirer l'habileté de cette sincérité ; il maniait la vérité comme une arme pour me pousser dans le piège où j'essayais de l'entraîner. Je ne voulus pas prolonger ce jeu et, bien que cela me fût pénible, je me tus. Nous continuâmes de marcher côte à côte. Il devait probablement rentrer chez lui pour déjeuner et j'étais résolu à apprendre où il habitait.

Remarquant que je consultais ma montre, il me demanda s'il ne serait pas bientôt une heure. "Vous déjeunez en ville ?" "Non. On m'attend à la maison, mais plus tard, nous ne sommes pas encore bien organisés, nous nous faisons apporter le déjeuner par un traiteur." Tant d'explications inutiles m'intriguèrent.

Nous n'étions pas loin de chez moi et j'en pris le chemin. Il me suivit sans hésiter, ce qui me surprit agréablement. Il ne faisait finalement qu'une promenade inoffensive. Il y a des yeux dans lesquels on peut voir ce qu'ils regardent, comme certaines eaux dormantes qui reflètent sans cesse le ciel. Mais, chose étrange, tandis que les eaux paisibles sont celles où tout se voit clairement, ce sont au contraire les yeux troubles, à l'iris ondoyant comme une mer houleuse, ceux dans lesquels on lit à livre ouvert, bien qu'ils semblent sans rapport aucun avec les objets d'alentour. Je m'efforçais en vain de déchiffrer ce que retenaient les siens. Regardaient-ils vraiment ? Je pensai une seconde aux phares allumés d'une auto en stationnement.

Je ne m'aperçus pas que nous passions devant chez moi et cela me déplut. Il me semblait de plus en plus qu'il pouvait m'entraîner sur ses pas sans nul effort, ayant compris que j'étais incapable de prendre la moindre initiative. Mon dépit était d'autant plus fort que, si je n'avais pas été à ce point conscient de sa parfaite indifférence à mon égard, j'aurais trouvé plaisante cette promenade inattendue.

L'assise en ciment d'une grille basse me rappela mes interminables balades d'autrefois, lors desquelles, il est vrai, j'avais parfois un but précis : par exemple, percer le secret des fenêtres éclairées de nos voisins ou celui des femmes en robes de chambre criardes. Ce n'étaient pas là des interdits me visant en particulier pour des raisons qui m'échappaient. C'était le côté mystérieux de presque tout ce qui m'entourait. Nous nous asseyions sur le mur bordant le parc. Lui, il osait même s'étendre sur le dos, les mains sous la nuque. Pour moi, c'eût été trop d'audace ; pas pour lui : peu lui importait si une passante devait lui lancer un regard intrigué, ou un agent l'inviter sans aménité à se tenir décemment. C'était, après la dissipation des brumes, une matinée d'automne sans rien d'exceptionnel. “Tu ne fumes pas ?” “Rarement, seulement quand je suis nerveux.” Cela m'ouvrait une nouvelle perspective sur lui. Il lui arrivait donc d'être nerveux. Je ne l'aurais pas imaginé. J'étais déçu, pas seulement parce qu'il ne m'avait jamais parlé de ses soucis – je considérais cela comme un manque d'amitié –, mais également parce que j'avais mis de côté des cigarettes que je voulais lui offrir. “Tu les fumeras peut-être une autre fois.” Il se redressa légèrement – moi, j'étais assis sagement, les jambes ballantes – et accepta le paquet que je lui tendais. “Bon, puisque tu y tiens, je les prends.” Elles disparurent aussitôt dans sa poche toujours pleine. Après ces longues promenades, je rentrais à la maison recru de fatigue, mais heureux. Ma mère croyait que nous allions jouer au ballon. Il sourit comme s'il entendait une plaisanterie éculée, la seule fois où je lui demandai si cette idée le tentait, et me répondit : "Quoi, tu voudrais que je déchire mes vêtements ?" Je ne trouvai pas cet argument très convaincant car, à l'époque, il portait toujours la même chemise délavée et le même pantalon, long bien sûr, pas très propre, mais savamment rapiécé. Il faisait une nette distinction entre nos promenades et les courses ayant un but bien déterminé. "Tu ne veux pas que je t'accompagne ?" Il sortait de chez lui avec un énorme cartable de carton-pâte, pressé de se rendre je ne sais où. "Non, j'ai à faire et ça ne serait pas amusant." Il eut à ce moment-là une expression inattendue, de maturité. Pourquoi pensai-je au visage d'un nain ?

Je me demandais si, pour mon nouveau compagnon de promenade, celle-ci n'avait pas un but, en dépit des apparences. Plus nous nous éloignions de chez moi, plus cela me paraissait évident et plus ma confusion augmentait. J'essayai d'orienter mon attention dans une autre direction, d'oublier, mais bientôt une apathie familière commença à s'amasser, paresseuse et lourde, telle de l'eau boueuse, autour des questions sans réponse. Le son agressif, insupportable, d'une boîte de conserve heurtée du pied me ramena à la réalité et me révéla à quelle profondeur j'avais plongé dans ce néant que je ne connais que trop.

Je marchais à un pas derrière la femme que je m'étais proposé d'accoster. L'idée n'était pas de moi, mais d'un beau garçon aux yeux clairs, qui séduisait toutes les filles. Il n'avait pas tardé à me laisser tomber, s'étant rendu compte qu'il n'avait rien à faire avec moi, mais non sans m'avoir appris d'abord sa méthode : suivre à un pas la passante de mon choix et, bien entendu s'il n'y avait personne à proximité, faire sonner les pièces dans mon porte-monnaie (selon la mode du temps, j'en avais un en cuir épais, dans lequel les pièces tintaient bruyamment). Je ne pouvais ni hâter le pas pour marcher à la hauteur de la jeune femme, ni émettre le signal sonore : la main dans laquelle je tenais ma bourse était quasiment paralysée. Le cœur battant, je suivis l'étrangère longtemps, peut-être une heure durant, terrifié à l'idée qu'elle pourrait se retourner. Si je n'avais pas rencontré une connaissance, j'aurais sans doute continué ainsi, évidemment sans espoir, en vertu d'une espèce d'inertie humiliante, peut-être aussi comme une pénitence. La situation présente était plus délicate : lui, je ne pouvais pas le quitter sans crier gare.

Cela me préoccupait tellement que, si je n'avais pas vu remuer ses lèvres, je ne me serais pas aperçu qu'il me parlait. Il remarqua que je n'avais pas écouté et répéta : “Elle est assez banale, cette petite ville.” Je ne réussis pas à trouver la bonne réponse ; mais, quelques secondes plus tard, je lui expliquai que cette impression était due probablement à notre itinéraire. Pendant tout ce temps, il n'avait ouvert la bouche que pour me dire ce qu'il ne pensait pas ou ce qui ne lui importait pas. Il voulait me faire croire qu'il s'était intéressé uniquement aux maisons devant lesquelles nous passions, aussi inattentifs l'un que l'autre, mais, pour ce qui me concernait, l'inattention ne signifiait pas de l'indifférence, elle était le reflet d'une réalité particulière, comme dans les rêves, où les objets, qui peuvent se transformer à tout moment selon le déroulement des aventures intérieures, perdent complètement leur vocation habituelle.

Je lui parlai du gothique (je n'en étais pas très sûr) de l'hôtel de ville. “Ah bon ? Je n'avais pas remarqué… Je regarderai mieux, puisque vous me dites que ça en vaut la peine.” Il était prudent et habile. Le fait même qu'il eût repris la conversation me fit penser que cette promenade n'était pas pour lui un simple hasard. Il redoutait que nous ne nous quittions en coupant les ponts. Un procédé que je connais de longue date.

Nous nous taisions tous les deux. Je ne parvins pas à apprendre finalement si le silence était pour elle aussi torturant que pour moi. Quoi qu'il en soit, à cinq pas de chez elle, elle me lança la phrase que j'attendais désespérément, la phrase que je n'étais pas capable de prévoir, parce que je pensais, et depuis longtemps, que nos silences nous avaient définitivement séparés. "Je regrette que nous ne soyons pas entrés pour voir l'exposition." C'était à chaque fois pareillement banal. Elle le disait peut-être sans aucune intention arrêtée, ce que je suis tenté de croire, tellement sa disparition de ma vie fut brusque. Je la quittais éreinté, comme après une explication épuisante, mais quelques jours plus tard ses derniers mots, cette phrase dénuée d'intérêt, devenaient plus significatifs que le long silence qui les avait précédés.

Quand la neige commence à fondre, je me lance parfois, entre les flaques boueuses, dans le printemps encore incertain. Je saute de pierre en pierre, je glisse souvent dans la gadoue, les voitures m'éclaboussent, je ne vois presque rien autour de moi. Lorsque je me décide enfin à rentrer, j'aspire un dernier filet d'air pur et c'est lui – un de ceux qui courent, nombreux et vifs, au-dessus des champs en friche, en bordure de la ville – qui me tire à nouveau de chez moi le lendemain, malgré tous les désagréments m'attendant dehors. Les derniers mots qu'elle prononçait baignaient toujours dans cette fraîcheur, séduisante comme le printemps.

"La poste ferme à quelle heure ?" Avant que j'aie eu le temps de répondre, il me posa une autre question bizarre : "On est obligé d'y aller pour expédier son courrier ou bien il y a des boîtes aux lettres ? Je n'en ai vu aucune en route." "Je ne sais pas. Moi, je vais toujours à la poste quand j'ai une lettre à envoyer." Aurait-il fait tout ce périple uniquement pour voir s'il y avait des boîtes aux lettres ? Je trouvais cela trop bête. Il suffisait d'interroger n'importe quel habitant de la ville. Pourquoi ces manœuvres naïves ? Je me souvins de la page trois du journal, qu'il lisait au café : elle était bien réservée à la littérature ! Oui, enfantin par moments. Durant toute la promenade, il m'avait obstinément caché son regard.

Je remarquais de temps à autre, trottinant parmi les passants, quelques fonctionnaires des rares administrations de la ville. Je les identifie immédiatement, à leur air absent, qu'ils ramènent de leurs bureaux aux vitres sales. J'étais las ; opérant selon je ne sais quelle chimie secrète, la fatigue dissolvait en partie l'inertie qui m'avait rivé à mon étrange compagnon. Je sentais que j'allais bientôt pouvoir le quitter.

Je lui demandai d'un ton naturel si j'aurais prochainement l'occasion de le revoir au café. Sans doute pas, me répondit-il, car le bruit l'incommodait et il souffrait souvent de terribles migraines. Il tourna enfin la tête vers moi et, dans la lumière, je décelai pour la première fois un tremblement désorienté dans ses yeux limpides. Je crus comprendre l'appel et je lui dis : "Alors, venez chez moi. Ma chambre est claire et, surtout, tranquille." Il sortit un calepin de sa poche, nota mon adresse et répéta : "J'ai trop souvent de ces atroces maux de tête." J'esquissai un sourire conventionnel – il m'expliquait peut-être ainsi ses trop longs silences. "C'est pourquoi je ne reste jamais longtemps entre quatre murs et d'habitude je décline les invitations." Je regardais le calepin qu'il tenait encore à la main. "Je pense pourtant que je viendrai, ça me fera plaisir de passer chez vous." Il me salua gravement et tourna les talons si vite que je n'eus pas le temps de lui tendre la main.

VII

Je savais qu'il était inutile de l'attendre dès les jours suivants. Il aurait certainement craint, en venant trop vite, de me faire deviner que ce n'était pas mon invitation, mais une raison personnelle qui l'amenait. Pourtant, chez Kati, j'étais sur des charbons ardents. Ma nervosité s'expliquait entre autres par les questions que je me posais quant au rôle qui m'était dévolu. J'avais peur qu'un rien, par exemple une visite manquée, ne le fît renoncer ; ainsi, autrefois, des enfants avec lesquels j'avais joué plusieurs fois m'évitaient brusquement, presque sans s'en cacher. (Si ce genre de choses arriva moins souvent par la suite, c'est parce que les adultes s'approchent différemment les uns des autres, avec plus de prudence, en essayant de savoir d'avance à qui ils ont affaire.)

"Tu étais avec quelqu'un quand je t'ai rencontré hier ?" Je m'attendais à cette question et j'y répondis sans hâte. "Oui et non, c'est un habitué du café ; il m'a demandé l'heure et après nous avons bavardé un peu." "Il est très élégant, ça doit être un homme distingué. Tu as remarqué la qualité de ses chaussures ?" J'envie Kati pour la simplicité avec laquelle elle saute du coq à l'âne. Je repris : "Mais lui, quelle impression te fait-il ?" "Il est très sûr de lui et prétentieux." Si je l'avais interrogée davantage, elle se serait sans doute embrouillée. Un jour, au détour d'une conversation, elle me parla de son chef, que je ne connais pas, mais qui, à l'en croire, serait un "méchant homme". Je voulus en savoir plus : “Pourquoi, il te rabroue quelquefois ?” Non, il ne la rabrouait pas, au contraire, il était très poli, mais, quand elle entrait dans son bureau, il ne levait pas les yeux de ses paperasses et lui répondait sans la regarder ; il ne pouvait donc être qu'un “méchant homme”. De même, l'inconnu devait être orgueilleux, puisqu'il ne lui avait pas souri. Je ne doutais pas qu'il l'avait regardée sans insistance, ce qui, je ne sais pourquoi, me déplut.

Je parvins à vaincre la routine et à rentrer plus tôt. Le tailleur me répondit – surpris, car je ne recevais jamais de visites – que personne ne m'avait demandé. Je le prévoyais et pourtant je me couchai de mauvaise humeur. A partir du lendemain, l'attente me claquemura pour de bon. Je savais que toute sortie représenterait un tourment supplémentaire.

Même quand on n'a aucun doute sur la suite, l'attente est exaspérante, car elle dérègle les occupations ordinaires qui, normalement, épuisent le temps sans difficulté. J'avais échoué dans toutes mes tentatives de colmatage du vide lorsque, brusquement, j'ouvris ma porte et appelai la fille du tailleur. L'inconnue était la seule personne à laquelle je n'avais pas pensé (ou plutôt réussi à ne pas penser), comme le malade qui, attendant sur la table d'opération, chasse de son esprit le hasard dans lequel il va bientôt plonger, en dressant l'inventaire des objets qui l'entourent, mais en perdant de vue inexplicablement le message enfoui en chacun d'eux et même dans la température spéciale de la salle aux murs blancs. L'étranger, ma conversation avec Kati à son propos, la promenade sans dénouement, tout aurait dû pourtant me ramener vers l'inconnue du pont. Mais il y a quelque part un censeur extrêmement habile, qui manœuvre les décors intérieurs de façon à fixer l'attention des spectateurs sans que le héros ait à entrer en scène. Et je crois que, ce faisant, il lui rend service. Ainsi les rivières qui se cachent sous la terre ne disparaissent pas définitivement ; elles en ressortent enrichies de s'être frottées aux parois obscures. En l'absence du héros, son attente mûrit. Je pensai avec angoisse à la réapparition certaine, mais peut-être modifiée, de l'inconnue.

En vertu d'un phénomène relevant lui aussi d'une mécanique intérieure inexplorée, il m'arrive de souffrir soudain, cruellement, de l'absence de quelqu'un que je voyais autrefois – et cela, même après de longues années qui ont profondément changé ma vie et au cours desquelles je n'ai jamais pensé à lui.

C'étaient de brèves vacances de Pâques. Je fis la connaissance des trois sœurs occupant une table près de la fenêtre. Je me liai d'amitié avec l'aînée, trouvant les autres trop jeunes pour mériter mon attention, et, dans la pension de famille presque vide, une très discrète complicité se noua, que je croyais due surtout à l'ennui qui descendait avec la brume des collines encore couvertes de neige. Des années durant, je ne pus m'expliquer le charme que gardaient, si frais en moi, les quelques jours passés auprès de cette jeune fille taciturne et, je crois, pas belle, aux yeux agrandis par des lunettes assorties à son visage d'institutrice. Un jour, apprenant par hasard que la cadette, âgée de treize ans quand je l'avais connue, venait de se fiancer, je sentis un véritable coup de froid dans la poitrine. J'étais abattu comme après une perte irréparable et je compris que la vague amitié ébauchée avec l'aînée n'avait été qu'un réflexe de défense, le moyen d'éviter une tentation que j'étais trop jeune pour accepter.

La fille du tailleur apparut enfin dans l'encadrement de ma porte. Elle s'était sans doute attardée, mais pas assez, devant la glace : la poudre et le rouge lui faisaient un masque de clown. Craignant d'être en retard, elle avait monté l'escalier trop vite et elle haletait. Son inquiétude, soulignée par son essoufflement, n'était nullement justifiée par le ton calme sur lequel je l'avais invitée, comme si c'était tout naturel, à apporter son ouvrage chez moi, pour profiter de la lumière. Je passai un étrange après-midi, allongé sur mon lit, ouvrant les yeux de temps en temps pour la voir, l'air apeurée, coudre sans désemparer devant la fenêtre, sans doute afin de me montrer qu'elle n'avait pas d'autre raison d'accepter mon invitation. Sa présence m'aida à apaiser mon anxiété. Le soir, quand elle se leva pour partir, ne voulant pas lui laisser imaginer que je pourrais répéter ma proposition, je la saluai froidement, d'une légère inclination de la tête, comme on répond distraitement au salut d'une femme de ménage.

Le troisième jour passa encore plus difficilement. Je ne me faisais pas une idée claire des intentions de l'étranger, sauf sur un point : il avait montré à plusieurs reprises qu'il pourrait avoir besoin de moi. Mais, de son côté, il n'était probablement pas encore fixé à mon égard, ce qui l'empêchait d'être franc. En effet, après m'avoir laissé entendre qu'il était venu dans notre ville en compagnie d'un homme, il m'affirmait tranquillement le contraire. Par ailleurs, je n'arrivais pas à me rendre compte si ses questions sur le bureau de poste et les boîtes aux lettres avaient ou non une véritable importance. Il y a deux sortes de secrets : ceux qu'on surprend et qu'on ne doit pas divulguer, comme l'énigme des fenêtres qui s'allumaient la nuit – les vrais secrets –, et les autres, ceux dans lesquels on se retrouve impliqué parce que, sans le savoir, on est un pion dans une partie engagée par des adversaires qu'on ne connaît pas toujours. En l'occurrence, elle ne faisait que commencer, mais, je le sentais, j'en étais un pion. J'ignorais si l'étranger représentait l'un des adversaires ou un simple intermédiaire, de toute façon l'action devait se dérouler de plus en plus près de moi ; on allait me manœuvrer d'une manière ou d'une autre. Je décidai de me laisser faire, animé par un curieux élan. J'étais un pion fasciné par la proximité de la reine. Et j'avais une quasi-certitude : le déroulement de la partie devait nous rapprocher.

Le travesti débouche parfois sur une nouvelle conscience, que, par la suite, nous pouvons toujours refuser en tant que simple reflet du costume, ce qui ne constitue cependant qu'une échappatoire. Emprunté, rigide, le vêtement de pion me fit découvrir qu'il pourrait m'arriver de trahir. Cette idée, évidemment prématurée puisqu'il ne s'était encore presque rien passé, me déconcerta et m'indisposa. Pourquoi avais-je pensé à cela ? Les réponses à certaines questions ressemblent à ces nœuds trompeurs dont il ne reste rien si l'on tire sur les deux bouts de la ficelle en même temps. Peut-être parce que j'en savais si peu, je pouvais me figurer que je serais attiré à l'avenir par d'autres présences, plus séduisantes, mais peut-être aussi parce que les mains et le front trop grands de l'étranger m'inspiraient une répulsion bizarre. Tout cela engendrait de nouvelles questions.

Je n'ai de préjugés qu'envers les individus trop sûrs d'eux, envers les beaux esprits qui se laissent admirer sans gêne et s'écoutent avec ravissement. Ils ont tous quelque chose de fondamentalement opposé à mon étranger : leur désir trop visible de s'imposer, d'éblouir. Ma réserve à son égard m'inquiétait parce que je devais m'avouer que ce qui me déplaisait chez lui, la discrétion et le calme avec lesquels il s'exprimait (si c'était cela qui me déplaisait et non pas autre chose, de caché), ce n'était pas des défauts. Il est malaisé d'admettre qu'on trouve quelqu'un antipathique parce qu'il a les yeux trop clairs ou les jambes trop longues, ou parce qu'il se tait quand il a mal à la tête. Dans le tréfonds de ma répugnance, comme dans une chanson où l'on perçoit quelque chose de faux en la fredonnant, sans savoir quoi exactement, demeurait une hésitation qui la rendait instable.

J'étais souvent tenté de sourire au garçon d'allure aristocratique qui traitait de haut ses amis. (Nous autres, il ne daignait pas nous voir.) L'éventualité de ce sourire éveillé en moi par une autre image de lui, imprécise mais opposée à son image réelle, et profondément antipathique, me faisait souffrir de sa parfaite indifférence. Je ne pus jamais déterminer ce qui avait produit l'image illusoire. Rien de matériel. D'ailleurs, chaque sentiment est accompagné chez moi par quelques autres, comme un son par ses harmoniques, sauf que les autres voix, plus profondes, contrecarrent parfois le ton initial, ce qui débouche sur une confusion telle que je ne réussis plus à déceler le premier son. Je peux ainsi mesurer la profondeur à laquelle je suis touché par une nouvelle présence. Grâce au nombre d'échos de plus en plus incertains qu'elle provoque.

Je décidai de rester autant que possible dans le vague, sûr que les questions directes ne donneraient rien. Il les esquiverait en recourant au tremblement désarmant de ses yeux en général lointains, ou, pour me faire payer mon audace, au silence. Je devais me montrer sans prévention et laisser le champ libre à son impulsivité. Je devais surtout éviter de faire la moindre allusion à l'inconnue.

Lorsque j'entendis le pas lourd du tailleur dans l'escalier, je sus ce qu'il allait me dire. Je sautai du lit et m'assis sur une chaise devant la fenêtre. Il glissa la tête dans l'entrebâillement de la porte et m'annonça sur un ton mystérieux que quelqu'un voulait monter me voir. L'étranger ne devait surtout pas deviner que je l'attendais. Pourtant, quand on frappa, je ne pus me retenir et en deux pas je fus sur le seuil.

Il était, comme d'habitude, nu-tête. Il retira lentement son pardessus et son écharpe et les posa sur le lit. "J'espère que je ne tombe pas mal. Je dois d'ailleurs te dire que j'ai pensé à monter seulement parce que je passais par hasard au coin de ta rue." Le tutoiement le trahissait : il ne disait pas la vérité ; je m'attendais d'ailleurs à le voir un peu gêné. Je l'invitai à s'asseoir sur l'autre chaise, près de la fenêtre. Nous commençâmes par parler du temps, des quelques édifices qu'il avait remarqués lors de ses promenades des derniers jours. Il parlait posément, comme s'il n'y avait rien de plus important que les banalités que nous échangions. Je quittai le premier ce terrain sans intérêt.

"Vous comptez rester longtemps ici ?" "Ça ne dépend pas de moi." Il y avait un côté contraint dans son sourire qui se voulait naturel. "Ça ne dépend pas de moi, je ne suis qu'un accompagnateur." Etrange formule. Malgré ma curiosité, je me retins de lui demander des précisions. "De toute façon, même si je ne reste pas longtemps, je trouverai le temps long. Cette ville ne m'attire en rien. Elle me paraît endormie, vide." Je lui parlai à nouveau des promenades qu'offraient les environs, du calme de la vie de province, qui a parfois du bon. Ayant eu l'impression que ce sujet l'agaçait, j'espérais tirer quelque chose de lui en l'irritant.

"Je pense que vous vous êtes accommodé à ce rythme lent. Je ne voudrais pas avoir l'air indiscret, mais je me rappelle comment vous lisiez le journal au café. J'en ai déduit que vous vous sentiez bien ici." Il avait repris le vouvoiement. Je lui demandai si ma façon de lire le journal était révélatrice à ce point. "Oui, vous le lisiez moins que vous ne regardiez par la fenêtre, vous avez passé très longtemps sans bouger, à regarder dehors. Les nouvelles vous intéressaient sans doute moins que le spectacle de la rue." Je ne m'attendais pas à une allusion aussi directe aux circonstances dans lesquelles j'avais retenu son attention, d'autant plus qu'il me confirmait ainsi la fausseté de son hésitation au moment où nous avions fait connaissance et où il m'avait demandé si nous nous étions déjà vus. "Je crois que je regardais quelqu'un, mais je ne me rappelle pas ce qui motivait mon intérêt." Je tentais à mon tour cette manœuvre : pousser l'adversaire aux limites de la vérité pour l'obliger à parler, ou à y renoncer, ce qui n'est pas moins significatif. Mais, bien qu'ayant dépassé de beaucoup l'attitude que je me proposais d'observer, je ne réussis pas à le troubler tant soit peu. Il tira une cigarette d'un étui dont la vulgarité m'étonna et il l'alluma. “A la maison je ne peux pas fumer, ma mère est souffrante et elle ne le supporte pas.” Il ne pensa pas à m'offrir une cigarette (l'idée ne l'en effleura peut-être même pas) et j'eus l'intuition qu'il me réservait un rôle mineur, un rôle dans lequel je dépendrais de lui comme un esclave. Je dis sur un ton anodin : “Moi, je fume seulement quand je suis préoccupé.” Peine perdue : il ne remarqua toujours pas qu'il fumait tout seul.

Kati avait raison. Il était probablement si sûr de lui qu'il ne pensait pas à corriger un geste déplacé. Aucun doute : quand quelqu'un ne pouvait plus lui être utile, il ne se donnait plus la peine de répondre à son salut, il affichait cet air concentré qu'il prenait facilement, les yeux fixés par terre à dix pas devant lui.

Quelques minutes passèrent et je sentis se produire un changement. Je le sentis dans le rideau de fumée, qui ne me parut plus être une barrière, plutôt un filtre donnant aux choses une présence moins précise mais plus familière, une atmosphère dans laquelle certaines libertés étaient permises. Je devinai qu'il allait me parler. Il ne se décidait pourtant pas, me souriant d'un air las, et il fallut que je lui dise d'abord qu'il me semblait souffrant. “Je n'ai rien, je vais parfaitement bien.” Il prononça ces mots à mi-voix, sans me regarder ; il se tut un moment, puis il reprit de la même voix sans force : “J'aurais l'air fatigué que ça ne m'étonnerait pourtant pas. J'ai beaucoup de problèmes. Tous les gens en ont, mais certains sont plus ébranlés, plus éprouvés que d'autres.” Il fit encore une pause, mais surmonta son hésitation : “Je suis assez résistant, mais là je suis fatigué. L'irréparable nous ronge tous tant que nous sommes. Je suis assez à l'aise avec vous pour vous confier des soucis très personnels…” C'était beaucoup plus que je n'attendais. Je rapprochai ma chaise de la sienne et il continua : “Je pense que vous êtes un bon connaisseur de la nature humaine.” Je haussai les épaules, gêné. “Non, ne niez pas, ça se voit à la façon dont vous observez certains passants, tandis que d’autres vous laissent indifférent. Je ne manque pas d’intuition, il faut être à la fois très sensible et très curieux.” S’il savait cela, il avait sans doute remarqué d’autres détails aussi. Je regardai non sans crainte sa figure aux os fins, à peine marqués sous la peau exsangue. Je le devinai fragile et pourtant bien plus fort que moi.

Jusqu’au jour où elle me dit de sa voix toujours égale que je me trompais, que je ne pouvais pas l’aimer, qu’elle était trop vieille et trop laide pour inspirer l’amour, je m’étais demandé si l’inhabituel sentiment de paix qui m’habitait en sa présence n’était pas le signe, le prologue d’une sorte d’amour. Plus je me persuadais de sa supériorité, plus je m’estimais autorisé à me blottir comme un enfant malade dans l’aura de chaleur qui l’entourait. Un jour, je lui parlai de ce bien-être que je n’avais plus connu depuis mon enfance. “Pourquoi te figures-tu que ce rôle me convient ?” Elle me rejeta. Définitivement.

L’impression de me rapprocher trop vite de lui m’inquiéta soudain. S’il devinait ma faiblesse, cela pouvait condamner nos relations.

Je levai les yeux. Ayant sans doute senti mon absence de quelques instants, il me demanda : “Que pensez-vous d’une personne obsédée par une perte terrible, peut-on l’aider en l’éloignant de son environnement habituel ? Peut-on contribuer à sa guérison ou bien tous les efforts sont-ils inutiles ?” La silhouette de l’inconnue se profila dans l’ombre derrière lui. Je devais le faire parler, aussi évitai-je de répondre clairement : “Je ne sais pas, ça dépend d’une foule d’éléments aussi importants les uns que les autres.” Il réfléchit puis me dit, ayant apparemment trouvé une formulation lui permettant de mieux se faire comprendre : “Pensez-vous qu’il nous arrive d’agir en tenant compte des conseils reçus ou que nous retenons seulement ceux qui justifient les actes que nous aurions accomplis de toute façon ?" J'eus l'impression que sa question ne s'adressait pas à moi, que j'assistais à un débat intime, et je le lui dis, après quoi j'ajoutai que je ne voyais pas en quoi mon avis pourrait lui être utile. A sa manière de me dévisager, je réalisai que le fil était rompu. "Vous avez raison, c'est bien vu : on porte sa croix tout seul." Il sourit. "Vous avez été franc, qui sait quelles questions absurdes vous auriez entendues si vous m'aviez laissé parler davantage." J'aurais appris uniquement ce qu'il avait décidé de me dire. Mais la situation dans laquelle je l'avais placé l'obligeait à reculer.

J'empruntai alors le ton magistral de l'un de mes professeurs, un petit vieux conventionnel et pédant : "Je suis certain qu'en tout état de cause aucun des problèmes que nous nous posons sincèrement, sans recourir à nul artifice pour les simplifier, pour les introduire dans une catégorie résolue à l'avance, par nous ou par d'autres, qu'aucun de ces problèmes ne reste finalement sans solution." Cherchait-il à me faire plaisir ? Il hochait la tête affirmativement pendant que je discourais, comme si mes paroles étaient précisément celles qu'il attendait. "C'est curieux que deux personnes qui se connaissent à peine puissent si bien s'entendre. Tenez, au risque de vous paraître ridicule, j'ai le sentiment que votre intérêt à mon égard est le signe d'une sympathie aussi spontanée que la mienne pour vous." Il prononça ces derniers mots en rougissant vivement. Pour ne pas avoir à feindre une gêne inexistante, je me levai et allai prendre la bouteille de vin et les verres préparés en prévision de sa visite.

Heureusement, il me tournait le dos et je pouvais remplir les verres à l'abri de son regard, car un court moment j'avais senti mon contrôle m'échapper et le vertige des pulsions s'emparer de moi. La bouteille tremblait dans ma main. Nous trinquâmes et je crus tout à coup être réellement ému. Personne n'est plus perméable que moi aux émotions d'autrui. Dans la pièce, la lumière devenait insuffisante, une quiétude étrange, indifférente, s'infiltrait de l'extérieur, du soir qui tombait lentement. Je posai mon verre devant lui et lui tendis la main. Geste manqué, qui remplaçait l'envie que j'avais eue un instant de le serrer contre moi, mais qui n'eut pas l'air de le surprendre. Il me fixa d'un œil grave, comme si nous préparions ensemble une action comportant des dangers certains. "Nous nous verrons plus souvent." Ce n'était pas une question et je remarquai de nouveau son ton de commandement. "Vous viendrez chez nous. C'est un peu triste, mais ça s'arrangera peut-être avec le temps." Je surpris un instant dans ses yeux le même regard égaré que celui de l'inconnue. Mais il reprit aussitôt l'expression lointaine qu'il avait presque tout le temps et qui lui donnait l'air de répéter mentalement les chiffres d'une opération sans fin. La fumée de la cigarette redevint hostile, comme toutes les choses auxquelles nous sommes indifférents et qui assistent ennuyées à notre agitation.

Il me demanda comment je m'entendais avec mon logeur et me parla du propriétaire de leur maison, un vieux prêtre qui, ajouta-t-il, s'intéressait de près à leur "cas". Puisqu'il s'était confié à ce prêtre, il en ferait autant avec moi sans que j'aie à lui tirer les vers du nez. Cela me fit douter en même temps de l'importance de sa confession. La plupart des gens ont en effet une hiérarchie des secrets et ne partagent que les moins importants.

Il ne pouvait certes pas deviner mes pensées, mais il sentit poindre ma méfiance et s'empressa de la dissiper : "Si je me permets de vous parler librement, c'est aussi parce que nous sommes deux étrangers dans cette ville." Je connaissais ce réflexe et j'approuvai. "Non, je ne veux pas dire que c'est seulement pour ça que je peux m'ouvrir à vous, je me rends compte que vous pourriez le comprendre ainsi, mais je suis confus de m'être en quelque sorte imposé, alors je cherche des justifications." Il était un miroir devant lequel je parlais. Ces scrupules nuancés auraient pu être les miens. Saisit-il mon hésitation ? Toujours est-il qu'il se souvint de son invitation et commença à m'expliquer où il habitait, en dessinant un plan ; curieusement, il ne se rappelait pas son adresse. Finalement, il nous sembla plus simple de nous donner rendez-vous en ville. Je m'étonnais de sa façon de rester assis, juste sur le bord de la chaise. C'était ma façon à moi. Lorsque je me levai pour refermer la porte, qui s'ouvre quelquefois toute seule, il se leva aussi et fit lentement le tour de ma chambre.

Le tailleur y a laissé un vieux portrait de lui. "Vous ne lui ressemblez pas." Mon visiteur croyait donc qu'il s'agissait de mon père. Mais c'était surtout un prétexte pour reprendre la conversation et je ne le détrompai pas. "Je crains que ma mère ne guérisse jamais, tous les traitements sont inutiles." Je perçus une gêne, l'impact d'une balle de petit calibre traversant les tissus presque sans faire mal. Depuis qu'il m'avait parlé du deuil ayant frappé l'un de ses proches, le visage de l'inconnue ne quittait plus la pièce. Le regard différent qu'il avait eu pendant une seconde n'était sans doute qu'un autre reflet de cette présence, reflet si fugace que je ne pus le reconnaître. Il feignait donc d'être préoccupé par l'état de santé de sa mère. "Votre père est mort récemment ?" Il se tenait devant la photo du tailleur ; il se retourna et dit lentement, en secouant sa tête qui paraissait encore plus grande dans la pénombre : "Pas mon père, le mari de ma mère." Il s'approcha de la fenêtre et fit semblant de regarder dehors. Un long silence suivit, que je mis à profit pour effacer les marques visibles de ma perplexité.

Il me tournait le dos à nouveau, ce qui m'aida à lui parler. "C'est une rue tranquille, les voitures n'y passent guère parce que la pente est raide, les piétons eux-mêmes descendent en faisant attention à ne pas dégringoler et quand ils montent ils ne peuvent pas parler haut à cause de l'effort." "Moi, le silence me pèse." J'avais du mal à le croire.

Le profil qui se découpait sur le bleu violacé de la fenêtre était opaque, fait d'une substance impénétrable et hostile. Il tenait les mains jointes sur la poitrine et cette attitude pouvait évoquer la prière. Je me dis qu'il ne pouvait s'adresser qu'à une autorité très impliquée dans les affaires d'ici-bas. A laquelle il demandait certainement des grâces bien concrètes. Son royaume se trouvait sur terre. J'étais à nouveau séduit par la pureté de ses traits. Je remarquai le dessin rare de son oreille au lobe presque inexistant et au bord supérieur pointu.

Toute cette histoire au sujet de sa mère, n'était-ce pas pour me fourvoyer ? J'eus un regain de méfiance.

"Vous êtes probablement très actif." "Je l'ai été." Il s'interrompit, puis il reprit : "Et je le redeviendrai quand les circonstances familiales me le permettront. D'ailleurs, je peux paraître inactif à certains moments sans que ce soit vrai." Cette volonté d'avoir l'air normal, pareil à tout le monde, me sembla insolite chez lui. Il passait sûrement par une crise, mais peut-être m'étais-je trop pressé en voyant en lui l'un des adversaires de la partie d'échecs dont j'étais un pion. Il pouvait n'en être également qu'une pièce secondaire. Ses manœuvres toujours biaisées me rappelèrent les bonds coudés du cavalier.

"Ma visite est-elle vraiment la première que vous recevez ici ?" Je l'assurai que oui. (Le camarade rencontré dans la rue et ramené un soir où je ne voulais pas rester seul n'entrait pas en ligne de compte.) "C'est peut-être pourquoi vous êtes tellement silencieux." Je lus dans son regard un certain étonnement, mais aussi la même indifférence. Ayant cru que je parlerais, que je me dévoilerais, il était un peu déçu. Peut-être ne comprenait-il pas pourquoi je l'avais invité. Je ne savais pas comment le remettre en confiance. "Je dois avouer que je suis vite troublé, je vis depuis si longtemps ici comme un ermite dans sa grotte." S'il avait éclaté de rire, je n'aurais pas été surpris. Ma voix avait sonné faux, péniblement. Je m'étais vu engoncé dans l'habit étroit des artistes de banlieue, en train de débiter mon rôle avec la gravité des cabotins de la pire espèce.

Avais-je vraiment voulu l'intéresser à mon sort ? Il ne semblait pas touché par le thème de ma solitude. (Seuls remarquent la solitude des autres ceux qui avancent sans aucun but.)

Je me dirigeai vers ma chaise et l'invitai à se rasseoir également. Il revint de la fenêtre et je vis qu'il avait la même expression butée que lors de notre promenade ; toute tentative de le tirer de son mutisme paraissait vaine. Je lui demandai une cigarette. Il me tendit son étui d'un air absent. Je pouvais l'observer seulement quand il ne me regardait pas. Son profil hautain, dur malgré la délicatesse de ses traits, ce profil d'effigie ne correspondait pas aux manœuvres hésitantes dont il avait usé pour se mettre en rapport avec moi. Seule son indifférence à l'opinion d'autrui, et donc à la mienne (je ne me faisais aucune illusion), lui facilitait peut-être la tâche.

Les verres dans lesquels nous avions bu se trouvaient encore sur la table. Nos yeux se rencontrèrent au-dessus. "L'alcool ne me réussit pas, même un seul verre, alors j'évite de boire." Je pensai que cet aveu n'était pas moins faux que les effusions auxquelles il s'était livré et je m'interrogeai sur les raisons de ses efforts. En s'excusant (que faisait-il d'autre quand il me confiait que le vin le rendait vulnérable ?), il se montrait sous un autre jour. Je me demandais comment interpréter ce qui s'était passé. Le silence redevint pesant. Un silence lancinant comme le bruit d'une scie, et pourtant opaque, secret comme celui qui règne dans l'atelier d'un horloger, le silence dans lequel s'exécute un travail minutieux et invisible. Un silence dans lequel on se sent de trop et dont on tente de s'échapper en pensant à soi, mais on ne se retrouve pas. Le moteur caché de l'embarcation s'était peut-être arrêté, mais je ne pouvais pas en être sûr, j'étais au milieu des eaux sans repère. Il fumait tranquillement, portant sans hâte la cigarette à ses lèvres trop finement modelées.

Parfois, le silence qui s'installe entre nous descend d'un plan de l'irréalité où rien n'a de signification, où les choses ailleurs asservies sont affranchies du poids de leur emploi ordinaire. De singulières modifications se produisent alors et de nouvelles hiérarchies s'instaurent (lors d'une inondation, dans les maisons submergées certains objets s'agrippent désespérément et leur terreur rend leur fouillis méconnaissable, d'autres disparaissent sans réagir, d'autres encore flottent gaiement sur l'eau). Sa figure s'effaçait presque dans la fumée de la cigarette, en revanche je distinguais nettement les deux boules en noyer à la tête du lit et les griffes inquiétantes aux pieds de la chaise sur laquelle il était assis. Ses cheveux, telle une nappe de brouillard dorée par un projecteur, avaient quelque chose d'inhumain qui me le rendait totalement étranger.

Le plus souvent, je m'asseyais sur un tabouret à ses pieds. Elle continuait à tricoter posément. Suivre ses gestes mobilisait peu à peu toute mon attention ; bientôt aucune autre pensée ne résistait, les objets autour d'elle s'évanouissaient, elle devenait tout. Et rien. Un jour, elle se pencha vers moi et me dit : "Il vaut mieux que tu ne viennes plus."

Je tentais en vain de me ressaisir, de concentrer à nouveau mon attention sur mon invité. Je l'ai déjà dit, je sais "provoquer le sommeil". Il en faisait peut-être autant et je me demandai dans quel dessein. Je pensai un instant aux bandits qui offrent des cigarettes soporifiques dans les trains, puis apparut un bouddha obèse que j'ai vu un jour dans une vitrine et dont le ventre monstrueux me fit penser que c'était en réalité une autre tête, un autre cerveau, à l'abri de notre regard. Peut-être voulait-il m'endormir pour me faire oublier tout ce qu'il m'avait dit, tout ce que je ne devais plus savoir. Mais pourquoi me faire oublier, par exemple, que le mari de sa mère était mort ? Il ne m'avait d'ailleurs pas précisé quand c'était arrivé. Il faisait trop chaud dans la pièce et je cherchai du regard la fraîcheur de la fenêtre. Des nuages de brume montaient lentement devant les vitres et on ne distinguait que rarement une partie des collines.

"Il y a quelque chose de curieux dans votre chambre." Encore hébété, j'approuvai machinalement. "Vous le sentez aussi ? Excusez-moi, ce n'est pas une mauvaise odeur, mais vous n'aérez peut-être pas assez." Je trouvai sa remarque surprenante, discourtoise. Cependant, j'ouvris la fenêtre sans trop réfléchir. La brusque différence de température me fit la refermer aussitôt. Le froid inattendu s'agita encore un moment, comme un hanneton égaré la nuit dans une pièce où il se cogne contre les murs, contre les meubles endormis. "Je n'ai pas encore senti l'air si pur pour lequel on vante cette ville." J'ignorais à quoi il faisait allusion. "Au printemps, l'air est en effet très parfumé, grâce aux vergers qui nous environnent. Mais, au fait, qu'attendez-vous d'un changement d'air ?" J'étais sûr qu'il ne répondrait pas. Il feignit de ne m'avoir pas entendu et de s'intéresser à l'assemblage des lames du parquet. Enfin il leva les yeux, comme s'il se rappelait soudain un détail sans grande importance, mais qu'il devait dire tout de suite pour ne pas l'oublier. "Il ne faut pas que ma mère apprenne que vous savez quelque chose sur la mort de son mari." Il ajouta en se levant : "Ça vaut mieux." Je remarquai qu'il nouait son écharpe avec un soin extrême, comme le ferait une mère pour un enfant maladroit. Il y avait une telle tension dans ses mains que je croyais assister à un dédoublement, ou plutôt au dévoilement des deux êtres ayant fusionné en lui (à quelle fin ?) et dont l'un ne gardait que ces mains exagérément grandes.

“J’espère que vous n’aurez pas une nouvelle migraine à cause de cette visite.” Il ne se souvenait pas de m’avoir parlé l’autre jour de ses maux de tête. “Je n’ai pas le crâne sensible à ce point-là.” Il esquissa un pâle sourire qui ne signifiait rien. J’étais incapable de deviner dans quelle humeur il se séparait de moi, ce que je ressentis comme un échec.

“Vous devez déjà vous en aller ? Nous avons si peu bavardé.” J’aurais voulu trouver des mots nous permettant de reprendre une autre fois cet entretien qui avait tourné court. J’ouvris la porte machinalement. Il ne bougeait pas, un sourire étonné sur les lèvres. Déconcerté, je me rendis compte que j’avais ouvert trop tôt. Je lui dis que je voulais seulement vérifier si l’escalier était éclairé. Il me toisa d’un œil curieux et me répondit, non sans une certaine ironie : “Je l’ai bien monté, croyez-vous que je ne saurai pas le descendre ?” Me tendit-il la main ? Dans le demi-jour, il sembla plutôt glisser sur la rampe que poser les pieds sur chaque marche.

VIII

L'architecte n'avait sans doute pas pensé à l'étrange effet qu'il obtiendrait en plaçant la maison loin et en contrebas de la route. Il y a en outre des endroits, ou des circonstances, qui favorisent de surprenantes survies. On pourrait peut-être trouver d'autres explications, mais à mon sens il est significatif que les villes de la plaine se modifient sans cesse, en fait disparaissent complètement à chaque génération, alors que, solitaires sur des pitons rocheux, les griffes plantées dans la pierre dont elles sont faites également, les ruines des châteaux d'il y a mille ans défient le temps. Quelque chose de souterrain réunit d'ailleurs ce glissement discret dans l'oubli et ce combat perdu livré par les ruines. Cette interprétation plonge ses racines dans des terreurs très anciennes.

Je ne sais quelles gravures m'ont, les premières, révélé la présence de la mort. Ceux qu'elle visait la trouvaient derrière la porte de leur chambre ou à côté de leur lit. Lorsqu'ils la découvraient, ils tombaient à la renverse, les bras en croix, inanimés. J'avais décidé de sauver ma mère, quand elle serait vieille, en l'empêchant de tomber et, surtout, d'ouvrir les bras. Je vécus plusieurs fois en rêve la scène où je la serrais sur ma poitrine, en affrontant la mort qui me faisait d'horribles grimaces, mais retrouvait par moments son masque d'indifférence et de mystère. Aujourd'hui encore, je suis certain qu'il y avait là-dedans une part de vérité. Ceux qui nous aiment peuvent parfois l'éloigner et elle ne nous saisira pas tant qu'ils nous défendront. La végétation sauvage autour des ruines (a-t-on jamais remarqué que, là, elle devient luxuriante, comme la lumière autour du front des saints ?) protège les vieux murs, accomplissant la mission de l'ami qui combat la mort, qui nous retient au bord du néant. A condition toutefois que le moment et l'endroit aient été bien choisis.

La maison était située à un tel endroit et elle avait vu s'éteindre de nombreuses générations. D'abord, au sommet d'une colline, un mur solide, percé d'une petite porte étonnamment bruyante (les roquets le sont parfois plus que les gros chiens) ; puis la maison, à une cinquantaine de pas, tapie dans une déclivité. Elle avait l'air d'une bête à l'affût dans un fossé. Je ne vis rien jusqu'au moment où il poussa la petite porte cachée dans l'épaisseur du mur, le long duquel nous étions montés. Isolée au milieu d'un vaste terrain qu'on eût dit ravagé par le feu – par endroits seulement subsistaient de petites portions d'herbe roussie et des arbustes rabougris –, la maison semblait épier chaque mouvement. Une vieille femme qui, malgré son âge, au moindre chuchotement lèverait ses yeux éteints.

Je supposais qu'il marchait plus vite qu'à l'accoutumée pour éviter une conversation. Je le mis à l'épreuve en lui demandant s'il avait prévenu sa mère qu'il rentrerait avec un inconnu. Il se contenta de hocher la tête, sans ralentir. Avant d'arriver à notre rendez-vous, je pensais à la façon dont il était parti de chez moi et je me demandais s'il ne regrettait pas de m'avoir invité. Je croyais le trouver d'une humeur guère amicale. Je me trompais. Il me dit en me voyant : "C'est gentil de ne m'avoir pas fait attendre", alors que j'étais en retard. En chemin, je ne réussis pas à le regarder, il marchait tout le temps à un pas devant moi, si vite que je ne pouvais pas réfléchir à ce qui allait suivre. Une chose était claire : il ne m'emmenait pas chez lui sans raison. Et ce n'était pas pour me rendre la politesse ; il n'était sûrement pas prisonnier de ce genre de convenances. Lorsque nous arrivâmes à la petite porte, j'avais des palpitations que la fatigue ne justifiait pas à elle seule.

"Nous aurions pu tomber plus mal." Il ajouta en souriant : "Nous avons tout de même l'électricité et l'eau courante." J'avais déjà remarqué qu'il retenait d'abord les données objectives d'une situation, préférant l'explication la plus banale : l'odeur qui l'avait gêné dans ma chambre, par exemple, venait de ce que je n'aérais pas assez. L'idée que les habitations conservent l'empreinte de ceux qui y ont vécu ne l'avait sans doute jamais effleuré. Il ne voyait que les rapports les plus simples, les plus courants, entre les choses. Je le provoquai : "Quel coin romantique !" Il me lança un regard surpris. "Oh ! non, il est seulement à l'abandon."

Plus nous nous en approchions, plus la maison grandissait, et d'une façon impressionnante. Bien qu'il n'y eût pas de rideaux aux fenêtres, on ne distinguait rien à l'intérieur. Une étrange obscurité écarquillait les yeux derrière les vitres. La porte n'était pas fermée à clé. Il appuya sur la poignée et nous entrâmes. Il devina mon étonnement. "Nous ne risquons aucune visite imprévue, nous sommes complètement isolés au milieu des vergers." Je me rendis compte alors combien j'avais été distrait pendant nos dix dernières minutes de marche, puisque je n'avais pas remarqué l'absence de toute maison derrière les clôtures qui se succédaient sans discontinuer. Ceci expliquait également que nous n'ayons rencontré personne. En tout cas, c'était une bonne retraite ; même à quelques pas, on pouvait la prendre pour une maison abandonnée.

"Le prêtre habite là aussi ?" "Quel prêtre ?" "Le propriétaire." "Non, il habite en ville, je crois que personne n'a vécu ici depuis longtemps." Il ne faisait pas vraiment froid dans la vaste salle vide où nous étions entrés, mais nous la traversâmes vite, chassés par sa nudité inhospitalière. J'aperçus au fond le colimaçon d'un escalier en bois, dont je me demandai où il montait, car dehors, je n'avais vu de fenêtres qu'au rez-de-chaussée et je ne me rappelais pas si le toit était plat ou pentu.

Il y a des objets plus indiscrets que d'autres, naturellement pas les mêmes pour tout le monde. Les escaliers ont toujours éveillé mon attention. Je me demandais si celui-ci, relégué dans un coin sombre, était bien à sa place dans cette salle et je ne pus m'empêcher de penser qu'il ne menait nulle part, qu'on l'avait mis là uniquement pour créer une certaine atmosphère. "En haut aussi, c'est habitable ?" La lumière était insuffisante pour me permettre de voir son regard, mais je crus discerner sur son front deux lignes brisées que je n'avais pas remarquées jusque-là. Il ne me répondit pas. Ma question lui paraissait peut-être sans importance ou déplacée. J'insistai : "De l'extérieur, je n'ai pas vu d'étage." J'avais parlé fort. Il mit l'index devant sa bouche et me dit à mi-voix : "Excusez-moi, ma mère dort peut-être encore. Elle fait quelquefois la sieste et je ne voudrais pas la réveiller, elle passe des nuits difficiles." Il ouvrit une haute porte aux battants sculptés et nous entrâmes dans une pièce éclairée par trois grandes fenêtres donnant sur une cour profonde derrière la maison.

"C'est ici que nous vivons. Excepté nos chambres, les autres pièces ne servent pas." Il m'invita à m'asseoir dans un vieux fauteuil, inconfortable, et alla voir si sa mère s'était réveillée. Lorsqu'il sortit, la porte ne fit aucun bruit.

Mon père m'installait dans un énorme fauteuil revêtu d'un tissu à fleurs et allait voir sa cousine. J'ignore combien de temps passait, sans doute pas trop, et soudain je me sentais oublié, abandonné. J'étais pris alors d'une terrible frayeur à l'idée qu'une porte s'ouvrirait et qu'un inconnu me demanderait ce que je faisais là. Je me tenais raide, je n'osais pas bouger de peur de trahir ma présence par un bruit, j'attendais le cœur battant, les jambes étendues droit devant pour ne pas salir ce fauteuil étranger. Un jour, quelqu'un traversa la pièce, un vieillard dont je devais apprendre par la suite qu'il était un oncle de mon père. Il entra par une porte et sortit par l'autre, sans me regarder, trop petit que j'étais pour mériter son attention. Cela ne me rassura pourtant pas. Je n'aime toujours pas attendre seul dans une maison silencieuse.

Je me trouvais au milieu de la pièce, les yeux fixés sur un buffet de forme inhabituelle, une énorme caisse reposant sur quatre hauts pieds trop minces. S'ils cédaient, me disais-je, toute la maison tremblerait sous le choc du meuble alourdi par la vaisselle qu'il devait renfermer. Mais, aussitôt, mon hypothèse sur son contenu me parut gratuite et l'idée de cet espace caché dont je ne pouvais pas deviner l'usage me rendit la vue du buffet encore plus désagréable. La lumière ne suffisait pas pour révéler le dessin ni la couleur du papier peint. Je me rappelle avoir épié un jour mon aventureux voisin pour apprendre ce qu'on peut faire quand on se trouve seul dans une pièce d'une maison étrangère. Je le priai de m'attendre au salon pendant que j'allais m'habiller dans ma chambre. Par un trou de la porte – un nœud dans le bois, qui avait sauté je ne sais comment –, je pus l'observer à ma guise. Il resta d'abord immobile dans un fauteuil, puis il choisit un livre dans la bibliothèque, le feuilleta, le remit à sa place. Recommença... Rien d'exceptionnel. Des gestes naturels. Avec moi, il n'en va pas de même. Quand Kati me laisse seul devant la table sur laquelle elle a servi le café, je ne peux plus toucher à rien tant qu'elle n'est pas revenue et si j'ai la bouche pleine je suis presque gêné de continuer à mâcher.

Quelques fauteuils et des chaises, le buffet et une table étroite et longue composaient tout l'ameublement de la pièce. Les assiettes décoratives accrochées aux murs ne m'intéressaient pas.

Je cherchais vainement – des yeux, bien sûr, sans me lever – une photo ou un portrait. La maison était tellement silencieuse que le seul bruit sur lequel je pouvais me concentrer était celui du vent jouant dehors avec les feuilles mortes. Ce bruit léger, intermittent et de plus en plus net, amincissait les murs, de sorte que l'anxiété de l'attente se dissipa peu à peu, remplacée par une étrange sensation de torpeur semblable à celle des convalescents, trop faibles pour approfondir une pensée, mais d'autant plus capables d'explorer le signe extérieur le plus infime. Peut-être était-ce la raison pour laquelle je n'avais pas essayé de me représenter sa mère ; quand je la vis devant moi (elle était entrée du même pas sans pesanteur que son fils, qui la suivait presque collé à elle), j'imaginai ce que j'aurais éprouvé si je m'étais simplement figuré une vieille femme ayant exactement les mêmes traits que lui. L'obscurité dont ils surgissaient, tels deux portraits de famille où l'assombrissement de la céruse élimine l'écart entre le teint du petit-fils et celui de l'aïeule, contribuait à accentuer leur extraordinaire ressemblance.

Elle me tendit une main fragile, étonnamment chaude. Elle n'aurait d'ailleurs pas semblé aussi vieille si elle n'avait pas porté cette robe noire austèrement boutonnée jusqu'au cou. Elle tenait à la main gauche un réticule en fin maillage d'or et d'argent, dont je cherchais vainement à surprendre le son. “Vous vous êtes assis à ma place, monsieur.” Elle trotta, menue, à côté de moi, et me désigna un autre fauteuil, en face du sien. Son fils s'assit sur une chaise à côté d'elle.

“Ne m'en veuillez pas si je ne vous ai pas cédé ma place : les gens âgés sont les victimes des habitudes. Vous autres, vous êtes à l'aise n'importe où.” Elle souriait, s'exprimait avec aisance, en femme ayant l'usage du monde. “Ce fauteuil, par exemple, je l'ai choisi depuis notre arrivée ici, parce qu'il m'en rappelle un que j'ai vu pendant plus de trente ans chez mes parents. Je ne sais pas pourquoi je vous raconte tout ça." Elle jeta un regard interrogateur à son fils, puis reprit sans changer de ton : "J'ai appris comment vous vous êtes connus. Je suis très contente. Je craignais qu'il ne se sente seul ici." Je crus bon de suggérer que je n'en étais pas moins heureux (son amabilité, probablement conventionnelle, m'avait détendu) : "Je dois vous avouer, madame, que je ne me suis pas fait beaucoup de relations ici avant de le connaître." Elle me dévisagea d'un air incrédule puis, se tournant vers son fils, elle dit à mon grand étonnement : "J'ai cru comprendre que monsieur avait de nombreuses relations en ville. Ne m'as-tu pas parlé d'un ami ?" Elle le fixait, sans un regard pour moi. Cet "ami" dont il lui avait parlé, serait-ce Kati ? C'eût été plus qu'indiscret : indélicat. Il répondit : "Non, maman, j'ai dû mal m'exprimer. Je supposais seulement que monsieur s'était fait des amis en ville." Il paraissait gêné. Il mentait. Il m'avait vu avec Kati et l'avait raconté à sa mère.

Durant leur dialogue, je pus les observer à loisir. Assise dans son fauteuil, elle avait l'air encore plus menue et, depuis que je l'avais entendue parler, leur ressemblance était moins frappante. Son élocution égale et lente l'éloignait de lui. "De toute façon, c'est sans importance. N'est-ce pas ?" Elle avait baissé son registre d'un demi-ton. Ses mots se situaient toujours au même niveau, comme les petites sphères en merisier sur les tiges du boulier. J'approuvai : "Bien entendu, madame." Elle continua pendant quelque temps à hocher la tête de haut en bas, comme un automate.

Lui, il gardait les mains immobiles sur ses genoux et j'en déduisis qu'il était soucieux, peut-être à cause de ce qui venait de se dire. Je dévisageai sa mère, pour comparer leurs figures. Mais je sentis qu'il m'observait et je baissai les yeux.

"Nous habitons très loin, n'est-ce pas ? Le jour où nous venions de la gare, le chemin m'a semblé interminable." "Je n'ai pas eu cette impression, madame, mais il est vrai que j'ai l'habitude des longues promenades." "Mon fils me l'a dit." Elle lui sourit, sans éveiller son intérêt. "Il m'a dit que les kilomètres ne vous faisaient pas peur. Moi aussi, autrefois, j'aimais marcher, je ne me fatiguais pas, je connaissais tous les chemins, tous les sentiers." Quelque chose faillit suivre, que je ne devais pas savoir. Elle avait achevé sa phrase d'une voix chevrotante. Quant à lui, il essayait de donner le change en se passant lentement la main sur les yeux, comme quelqu'un qui tombe de sommeil. C'était probablement un signe convenu. Elle se tut, secoua la tête : elle avait été sur le point de raconter une histoire ennuyeuse. "Tu veux bien nous servir quelque chose ?" Il se trahit en bondissant avec une vivacité qui démentait l'impression d'absence donnée un moment plus tôt.

Dès qu'il sortit, elle perdit sa désinvolture, elle ne me posa plus de questions. Elle paraissait à nouveau très vieille. Ses souliers pointus à boucles argentées ressemblaient à des rats tapis sous sa robe. Je profitai de l'absence du fils pour étudier la mère. Lorsque je veux observer quelqu'un sans éveiller son attention, je prends l'air inexpressif du chien qui rêve. Je réussis à la berner. Elle sortit de son sac à main une lettre pliée en quatre. "Vous m'excusez un instant ?" Elle se permettait cette impolitesse, certaine que je ne me souciais pas d'elle, que j'attendais simplement le retour de son fils. Ce n'était donc pas pour elle qu'il m'avait amené chez eux. La lettre, jaunie, chiffonnée, devait être très ancienne. Elle la relut longuement.

Rien de leur apparente ressemblance ne résistait à l'examen, sauf peut-être le torse étroit aux épaules tombantes. Le front de la mère, bien que haut également, était très différent ; sa bouche aux lèvres pâles et minces n'avait pas un dessin très précis.

J'avais confondu des mois durant deux garçons venant de milieux tout à fait distincts. L'un avait l'air d'un étudiant pauvre et l'autre, toujours entouré d'un groupe d'amis bruyants, d'un fils de famille. Pourtant, à partir de ces deux personnages, j'en avais bâti un seul, dont les deux vies sans rapport entre elles faisaient un héros mystérieux. Cette confusion dura jusqu'au jour où j'eus l'occasion de les voir à quelques pas l'un de l'autre. Ils ne se connaissaient pas et, surtout, ne se ressemblaient absolument pas. La découverte de mon erreur remplaça une énigme par une autre, bien plus troublante. J'étais pareil à un haltérophile auquel on retirerait les poids qu'il soulève péniblement pour leur substituer des haltères une dizaine de fois plus lourds.

Il y a des mots qui signifient des choses différentes en fonction du contexte. Mon illusion sur la ressemblance des deux garçons m'avait projeté dans l'inconnu qui les entourait. Il fallait qu'en dehors des indices concernant les milieux auxquels ils semblaient appartenir, il en existât un autre, commun mais ésotérique, invisible, qui se reflétait dans leur expression, dans leur apparente similitude. (Ce que nous appelons improprement "air de famille" n'est au fond que le reflet des mêmes objets. Les locataires de l'immeuble d'en face en étaient dépourvus justement parce qu'ils ne s'attardaient pas assez entre les mêmes murs, de sorte que la matière si difficilement impressionnable qu'est l'épiderme n'avait pas le temps d'être imprégnée.)

Malgré la disparition de la ressemblance que j'avais cru constater quand ils étaient entrés dans la pièce, je ne doutais pas de leur parenté ; cependant, comme si cette étonnante ressemblance avait pu instaurer entre nous une espèce de connaissance précédant l'existence de nos relations, sous son nouveau visage la vieille dame me paraissait complètement étrangère. Je me sentis mal à l'aise de me trouver seul entre quatre murs avec elle. Une légère angoisse émanait de sa présence et je n'osais plus la fixer, je ne réussissais pas non plus à me concentrer sur autre chose, les images reprenaient autour de moi leur balancement caractéristique, agitées par mes nerfs qui donnaient des signes de fatigue – par une autre voie, je me retrouvais seul dans la pièce.

Lorsqu'il ouvrit la porte, je vis sa mère cacher la lettre dans son sac. J'eus la présence d'esprit de détourner les yeux, ainsi elle pourrait croire que je n'avais pas remarqué son geste précipité. Il poussait une table roulante au-dessus de laquelle la vapeur du thé montait de quatre tasses. Je n'eus pas le temps de m'étonner. Derrière lui, s'approchait à pas lents, comme si elle devait ne pas perdre un fil secret, l'inconnue.

Je ne croyais pas la revoir si tôt. A la vérité, je n'avais pas pensé à un délai précis (probablement par commodité, autrement toutes sortes de questions auraient surgi), mais cela serait peut-être venu plus tard. Ma surprise était mort-née. Il y a des événements qui s'imposent avec une telle violence que tous les liens avec le temps d'avant, et même la joie ou la douleur la plus forte qu'ils provoquent, n'ont plus d'importance face à la nouvelle situation. Tout se passe comme si un autre être vivait ces événements, qui, de ce fait, ne sont plus une surprise. La vieille dame faisait probablement les présentations – je voyais remuer ses lèvres pâles, mais je n'entendais rien. L'inconnue me tendit la main en ne la levant que très peu et je vis ses yeux de près. Elle avait un regard doux, d'une infinie tristesse.

Je lui offris mon fauteuil et pris une chaise. Le calme trompeur dans lequel tout se passait se dissipa et soudain je me sentis désemparé, perdu. Mais la joie de la voir me portait très haut. Mon regard ne pouvait pas s'arrêter sur l'un ou l'autre de ses traits, de même que, pendant un concert, chaque mesure étant suivie par d'autres, l'incantation s'accomplit dans le sacrifice continu de tous les thèmes.

On se ressouvient parfois, brusquement, d'un danger qu'un concours de circonstances inattendu nous a fait oublier. Il en allait ainsi de mon hôte : inexplicablement, j'avais oublié sa présence. Je tournai les yeux vers lui. Je m'attendais à lire dans son regard au moins un reproche pour la bizarrerie de mon comportement. Il ne pouvait pas ne pas avoir remarqué combien l'entrée de l'inconnue m'avait impressionné. D'ailleurs, il avait déjà remarqué au café l'intérêt qu'elle éveillait en moi. Je fus surpris : il paraissait à nouveau loin, le menton appuyé sur les doigts noués de ses grandes mains, les coudes sur les genoux. Sa mère ne nous regardait pas non plus. Son sac avait glissé et elle le balançait machinalement de la main gauche, qui pendait au-dessus de l'accoudoir. Ce désintérêt, presque ostentatoire, m'aurait intrigué dans une autre conjoncture, mais j'étais à ce moment-là comme ces enfants qui, n'entendant pas se répéter l'appel qui les arrachera à leur jeu, se persuadent qu'ils se sont trompés et continuent à s'amuser. Je détournai mon regard.

Il m'arrive souvent en songe de pressentir quelle joie j'éprouverais si je pouvais glisser plus loin encore dans une direction que certains signaux annoncent déjà (c'est en fait une phase où je crois contrôler mon rêve). Mais les songes sont le don d'un dieu capricieux, généreux seulement tant que nous sommes aussi humbles et soumis que la rue, qui accueille pareillement tout le monde. Si l'on veut intervenir, trier, il en prend ombrage et rompt le charme ; au moyen d'une image grotesque, jetée comme une de ces substances qui empêchent un liquide de bouillir, ou tout simplement en arrêtant le rêve. Conscient de vivre un moment extraordinaire, je n'en étais que plus glacé à l'idée de celui où, je le savais, tout allait se défaire. Cela risquait de se produire n'importe quand. J'essayai de m'échapper en me détachant du quai comme une barque mal amarrée, pour gagner le large. En vain. Je ne parvenais plus à contenir mes pensées. J'aurais voulu pouvoir m'endormir en emportant le regard de l'inconnue, l'éclat lunaire de son visage. Je pressentais les jardins et la fraîcheur qu'ils seraient devenus dans mes rêves. Tout m'était égal. Quant à mon hôte, s'il m'avait tapé sur l'épaule pour me réveiller, je lui aurais dit que j'avais eu un malaise. Peu m'importait désormais qu'il pût ne pas me croire.

Il y a longtemps, j'allais dans un cinéma de quartier pour voir un couple de comiques dont je trouvais les déboires irrésistibles. Je savais malheureusement que le film ne durait qu'un temps et une sorte d'angoisse se mêlait rapidement au plaisir. Dès lors, je n'étais plus capable de rire comme les autres enfants. Je n'avais que de pauvres tressaillements, amputés aussitôt par l'image glauque de la pellicule qui se consommait irrémédiablement. Les figures joviales des deux comédiens étaient elles-mêmes marquées par la tristesse des voyageurs qui tentent vainement d'avoir l'air dégagé en plaisantant sur le quai quelques secondes avant que le train ne s'empare d'eux. (Plus tard, quand je commençai à aller voir des drames ou je ne sais quelles comédies insipides dont perçait, sous l'enveloppe des rebondissements, comme sous celle des poupées de chiffon, l'armature en fil de fer, cette angoisse me passa, mais en même temps qu'elle le plaisir.)

Je scrutais inutilement les visages de la mère et du fils car, même si leur expression avait pu m'indiquer depuis combien de temps je les avais oubliés, errant auprès de l'inconnue, cela ne m'aurait servi à rien, puisque j'ignorais tout du répit qu'ils m'accordaient avant de me rappeler à eux.

La main de la vieille dame, qui pendait à côté de son corps immobile, me fit chercher des yeux celle de l'inconnue. Je découvris un petit poing étrangement crispé, décidé à ne pas livrer quelque chose qu'on pourrait exiger de lui. J'essayai de déceler d'autres signes de tension le long de son bras, comme au fil d'une rivière qu'on remonte à partir de son estuaire. La manche ne pouvait assurément rien trahir, pas plus que l'épaule cachée sous le tissu. Le visage restait le même. Je revins au poing, pour vérifier si je ne m'étais pas trompé. Je le vis alors bouger et s'ouvrir pour désigner mon hôte. Celui-ci était en train de m'épier, je m'en aperçus du coin de l'œil en faisant semblant de jeter un regard par la fenêtre. Je me tournai à nouveau vers la jeune fille. Je portais sans doute sur la figure les mots que je lui aurais dits. Sa main remonta doucement sur la robe et s'arrêta au niveau de la poitrine. J'éprouvais une étrange sensation, celle de l'avoir guidée. La communication était établie et je devais dorénavant penser à l'étoffer moi-même.

Je lui demandai si elle aimait cette petite ville. "Elle n'a pas encore eu le temps de la voir, nous sommes ici depuis très peu de temps et elle ne sort presque pas."

Je ne fus pas étonné : je me doutais qu'elle n'aurait pas le temps de répondre parce qu'il le ferait à sa place. La vieille dame semblait assoupie, probablement fatiguée par l'effort fourni pour débiter son rôle tel qu'il le lui avait appris. "J'ai l'impression que nous nous sommes croisés un jour dans la rue", dis-je lentement, sans quitter des yeux la jeune fille. J'étais résolu à la faire parler. Mais elle ne profita pas du silence qui suivit. Pourquoi se taisait-elle ? Son regard était insaisissable et ma question reflua comme une vague retournant à la mer. Je ne pouvais plus rien lire sur son visage. J'ai le défaut de trop insister parfois. L'impatience m'incite à précipiter les choses, souvent sans succès. Je devais me maîtriser.

Je me tournai vers lui et lui demandai si son thé ne risquait pas de refroidir (j'avais complètement oublié le mien). "Non, il est encore brûlant." Et il me montra la vapeur qui montait de la tasse.

Le fait que tout ait duré si peu me surprit et me rassura, mais je remarquai aussitôt que le sac de la vieille dame ne se balançait plus, ce qui remettait en question le temps écoulé depuis qu'ils étaient entrés dans la pièce. Je pensai qu'elle avait pu l'arrêter elle-même, sans attendre l'amortissement des oscillations, mais je n'avais pas vu son geste. Elle me regardait à présent d'un autre œil, avec un certain intérêt. Il lui avait peut-être fait à un moment donné un signe m'ayant échappé. Lorsqu'elle me parla, sa voix trop mondaine ne m'étonna pas.

"Mon fils m'a dit que vous habitiez un quartier très pittoresque, comment s'appelle-t-il donc ? Ou bien c'est le nom de la rue que mon fils m'a dit ?" "Un nom de général ou de maire, je n'en sais rien, un nom sans intérêt qui ne parle pas de la raideur de sa pente ni des vieilles maisons jadis de toutes les couleurs, mais que les pluies et les années ont uniformisées et qu'on différencie seulement quand le jour est cru, certains matins de printemps : un mur rose, un autre orange ou violet." Je m'éclaircis légèrement la voix pour faire comprendre à la jeune fille que je m'adressais surtout à elle, bien que ma tête fût tournée vers la vieille dame.

"Avez-vous vu le pont près de la grand-place ? Sauf qu'il est en dos d'âne, on ne le remarque pas, on dirait un pont banal fait de la pierre la plus ordinaire. Et puis, un beau jour, il vous dévoile au soleil ses voussoirs de toutes les couleurs, un arc-en-ciel jeté entre les deux rives." La jeune fille ne réagit pas, soit qu'elle n'eût pas saisi mon allusion à sa longue halte sur le pont, soit qu'elle voulût garder secrète sa promenade de ce jour-là. Elle ignorait évidemment qu'il se trouvait lui aussi au café et qu'il l'avait vue.

"Je m'aperçois que vous êtes quasiment amoureux de votre ville et je dois vous avouer que j'en suis surpris, je croyais que vous l'appréciiez seulement pour sa tranquillité." Il avait levé la tête et me regardait ironiquement. Je m'étais engagé dans cette voie et je ne pouvais décemment pas m'arrêter : cela aurait signifié que j'avais parlé simplement pour meubler le silence. Au fond, à qui voulais-je prouver le contraire ? La vieille dame, satisfaite d'avoir amorcé la conversation, était retombée dans son apathie. Quant à son fils, il dissimulait à peine son ennui.

Il m'arrive rarement d'entamer avec Kati une conversation qui dépasse la sphère de ses intérêts courants. Un jour, me lançant malgré tout dans ce genre d'exercice, je comparai l'affection des chevaux pour les hommes avec celle des chiens, moins noble à mon avis. Je parlai de la mythologique symbiose homme-cheval, des chevaux s'illustrant sur les champs de bataille… A la fin Kati me demanda – et elle ne me montra en aucune autre façon que mon exposé avait pu l'intéresser – pourquoi je ne lui avais jamais dit que je faisais du cheval. Elle ajouta : "Je n'aurais pas imaginé que tu aimais tellement ça. Sais-tu que tu pourrais louer un cheval ici ? On en loue à l'heure ou à la journée." Je lui avouai que je n'étais jamais monté à cheval et je me souviens encore de son regard mi-intrigué, mi-méprisant.

Je continuai, mais de plus en plus gêné, à parler du charme de la ville. De la place du marché où se rassemblaient chaque jeudi les paysans des environs, avec leurs petits ânes ployant sous des fardeaux disproportionnés ; des ruelles de mon quartier qui se pourchassaient les unes les autres jusque tout en haut, à l'orée de la forêt ; des édifices datant de l'Empire, ces grandes bâtisses en pierre de taille, percées de hautes baies aveugles, égarées comme les wagons de luxe d'un train spécial dans une gare remplie de convois ordinaires, aux fenêtres hérissées de centaines de têtes agitées.

La vieille dame recommença à balancer son sac à main, qui décrivait une courbe argentée dans la pénombre. Son fils portait prudemment la tasse de thé à ses lèvres, faisant exactement le même geste que le premier jour au café. Cette fois-ci, je compris pourquoi son mouvement était tellement lent : il ne baissait pas le regard vers la main qui montait en hésitant. Il ne cessait pas de me fixer.

Moi, quoique parlant surtout pour la jeune fille, j'avais évité jusque-là de la regarder. Je laissai s'installer le silence avant de me tourner d'un air naturel de son côté et de lui demander, mais sans la quitter des yeux à présent, afin d'être sûr qu'elle me répondrait elle-même : "Il paraît que les ruines du château vous intéressent ?" "De quel château s'agit-il ? Je ne suis pas au courant."

Des hirondelles avaient fait leur nid au-dessus de ma fenêtre, sous la gouttière. Je les entendais parfois fendre l'air de leur vol curieusement paisible et si rapide à la fois. C'était un son étrange, incomparable, qui m'arrachait au présent, me faisait plonger dans un abîme accueillant et serein, un déchirement heureux après lequel mon ouïe aiguisée décelait de nouvelles sonorités dans tout ce qui m'entourait. Sa voix me fit le même effet. C'était – je crois – une voix fluette, et pourtant sa clarté pénétra au plus profond de moi sans rencontrer d'obstacle. Je flottais, nu, dépouillé de tout fardeau, dans un fluide alliant la fièvre de l'attente à la fraîcheur du rêve.

Son étonnement signifiait qu'il ne lui avait rien dit des ruines. Je le regardai, il fit comme si de rien n'était et je me tournai à nouveau vers elle : "Je pensais qu'on vous avait parlé du château, ou plutôt des ruines du château fort qui ne se trouvent pas très loin. L'été, les touristes les visitent." Il m'interrompit sans raison : "Et en ce moment, elles sont désertes ?" Sans attendre ma réponse, il reprit, s'adressant maintenant à elle, sur un ton qui ne me parut pas être celui d'une demande : "Nous irons les visiter aussi, tu veux ?" Il voulait me laisser entendre qu'il avait eu de toute façon l'intention de l'y emmener, avant que je ne l'aie suggéré. Le regard toujours aussi peu présent, mais la voix différente, soumise et monotone, elle répondit : "Si ça te fait plaisir. Le chemin est long ?" "Assez long", dis-je en hochant la tête. "Si ça ne t'ennuie pas, nous irons quand même." Elle semblait donc malgré tout désireuse de ne pas lui déplaire. Je revis ce camarade de classe auquel il fallait se dévouer si l'on voulait entrer dans ses bonnes grâces.

Et pourtant, j'eus brièvement pitié de lui. Il souffrait peut-être de son rôle de maître, de la solitude du tourmenteur. Je remarquai qu'il usait chez lui aussi des silences par lesquels il marquait à sa guise les distances entre lui et moi. Il lui parlait sans avoir l'air de s'intéresser tant soit peu à elle, de la façon dont on regarde dans un bazar par-dessus l'épaule du marchand qui fait l'article sur le pas de sa porte.

Je jugeai qu'il exagérait et lui jetai mon dépit à la face : "Je n'aurais pas cru que vous vous ennuyiez si facilement." "Pourquoi ?" "Vous m'avez dit que je devais être un bon connaisseur de la nature humaine. C'est une intuition personnelle." Je ne réussis pas à éveiller d'autre intérêt que celui de la vieille dame.

"Vous êtes sans doute bon psychologue ? J'ai remarqué votre don de la description. Si vous observez les gens aussi minutieusement que les maisons, vous devez découvrir bien des secrets." Une certaine sécheresse dans la voix accentuait l'ironie de son propos. Elle avait souligné bizarrement le mot "psychologue", sur un ton auquel je n'eus pas le temps de voir si son fils réagissait. Je me forçai à sourire, pour paraître flatté. Ils étaient étroitement liés, cela ne faisait aucun doute. Je n'arrivais pas encore à comprendre la raison pour laquelle il m'avait amené chez eux. Le thé était à présent tout à fait noir. La jeune fille se leva et se dirigea d'un pas hésitant vers la porte. Au moment où elle alluma, je fus embarrassé comme si auparavant, dans la lumière déclinante, je n'avais été que partiellement visible.

La mère et le fils s'ébrouèrent et je fus frappé par la similitude de leurs réactions. La fille était d'un autre sang. Elle avait repris son immobilité d'avant. La lumière électrique donnait à ses yeux une couleur d'algues. Eclairée, la pièce semblait encore plus triste. Sur le tapis apparurent des serpents jaunes lovés parmi des lotus et des feuilles de plantes imaginaires. C'était un tapis épouvantable, les serpents remuaient, le vert des plantes était brûlé par la chaleur tropicale. "Quel drôle de tapis !" Je n'avais dit cela pour personne en particulier. "Oui, il est très usé. Enfin, nous ne sommes pas chez nous, nous devons l'accepter tel quel." Se rendait-il compte que son côté réaliste m'irritait ?

"Neuf, il devait être encore plus laid." J'étais ravi. En plus, elle avait certainement raison.

Ma mère recevait, en général à l'époque des fêtes, la visite d'une horrible femme aux joues outrageusement fardées et affligée d'un nez qui me faisait penser au masque mortuaire de je ne sais quel personnage de mon livre d'histoire. Elle avait une voix grinçante qui évoquait un violon dont on aurait remplacé les cordes par des ficelles. Pour la secourir, ma mère lui achetait des poupées faites de vieux chiffons dépareillés. Je me souviens de l'incroyable fierté avec laquelle cette bonne femme nous les présentait en roulant ses yeux globuleux. "Elle était encore plus laide dans sa jeunesse", me dit un jour ma mère. Ce sont ces mots qui la firent revenir dans mon esprit, parmi nous.

Nous gardions tous deux les yeux sur le tapis, réfugiés ensemble dans sa contemplation, son décryptage. Nous buvions dans le même verre une potion dont notre communion effaçait l'amertume. Je souhaitais que ce jeu s'éternisât. Comme la rumeur d'une rivière qui devient de plus en plus confuse si on l'écoute trop longtemps, le dessin du tapis s'enfonçait dans son mystère.

"Qu'est-ce que vous lui trouvez de si intéressant ?" Il parlait sur le ton boudeur d'un enfant avec lequel on ne veut pas jouer. Je fis exprès de continuer à fixer le tapis. "S'il est tellement laid, quel plaisir prenez-vous à le regarder ?" Lorsque je levai enfin les yeux (je crois qu'un sourire satisfait flottait encore sur mes lèvres) et les tournai vers lui puis vers elle, je m'aperçus qu'elle se tenait, peut-être depuis longtemps déjà, dans la même position qu'avant de faire sa remarque sur la laideur du tapis : carrée contre le dossier du fauteuil, le regard perdu dans le vide. Son expression était celle du début, un peu lasse et triste. Je doutai que nous ayons été véritablement proches, fût-ce l'espace d'un instant, et j'eus le sentiment affligeant de m'être donné de la peine pour rien. L'idée que, de toute évidence, je n'existais pas pour elle, m'accabla.

"C'est vrai, qu'est-ce que c'est que ces bandes jaunes ?" Penchée sur l'accoudoir de son fauteuil, la vieille dame examinait le tapis. "Des serpents." J'aurais mieux fait de me taire. "Où voyez-vous des serpents ? Où voyez-vous leur tête ?" Elle me dévisagea d'un air soupçonneux. "Vous avez une drôle d'imagination !" Je lançai à la jeune fille un regard demandant son aide. Elle semblait à nouveau étrangère à ce qui s'était passé précédemment. J'en vins à douter de sa sincérité. Pourquoi les gens refusent-ils de reconnaître la réalité de certains moments non justifiés par leur logique, ceux par exemple où ils se sentent soudain extrêmement proches d'un inconnu, fraternellement liés à lui ? J'essayai de sauver à tout prix la certitude de notre rapprochement. Si elle se montrait inconséquente, c'était peut-être seulement par jeu, peut-être un étrange détour resurgi des cachettes de l'enfance l'empêchait-il de suivre le chemin de la simplicité. (Sans vraiment croire que la bonne prendrait mon explication pour argent comptant, je lui avais néanmoins répondu, sur un ton savant, que le problème de mon vélo ne venait pas du pédalier et j'avais pris un air énigmatique pour tapoter sur le cadre, dans lequel était censé se trouver le siège de la maladie imaginaire. Je me rendis compte beaucoup plus tard que ces menus délits – car j'avais le sentiment de frauder – n'étaient pas de simples mensonges.)

Je cherchai le regard de la jeune fille. En vain. L'attente prolongée devenait équivoque et je pris le parti de sourire d'un air gêné, en invité ne sachant pas comment prendre congé. Seule la vieille dame parut surprise. Lui, il ne se donna pas la peine de me retenir, comme si son rôle avait consisté uniquement à m'introduire chez eux.

Curieusement, la jeune fille fut la première à passer dans le hall obscur, mais je m'en aperçus après, quand elle recula d'un pas dans le noir pour se rapprocher de moi au lieu de continuer à avancer. Du coup, je fis un tel effort d'attention que j'aurais déchiffré le murmure le plus faible. Mais j'entendis seulement la porte du salon claquer bruyamment. Je remarquai au même instant – et je n'ai là-dessus aucun doute – la hâte qu'elle mit à s'éloigner de moi.

De toute façon, il n'était pas normal qu'elle m'ait raccompagné elle aussi. Lorsqu'il me rejoignit, dans le vestibule, elle s'arrêta sous les vitres mates qui filtraient une lumière chiche et me tendit la main de la même manière qu'au moment des présentations, en la levant à peine, comme si elle voulait m'obliger à m'approcher davantage d'elle. Sa main serrée dans la mienne ne m'apprit cependant rien, pas plus que son visage que je m'efforçais de scruter dans l'ombre. Je ne m'expliquais pas non plus pourquoi elle s'était brusquement arrêtée.

“Tu ne devrais pas t'attarder ici, il y a des courants d'air, surtout le soir”, dit-il d'une voix dont la dureté semblait accentuée par l'obscurité. Elle tourna les talons sans lui répondre et prit une direction qui n'était pas celle du salon où l'on venait de me recevoir. Je voulais voir de quel côté elle allait, mais il intercepta mon regard et la froideur du sien me mit mal à l'aise. La porte, que je n'entendis pas se refermer derrière elle, demeura béante dans le noir. Un vide plus sombre encore l'avait engloutie.

IX

On nous appela au salon, où l'on projetait des photos en couleurs. Toutes les chaises étant déjà occupées, nous restâmes debout près de la porte. Je n'avais jamais osé le moindre geste familier à son égard et voilà qu'elle glissa un bras autour de ma taille, simplement, comme si elle prenait appui contre une colonne. Sans lever la tête vers moi. Je cherchais en vain son regard. Elle suivait sagement la séance, mais sa petite main s'ouvrit dans le noir et ses doigts écartés se mirent à me caresser. Puis on ralluma et, bien sûr, la main disparut. Jusque-là, rien d'extraordinaire, pas plus d'ailleurs qu'auparavant, pendant nos rares rencontres, jamais préparées, quand, ne trouvant pas son frère à la maison et ne sachant pas comment prendre congé, je restais avec elle, parfois jusqu'au soir.

Mais une semaine plus tard, quand je la revis, la crise éclata avec la violence que déchaîne le mal pour attaquer un organisme qui a résisté à ses premiers assauts. Elle avait toujours ses yeux si sages, ses doigts minces que je contemplais sans cesse ne paraissaient nullement différents et soudain la pression inoubliable de la petite main dans l'obscurité me sembla être à la fois une découverte miraculeuse et un accomplissement dont je ne pouvais plus me passer. L'absence de cette sensation (et de l'espoir de la retrouver) persistait à présent partout, comme celle de l'air que cherche de tout son être un homme en train de se noyer. Le pouvoir de ce contact s'était propagé, le long de ses bras, dans son corps. Chaque partie d'elle cachait quelque chose que sa main m'avait révélé un instant. L'attente du retour de cette joie incommunicable rendait impossible n'importe quel autre échange. Tout le reste était insignifiant. J'étais complètement paralysé, comme les drogués en cure de désintoxication. Ce manque désespérant produisait d'étranges effets, des transformations aussi surprenantes que celles du cycle pourtant immuable qui mène de la chenille au papillon. Après que le geste à l'origine de cette tourmente eut créé derrière elle une autre image, non substantielle, une sorte de fenêtre sur le néant, où son apparence matérielle s'estompait de plus en plus, à la manière d'un objet trop fortement éclairé, brusquement tout fut anéanti par le doute. L'idée que ce geste n'avait pas été voulu, qu'il s'agissait d'une illusion, d'un tour que m'avaient joué les circonstances, ouvrait devant moi un gouffre au bord duquel je m'arrêtai. A partir de ce point-là, rien ne pouvait plus changer. Bien plus tard, quand il nous arrivait de nous rencontrer de loin en loin, je sentais encore un vent glacial me fouetter la poitrine ; tout ce que je trouvais clair une seconde plus tôt devenait confus et dénué d'importance. Pendant un instant son image remplissait le temps, mais à l'instant suivant elle s'évanouissait et m'entraînait dans le vide.

Je n'aurais jamais cru qu'une histoire aussi singulière pouvait se répéter et pourtant j'en reprenais le chemin. Le moment trouble où elle s'était approchée de moi dans la pénombre du hall devenait une sensation presque tactile, une pression extrêmement subtile qui ne s'exerçait par rien de matériel, l'émanation d'un élan enfin dévoilé. Excepté l'être dont l'existence était liée à cet élan révélé et consumé dans le noir, la jeune fille disparaissait et emportait avec elle tout mon ancien intérêt pour elle ; c'est pourquoi le doute planait sur la réalité même de l'élan. Il y a des moments dont dépend l'avenir, mais dont l'importance nous échappe parce que l'avenir n'est encore rien. Cette fois-ci, le moment avait un tout autre poids. Ce qui en dépendait, ce n'était pas seulement l'avenir, mais également le passé.

Tandis que je reconstituais encore et encore la scène qui s'était passée dans le hall, j'avais l'impression de vérifier, en secouant de plus en plus fort, la solidité des câbles d'un manège qui m'entraînait vertigineusement, à une hauteur telle que je ne pouvais pas deviner où je tomberais si j'en étais projeté. Le manège tournait de plus en plus vite et chaque fois que l'image de la jeune fille réapparaissait, elle était plus floue. J'aurais aimé m'y arrêter davantage, mais il était trop tard. Il émanait des choses une tristesse diffuse, pareille à celle d'un jardin que dévoilent trop tard des rideaux ouverts à la tombée du soir.

Je devais m'armer de patience. Quand un moteur tourne à un certain régime, qu'il pourra garder longtemps, il fait un bruit particulier, continu, régulier, qu'on reconnaît entre mille. L'aventure commençait à s'installer dans la durée. Elle produisait le même ronflement. Les choses évolueraient pendant longtemps encore et finiraient bien par s'éclaircir. L'un des obstacles, sans nul doute, c'était lui. J'enrageais de constater qu'il réussissait de nouveau à s'interposer entre elle et moi, à occulter son image. L'abîme dans lequel elle était sur le point de disparaître, je souhaitais le voir y tomber, lui. Mais je savais aussi pourquoi il en allait ainsi.

Quand nous entrions dans la pharmacie, ma mère engageait la conversation avec l'énorme bonne femme assise à la caisse. C'était une personne de proportions tout à fait inhabituelles, dont le buste me rappelait les oreillers trop rebondis qui m'inquiétaient quand j'étais plus petit et dont les yeux délavés avaient la couleur imprécise des grains de raisin. J'avais compris que son mari était le gringalet qui se cachait derrière les grands bocaux remplis de liquides que je trouvais très beaux.

Elle lui jetait un ordre bref, après avoir échangé quelques mots avec ma mère. Il se plongeait alors dans une activité fébrile et mystérieuse, ouvrant et refermant rapidement de minuscules tiroirs, manipulant toutes sortes de fioles et de mortiers, pesant des poudres dans une balance de poupée. Je regrettais toujours, quand nous ressortions, de ne pas avoir suffisamment observé ses gestes, n'ayant pas pu quitter des yeux la figure impassible et autoritaire de sa femme ni chasser de mes oreilles le ton de commandement dont elle usait pour le mettre en mouvement. La fascination qu'elle exerçait sur moi était si forte que plus tard, après sa mort (qu'elle fût morte avant lui me paraissait totalement inexplicable), mes regards ne pouvaient toujours pas s'attarder sur le pharmacien : ils retournaient d'eux-mêmes vers la caisse, héritière des pouvoirs de son ancienne maîtresse.

La jeune fille ne pouvait sans doute pas résister à la séduction de l'autorité qu'il exerçait. Elle seule (sa beauté faite de silence) aurait pu me détacher de lui. Mais je ne m'autorisais pas à l'évoquer à ma guise. Ses apparitions, imaginaires autant que réelles, ne dépendaient que d'elle. Je ne sais quel mécanisme me fit penser au goût des bananes : je les mangeais toujours craintivement, à cause de leur parfum, qui ne trouvait pas sa place parmi ceux des autres fruits et que, de ce fait, je ne parvenais pas à conserver. J'aurais d'ailleurs eu le plus grand mal à me la figurer. Je ne l'avais vue jusqu'alors que de loin ou dans la pénombre du salon.

Tout se ligue parfois pour vous empêcher de chasser une certaine présence obscure. A l'époque où je surveillais l'immeuble d'en face, je ne prenais pas mon poste de guet sans voir une fenêtre s'ouvrir et laisser apparaître dans son cadre une tête qui se retirait aussitôt, sans voir un individu passer par la porte étroite, si vite que je n'en retenais rien. Même lors de mes promenades dans d'autres rues, j'étais appelé soudain du haut d'un toit par un attique à colonnettes pareil à celui de l'immeuble voisin, ou encore je découvrais un balcon inhabituel, identique à ceux qui me faisaient penser à des cages à oiseaux, tellement ils étaient petits et tellement leur balustrade en fer forgé montait haut.

Le bras dans l'entrebâillement de la porte, le tailleur hésitait. Je le sentis avant de l'entendre me héler, de même que j'ai quelquefois la certitude d'être suivi. (A la vérité, rien n'a jamais confirmé ces impressions, mais c'est normal, car les gens chargés de nous filer sont habiles et choisis précisément parce qu'ils savent se fondre dans la foule.) Aussi ne sursautai-je pas quand il m'appela. Normalement, je n'échange avec lui que quelques mots, au début du mois, lorsqu'il vient encaisser le loyer.

Il ne savait pas comment s'y prendre et ses lunettes tressautaient nerveusement sur son nez busqué. Il réussit enfin à me demander qui était le monsieur dont j'avais reçu la visite. Je lui demandai à mon tour si c'était la police qui le chargeait de ce genre d'enquête sur ses locataires. Il se montra consterné. Je ne l'avais pas laissé finir, il voulait juste savoir d'où venait mon visiteur, car la coupe de son pardessus était très originale. "Et après, qu'est-ce que ça peut vous faire ?" Un sourire matois passa sur son visage parcheminé. "Voyez-vous, nous autres, tailleurs, nous sommes des gens curieux."

Il mentait. Le pardessus, dont la coupe était des plus banales, lui servait de prétexte. Et dire que j'avais naïvement failli gober cette ridicule explication.

Et pourtant lui, mon visiteur, je le fis déambuler devant moi d'un bout à l'autre du café, comme pour un défilé de mode. Je ne décelai aucune particularité vestimentaire qui aurait pu attirer l'attention. Mais je remarquai avec quelle netteté je me le représentais. J'avais probablement les yeux fermés quand il entra et son image était si parfaitement évoquée que je ne tressaillis pas, en les rouvrant, de le voir tout à coup. Tout se passa sans heurt comme dans les songes lorsqu'un personnage se mue en quelqu'un d'autre. Cette fois-ci, néanmoins, le personnage demeurait étrangement le même, mais sur un autre plan.

"Quelle bonne surprise !" Il s'approcha rapidement de ma table et s'assit sur la banquette. Je ne l'aurais pas cru capable de bévues aussi grossières. Comment donc, une surprise ? Je lui avais bien précisé qu'il pouvait me trouver tous les après-midi au café.

Je lui voyais pour la première fois les joues colorées, peut-être par l'air froid de dehors. Cela me le rendait encore plus étranger.

Je nage bien, mais si je fais trop attention à mes mouvements, je sens tout à coup ma précarité sur l'eau. En vertu d'un phénomène analogue, si quelqu'un est trop présent dans ma conscience, je ne suis plus capable de lui parler. Ce n'est pas simplement de la timidité : articuler le premier mot devient un seuil qu'il m'est très dur de franchir. Je le sais depuis l'époque lointaine de ma première amitié avec une fille. Si mon attente avait été trop longue, lorsqu'elle arrivait enfin et que nous commencions notre promenade quotidienne, il m'était impossible de prononcer la première parole. Ce fut seulement le jour où je la croisai par hasard dans le couloir et où elle m'apprit ses prochaines fiançailles que je pus lui parler le premier. Je n'étais pas paralysé comme d'habitude, parce que je ne l'avais pas attendue.

J'étais sûr de ne pas réussir à desserrer les dents. Cette crainte fit apparaître un sourire contraint sur mes lèvres. "Vous avez mal dormi ?" Je ne cillai pas. Ma mine semblait le préoccuper. "Vous avez l'air souffrant, fatigué." Je parvins enfin à le remercier. "Vous devriez vous promener, la ville est aujourd'hui presque comme vous nous l'avez décrite. (Je fus surpris qu'il ait retenu quelque chose de mes propos.) Il y a en effet pas mal de choses à voir."

Je ne trouvai rien de plus intéressant à dire que : "J'espère que madame votre mère va bien." Il ne releva pas le "madame votre mère". "Vous ne pouvez pas imaginer combien elle s'est réjouie d'avoir fait votre connaissance. Vous lui avez beaucoup plu, elle m'a parlé de vous plusieurs fois." Brusquement libéré, je devins exagérément loquace : "Je ne m'en réjouis pas moins, j'ai eu peur tout le temps d'être soit trop familier, soit trop conventionnel, et j'étais d'autant plus gêné (là, je détachai les mots) que vous m'aviez parlé de l'épreuve qui vous a frappés." Il se passa la langue sur les lèvres puis, comme s'il n'avait pas entendu, changea de conversation.

"Je commence à m'habituer à la vie d'ici. J'ai découvert quelques vieilles rues dans notre quartier et même un petit troquet. Je descendrai moins souvent en ville, c'est trop loin." Il ne faisait que confirmer mon soupçon : il était venu au café pour moi. Mais j'ignorais s'il me le laissait entendre exprès. Je ne l'avais jamais vu sous un éclairage aussi fort et je remarquai la finesse presque irréelle de sa peau. De même, le blanc de ses yeux n'avait rien de naturel ; il évoquait celui des yeux fixes des mannequins dans les magasins d'habillement. "Je suis content que vous ayez déniché un café près de chez vous, mais je le regrette aussi : nous nous verrons moins souvent." Je n'étais pas dupe et je tenais à le lui faire savoir : il n'avait pas parcouru tout ce chemin sans raison et j'attendais donc autre chose. Je me penchai au-dessus de la table pour me rapprocher un peu plus de lui.

"Quoi de neuf dans les journaux ?" Cherchait-il à éprouver ma patience ou n'était-il pas encore résolu à se confier ? Je tournai le journal et le poussai devant lui. Il me sourit. "Aucun meurtre ?" Je fis non de la tête. "Alors, je n'ai rien à lire." Il regarda par la fenêtre. "Quel beau temps, aujourd'hui !" Etait-ce le temps qui le surexcitait ainsi ? Une couleur nouvelle envahit son visage. Je suivis son regard.

C'était un jour d'automne quelconque, les nuages établissaient, très haut dans le ciel, un plafond filtrant la lumière d'un soleil froid, invisible. Tout était blanc et bleu, du marbre des tables aux figures des clients. De toute façon, même s'il était de ceux dont le froid, rien qu'un soupçon de froid, réveille le sang somnolent, il ne pouvait pas être revigoré par cette journée terne, paralysante comme les murs blancs d'une salle d'hôpital. Je ne me laissai pas berner. Je lui demandai d'un air naïf : "Que trouvez-vous de si beau ? C'est une banale journée d'automne épargnée par la pluie." Il renâcla : "Je vous l'ai dit, vous avez mal dormi. Vous ne voyez pas clair. Ça pourrait être une belle journée de printemps." "Alors, comment se fait-il que vous ayez eu envie d'entrer dans ce café sombre et plutôt triste ?" C'était inutile, je m'en rendais compte, mais j'avais cédé encore une fois à l'agacement qu'il suscitait souvent en moi, quand je n'étais pas déconcerté par ses longs silences.

Il réagit avec une simplicité dont je ne l'aurais pas cru capable, peut-être une candeur simulée. "Je ne le sais pas moi-même. En tout cas, j'ai été inspiré, n'est-ce pas ?" Il souriait, mais d'une façon de plus en plus déplaisante. J'assistais impuissant à sa dérive et soudain je compris que, dans la nuit régnant derrière la surface sereine de son front, il avait à nouveau lâché la meute : l'indifférence, la méfiance, l'hostilité qu'il nourrissait envers presque tout. Cependant, seul le bleu de ses yeux s'était légèrement assombri. Il hocha la tête et je saisis le message : "Vous voulez que je me découvre ? Que je m'emporte ? Non, pas encore !"

Il est un art dont on ne parle guère, un jeu qui, dans un certain sens, est l'image renversée des rapports amoureux : par exemple, entretenir longtemps des relations normales avec quelqu'un de profondément antipathique et dont, par surcroît, vous savez qu'il vous déteste également. Des heures passent, interminables mais exemptes de tension, jusqu'au moment où vous faites brusquement démarrer le jeu en souriant – trouble volupté – aux yeux qui ont tant de mal à cacher leur haine. (Les chats, dont les cris glacent parfois la nuit, se livrent sans doute au même jeu et leur souplesse sans pareille est peut-être due à ce climat ambigu dans lequel l'amour ressemble à un étrange combat.)

Je lui souris. "Vous avez été inspiré, en effet. Depuis quelque temps, je m'ennuie quand je suis tout seul." "Justement, nous devrions nous voir plus souvent, dit-il amicalement. Je sais, le tapis ne vous a pas plu, mais nous ne sommes pas obligés de nous enfermer entre quatre murs. Il y a un beau verger derrière la maison, vous ne l'avez sans doute pas vu. Ma mère serait ravie de vous revoir. De la sorte, je resterais davantage à la maison. Bien qu'elle ne me l'ait pas dit, je crois qu'elle a besoin de ma présence." Il tenait à me rappeler leur deuil et peut-être également à justifier son intérêt à mon égard.

Son front s'obscurcit et mon regard parut le gêner. "Et puis, j'ai l'impression que ma sœur a été très contente de faire votre connaissance." Il fut trahi par l'hésitation de sa voix et surtout par la pause qui avait précédé ces mots (il est vrai qu'il ne baissa pas les yeux), mais aussi par ses mains – si rarement disjointes et non sans une bonne raison – qui se serrèrent comme un étau sur le bord de la table. Il avait mal joué. Pour ma part, je ne tressaillis même pas quand il évoqua "sa sœur". Je n'aurais peut-être pas pu cacher ma surprise si (comme dans certains cauchemars où, précisément lorsque la trappe s'ouvre sous mes pieds, je réalise que je rêve) je n'avais pas eu le pressentiment d'un traquenard. L'idée du péril auquel je venais d'échapper, du piège dans lequel j'aurais pu facilement tomber, troubla partiellement le calme irréel dans lequel je baignais, le calme suivant la détonation de la balle qui vous a manqué.

Après m'avoir annoncé cela, de quelle façon allait-il essayer de m'utiliser ? Je me demandai aussi, mais brièvement, s'il ne conduisait pas sa partie un peu au hasard, si je n'avais pas affaire, en fin de compte, à un impulsif bien servi par son air distant. S'il tenait à me faire savoir qu'elle était sa sœur, il aurait pu me la présenter comme telle lors de ma visite chez eux. Mais je découvris aussitôt l'autre possibilité – les projets les plus minutieusement étudiés doivent être parfois abandonnés, si un imprévu survient.

"Votre sœur est exceptionnellement belle." Je le dis à mi-voix, sans le quitter des yeux. Il rougit, comme lorsque nous avions trinqué chez moi. Puis, semblant ne plus pouvoir porter seul son fardeau et se résignant à surmonter ses dernières réticences, il tendit brusquement la main droite au-dessus de la table et me serra le bras, très fort. "Vous ne pouvez pas imaginer ce qu'est actuellement la vie à la maison." Il m'avait déjà échappé à plusieurs reprises après avoir amorcé un sujet délicat. La peur de manquer encore une occasion me donnait probablement un air crispé, inquiet. Heureusement, il ne le remarqua pas et continua :

"Je suppose que vous vous en êtes aperçu." "Elle est en effet taciturne." "C'est pire que ça. Dans un certain sens, elle impose le silence. On peut à peine parler en sa présence. Même entre elles, elles ne se disent rien. Ma mère passe son temps à faire du crochet au salon ; quant à ma sœur, nous ne la voyons qu'aux heures des repas, et encore, pas toujours." "Mais pourquoi ne se parlent-elles pas ?" Il leva la tête et me jeta un regard soupçonneux. "Elles sont d'un naturel renfermé." Il guettait ma réaction, qui ne vint pas. "Eh ! oui", ajouta-t-il en guise de conclusion.

Je ne sais pourquoi, j'essayai de me représenter le mort, le mari de sa mère. Oubliant qu'il n'était pas son fils, je le dévisageai comme si je ne l'avais jamais bien vu. Son front me parut cette fois subtilement plissé, à la manière des coquillages sur lesquels la succession de millions de vagues a poli des rainures presque invisibles. "Vous formiez sans doute une famille très unie." "Non !" répondit-il, machinalement à en juger d'après ses mains, qui ne se séparèrent pas comme aux moments où il cherchait ses mots. Mais il se reprit : "Aucune famille n'est unie tant que rien de grave n'arrive." Il précisa : "Je veux dire : on ne se rend pas compte qu'elle est unie." "J'aimerais tant vous être utile." Finalement, tout restait caché, sauf ceci : ils passaient par une crise terrible et c'était elle que je voulais secourir.

Dès que je m'attardais avec lui, elle se montrait, inéluctablement. Il y avait entre eux un lien en raison duquel leurs images se recoupaient dans mon esprit. Tant qu'il ne s'était pas approché de moi, j'avais eu du mal à la faire paraître, malgré mes efforts. Ensuite, dès qu'il fut là, je devinai qu'elle était en train de venir. Enfin, quand il se mit à parler, je la vis derrière lui, nettement, comme si je regardais, accoudé à une fenêtre, une mince silhouette se balançant dans l'ombre du soir, une silhouette dont les contours ne cessaient de s'affermir. Lui, en même temps, il s'estompait. Sa voix était moins assurée (ou mon écoute différente). De toute façon, j'étais conscient de me trouver encore très loin du but ; il en va de même quand j'effectue un long trajet que j'ai déjà fait : je sais où je suis, grâce non à un indice matériel, à un repère ranimé dans ma mémoire, mais à une espèce d'horloge interne. Nous n'avions toujours pas quitté la terrasse du premier mensonge, d'où j'étais obligé de tout voir à sa guise ; il me promenait d'un coin à l'autre en s'évertuant à m'assurer que nous avions bien sous les yeux le panorama recherché.

D'entrée de jeu, il avait fait un faux pas : "Quelle bonne surprise !" En quelque sorte, il se trahissait en attirant mon attention sur ce qui allait suivre. Je revenais vers lui.

Il avait l'air vraiment très fatigué et cela me le rendit plus proche. "Le temps se gâte." Il se tourna vers la fenêtre et m'offrit ainsi un angle sous lequel son profil perdait de sa dureté. "Oui, vous avez raison. C'est tout de même l'automne. Le beau temps est passé. Le beau temps !" J'ignore si ces derniers mots continuèrent à résonner en lui comme en moi, en tout cas ses yeux perdirent leur brillante opacité. Les vibrations, au lieu de s'amortir, en engendraient d'autres, de plus en plus graves. "Le beau temps est passé. Le beau temps !" J'eus l'impression, un instant, que ce n'était pas lui qui avait parlé, mais quelqu'un d'autre, un spectateur neutre venu se glisser entre nous.

Je ne pourrai jamais écrire une autobiographie. Je ne porte en moi que mes dernières années. De ce qui a précédé, je garde nébuleusement quelques murs épars, insuffisants pour reconstruire l'image des lieux parcourus. Parmi mes très rares souvenirs, un rêve, mais un rêve qui ne me revient lui-même qu'en rêve et, à force de le ranimer de cette façon, je ne sais plus quelle était sa forme initiale, je ne peux plus dater ni localiser son commencement. (De même, chez le coiffeur, je n'arrive pas à distinguer ma première image dans l'interminable succession de celles que se et me renvoient les miroirs qui se font face, l'un devant et l'autre derrière moi.)

Deux vieillards entrent dans ma chambre et parlent du voyage que je vais faire. Je dois tenir à la main un parchemin et ne pas le quitter des yeux. Si jamais il change de couleur, il faudra que je le déchire aussitôt. Sinon… Là, suit l'image d'une menace effroyable, celle d'une chute la tête en bas, les bras collés au corps, à travers un tube vertical d'une longueur infinie. Un jour, mon père évoqua une étrange sensation éprouvée en songe et dont il ne pouvait pas rendre compte plus clairement avec d'autres mots. La même chute sans fin. Je lui demandai quand il avait fait ce cauchemar. Il me répondit qu'il ne s'en souvenait pas mais que, en tout cas, c'était très ancien. Je me rappelle son sourire forcé, il redoutait sans doute que je n'aie deviné à quoi il pensait à ce moment-là. Et je fus certain, pendant un certain temps (car, heureusement, ce genre de choses paraît ensuite absurde), que quelqu'un qui nous connaissait trop bien, qui savait tout de nous, nous avait murmuré cette suggestion atroce pendant notre sommeil, pour que plus tard, croyant que ce n'était qu'un rêve, nous puissions recouvrer notre tranquillité.

Quel était ce "beau temps" ? Ces mots, les avait-il prononcés pour moi ? J'aurais voulu le secouer, lui faire dire s'il entendait de la même façon le bruissement douloureux de l'air chaque fois que l'écho ranimait le message. Une étrange tristesse, lourde et pourtant infiniment délicate, m'enveloppait comme les vapeurs d'un bain brûlant qui élimine les toxines après un effort violent, mais, en même temps, disperse les pensées et les attentes antérieures. Sans m'obstiner, je tentai de découvrir la source de cette souffrance consolatrice. Je ne faisais peut-être que lui chercher des blessures imaginaires ; quoi qu'il en soit, son désarroi était pour moi celui d'un frère. D'un frère muet, que je devais comprendre grâce au même sang coulant dans nos veines. Puis le message sonna différemment. Il ne s'agissait plus que de la saison, de l'automne. Je le regardai avec mes yeux d'avant. Il était redevenu le même. Il avait retrouvé la distance.

"Vous m'avez dit que vous aviez déjà vu ma sœur. Vous vous rappelez peut-être où ?" "Dans la vieille ville." J'avais répondu sans hésiter, mais quand il leva les yeux sur moi je compris que sa question revêtait une importance qui m'échappait. Un pli profond se creusait entre ses sourcils.

"Elle ne m'en a rien dit, elle ne me parle d'ailleurs presque jamais." Cette fois-ci, il ne mentait pas. S'ils ne se parlent pas, les gens ont des attitudes qui les trahissent dès qu'on les voit ensemble.

"Elle n'a peut-être rien à dire." Je n'avais pas trouvé mieux et je me rendis compte aussitôt de ma gaffe. N'insinuais-je pas ainsi qu'elle ne retenait rien de ce qui l'entourait, soit à cause d'un milieu qui ne lui convenait pas, qui n'était pas le sien, soit parce qu'elle n'était plus sensible à quoi que ce soit ? Mais il ne s'offusqua pas. Il sourit au contraire, comme s'il ne refusait pas cette explication. Je lui demandai ce qu'il voulait prendre. "Merci, je ne suis pas venu pour rester, je suis entré juste pour me reposer un peu."

De toute évidence, quelque chose s'était passé chez eux, pour qu'il fût d'une humeur pareille. Autrement, rien n'aurait pu expliquer sa façon naïve de confirmer, par toute son attitude, qu'il me cherchait, qu'il avait besoin de parler, ce qu'il n'aurait avoué à aucun prix. "Je ne veux pas rester non plus." Il se leva brusquement et me poussa à deux mains pour me faire rasseoir. "Vous êtes trop aimable, je vous ai assez embêté comme ça en vous tombant dessus, je ne voudrais pas que vous vous donniez en plus la peine de me raccompagner." Pourquoi se figurait-il que je voulais le raccompagner ? Mais qu'il l'eût deviné me mit mal à l'aise. Il se faufila entre la banquette et la table et me tendit la main. "Nous nous reverrons bientôt." Avant de disparaître par la porte tournante, il me salua d'un geste familier, l'index à son front.

A la maison, le tailleur m'arrêta dans l'escalier pour me demander si je n'avais pas rencontré le monsieur qui m'avait rendu visite. "Je l'ai vu marcher lentement dans la rue en regardant votre fenêtre."

X

Dès que j'entendis sonner la clochette dont j'avais pourtant tiré le cordon sans hésiter, je me demandai comment j'avais pu me mettre dans une situation pareille. Ce n'était pas à proprement parler la peur (je devais pourtant inventer d'urgence un moyen de me justifier), mais je plongeais directement dans l'absurde, paralysé comme quelqu'un qui se réveillerait dans la position incontrôlable dans laquelle il se trouvait en rêve. Lorsque la porte s'ouvrit, j'en étais toujours au même point, essayant inutilement de me rappeler s'il existait un geste permettant d'arrêter ce qui était en train de se passer, de boucler la boucle et de me ramener à la case départ – comme, par exemple, le mouvement des plongeurs, un coup de talon et les bras le long du corps pour remonter à la surface. Et, me disais-je, si un tel geste salvateur n'existe pas, comment de telles bévues sont-elles possibles ? Ou peut-être, ce qui me troublait le plus, cela devait arriver et je n'en étais pas la cause ? Ce fut peu après – quand, la suivant sur le chemin étroit qui longeait la maison, je passai devant une haute fenêtre où je ne vis que ma tête sans cou troubler les eaux grises des vitres – que je vérifiai en même temps la réalité indiscutable de la situation et la sensation de noyade impossible à confondre que j'avais connue jadis.

Comment avaient-ils fait pour me convaincre, je l'ignore. C'était une bande formée de nombreux garçons, dont les plus grands avaient une quinzaine d'années, et de quelques filles qui me faisaient peur encore plus qu'eux. Ils ne m'accordaient aucune attention et, pour suivre leurs jeux, je choisissais toujours une position intermédiaire entre leur terrain et la zone où les bonnes d'enfants tricotaient assises sous les arbres en surveillant les tout-petits. Ainsi, j'aurais pu me réfugier auprès d'elles si des garçons ou des filles de la bande s'étaient approchés de moi d'un air menaçant. Certes, ils m'intéressaient énormément, mais ils ne m'inquiétaient pas moins et pourtant, inexplicablement, j'avais accepté leur demande de me cacher sous la table d'une chambre inconnue.

Tout se passa dans le noir. A peine m'avaient-ils laissé seul dans mon abri qu'entrèrent un homme âgé qui boitait et une jeune femme (je crois que l'expédition avait été montée à cause d'elle) et la lumière s'alluma. J'étais chargé de rapporter ce qui allait arriver (mais j'ignorais à quel propos).

Tant que l'homme et la femme restèrent debout, seuls leurs pieds ou tout au plus leurs genoux pouvaient me voir. Je n'avais presque plus peur tellement j'étais occupé à détailler ces parties du corps jusque-là négligées. Mais ensuite ils se mirent au lit et je me retrouvai seul. Je ne retenais pas leurs paroles, je faisais attention aux bruits qui me renseignaient sur leurs mouvements. Tout à coup, l'homme se leva. Je ne sais pas comment il m'avait aperçu. Terrifié, je refusais d'admettre qu'il m'avait découvert. Je préférais imaginer qu'il voulait ouvrir le tiroir, mais sa grosse main poilue apparut sous la table. Le danger représenté par cet étranger et la situation impossible dans laquelle je me trouvais se concentraient dans cette main menaçante qui grossissait encore en se rapprochant, comme les insectes révélant sous la loupe l'effrayante disproportion de leurs impitoyables crochets. Le boiteux me tira de ma cachette. Je lui arrivais à peine au-dessus de la ceinture. Il me demanda d'une voix grave : "Bon Dieu, qu'est-ce que tu fais là ?" J'étais dans un état comateux. Il m'aurait donné des coups de couteau, je n'aurais pas pu crier. (Des moments pareils, j'en ai vécu dans mes cauchemars : l'appareil de projection se grippe et le film cesse de se dérouler, stoppé sur une image fixe.) Lorsque, au bout du couloir, je retrouvai les garçons de la bande, mes jambes me lâchèrent et je m'effondrai. Ils se sentaient probablement coupables de ce qui m'était arrivé et qu'ils croyaient terrible. Ils s'enfuirent et dès lors m'évitèrent, jusqu'à la fin des vacances.

Je ne sais comment je réussis à lui dire, en la voyant apparaître dans l'ombre de la porte, que j'avais quelque chose à lui communiquer. Elle recula d'un pas, mais, constatant que je n'avançais pas (j'étais encore tétanisé), elle passa devant moi pour me conduire je ne savais où. Nous fîmes le tour de la maison, puis nous nous en éloignâmes en suivant un sentier perdu dans une végétation redevenue sauvage. L'enregistrement du présent était toujours bloqué. Je sentais sur mon cou et mes épaules d'énormes mains velues et je me serais jeté par terre si j'avais cru que cela y changerait quoi que ce soit. Je ne parvenais pas à réfléchir à ce qui allait suivre, quoique sachant parfaitement ce que j'aurais dû faire : préparer quelques mots, un sourire, surtout être capable d'affronter l'instant où elle me regarderait. Mais ces pensées glissaient sans adhérer, comme des gouttes de pluie sur le bronze d'une statue, toujours revenant et toujours restant à la surface. Je sentais leur pression, qui ne gênait pas l'entretien inutile que je poursuivais, depuis que j'avais quitté la maison, avec le tailleur.

"D'accord, mais comment savez-vous qu'il regardait ma fenêtre ? Il y en a deux autres au premier étage." "C'est vrai, mais voyez-vous (et il me toisa d'un air triomphant), ce sont celles des chambres inoccupées." "Lui, il ignore qu'elles sont inoccupées." "Qui vous dit qu'il l'ignore ?" Sa figure sillonnée de rides souligna la question en penchant d'un côté. "Qu'entendez-vous par là ?"

Son visage devint totalement inexpressif. C'était une dernière manœuvre pour ne pas me répondre. "Au bout du compte, qu'est-ce que ça peut vous faire, ce qu'il regardait ?" Il prit un air sournoisement humble. "Je pensais que ça vous intéresserait." Et il s'effaça dans l'ombre. Mais sa disparition ne me permit pas d'accéder au présent.

On m'a parlé d'un accident qui arrive parfois aux conscrits auxquels on apprend le maniement de la grenade. Certains sont tellement émus qu'au lieu de la lancer ils la gardent dans la main jusqu'à l'explosion. Je me demandais ce que deviendrait ma tête si je continuais à serrer ainsi le silence entre mes mâchoires. Exploserait-elle ?

Le terrain étant en pente, ses talons hauts l'obligeaient à ralentir. Involontairement, je me retrouvai à moins d'un pas derrière elle.

La scène remonte à mon enfance. Je faisais la sieste avec mes parents. Soudain, me voilà penché au-dessus de la petite fille qui reposait sur un lit d'enfant dans la même chambre que nous. Je nie avoir voulu l'embrasser (d'ailleurs, est-ce que je comprends bien ce que cela veut dire ?). Mes parents me grondent en souriant.

Mes mains prirent d'un seul coup leur essor et se posèrent sur les épaules de la jeune fille. Elle poussa un cri presque inaudible (peut-être étouffé par le tourbillon dans lequel je plongeais brusquement) et elle se retourna. Son mouvement détacha mes mains de ses épaules, aussi légèrement que le souffle qui emporte les aigrettes d'une fleur de pissenlit. Elle se trouvait un peu plus bas que moi et je ne voyais que sa tête. Après un dernier instant de lucidité où je me demandai si c'était là l'explosion prévue, je sombrai dans un abîme protecteur. Un vent humide me balayait la figure. J'étais sur le pont désert d'un bateau avançant en aveugle sur les flots. Il n'y avait sans doute plus rien de personnel sur mon visage. (J'ai constaté un jour ce phénomène chez une dame qui montait dans une voiture mortuaire. Son voile noir ne pouvait pas me cacher que, derrière, ses traits avaient disparu.)

Je fus tiré de cette sensation d'absence complète par un parfum aussi doux que les senteurs apportées par le vent au printemps depuis les vergers entourant la ville. Ma tête reposait sur ses cheveux soyeux, épars sur ses épaules comme les bras jumeaux d'une rivière.

"Vous vous sentez mal ?" Elle me demanda si je ne préférais pas rentrer chez eux. Je ne pouvais pas encore parler, mais la pression de mon front sur son épaule lui donna ma réponse. Elle me prit par le bras et me conduisit, à quelques pas de là, dans le verger. Nous nous assîmes sous un arbre. Les ombres du feuillage dansant sur son visage m'étourdissaient. Comme un noyé ramené sur la rive, j'avais le droit de me taire pendant quelque temps encore. Je ne retenais pas grand-chose de ce qui m'entourait. Je tentai de rétablir le contact avec elle. C'était trop tôt. Je distinguais seulement le lent tournoiement des ombres sur sa peau nacrée. Sa pâleur me rassurait, elle concluait paisiblement le voyage sous-marin dont j'émergeais lentement.

"Ça vous est déjà arrivé ? Vous avez consulté un médecin ?" Je fus surpris par le ton calme sur lequel je lui dis que je ne comprenais pas ce qui venait de se passer. C'est elle qui avait l'air terriblement gênée. "Ne m'en veuillez pas de vous avoir demandé si..." La voyant crispée, je l'interrompis : "Quoi ? Si je suis sujet à des étourdissements ? Non, je ne sais pas ce que j'ai eu. Je suis fatigué ces jours-ci..." J'avais récupéré ma voix habituelle, ce que me confirma son regard apaisé. "Oui, certainement, vous avez raison, ce ne devait être que la fatigue, un simple vertige. Sachez pourtant que vous m'avez fait peur, mais je dois avouer que je prends peur facilement, trop facilement."

J'avais intérêt à prolonger au maximum cette pseudo-convalescence qui m'évitait d'en venir au but de ma visite. Elle portait une robe longue, d'un bleu foncé pouvant remplacer le noir du deuil. Je me demandai si elle n'avait pas accepté un peu trop vite de croire que je venais lui révéler quelque chose. Ma visite ne l'avait d'ailleurs pas étonnée. Sans changer mon expression, en apparence toujours inattentive, j'essayai de lire sur son visage. Elle regardait au-dessus de ma tête, dans la direction de la maison, et ses petites mains froissaient comme un mouchoir une feuille morte. J'éprouvai soudain à son égard un inexplicable sentiment de reconnaissance ; j'aurais voulu lui témoigner ma gratitude, sans bien savoir pourquoi, j'aurais été heureux de me coucher à ses pieds comme un chien. Malheureusement, l'inquiétude due à l'ambiguïté de la situation se justifiait de plus en plus. Mon embarras ne cessait de croître. Pas seulement à cause d'elle. J'avais l'impression que quelqu'un d'autre entendait mes paroles, perçait mes pensées, et peut-être les siennes aussi. Il y avait en cet endroit, il y avait autour de nous un je-ne-sais-quoi qui interdisait le secret. La lumière froide des cathédrales.

"Votre frère n'est pas à la maison ?" Elle connaissait certainement ses agissements et savait que, pour moi, elle devait être sa sœur. Je n'avais pourtant pas pu m'empêcher de tenter l'expérience. Contrairement à ce que je pensais, elle parut étonnée. Mais c'était peut-être parce que, ayant évoqué au début quelque chose que je voulais lui dire (et qui ne venait d'ailleurs pas), je n'avais aucune raison de désirer le voir, lui.

J'eus honte du piège que je lui tendais. Je n'osais plus la regarder dans les yeux. Je me jugeais coupable et je me punissais en supportant seul l'épreuve du silence. Je ne résistai pas longtemps. Je n'avais pas de plan, mais je savais qu'il suffirait de lui parler.

"Pourquoi cachons-nous tous nos blessures, pourquoi les laissons-nous s'aggraver, pourquoi risquons-nous davantage si nous tentons de les guérir ?" Je réussis enfin à la regarder dans les yeux. "Pourquoi aimons-nous nos blessures sans croire que d'autres pourraient les aimer tout autant ?" J'étais assurément d'une humeur tout à fait inhabituelle, je ne suis même plus certain de m'être abandonné à une simple impulsion. J'errais si loin autour de moi-même que ma propre voix devenait celle d'un étranger, dans laquelle on distingue les mots qu'il a pensés tout seul de ceux qu'il doit à d'autres, et j'eus fugitivement l'impression d'être utilisé (par qui ?) afin de prononcer ces mots-là, ces mots qui signifiaient certainement pour elle plus que pour moi. Pendant un très court moment, je me demandai si j'avais exprimé des sentiments inspirés par la grande pièce triste dans laquelle nous nous étions tenus tous les quatre ou s'il s'agissait d'une réminiscence de ce qu'il m'avait confié, lui. Quoi qu'il en soit, je n'aurais pas voulu la peiner en faisant une allusion directe à tout ce que je savais à leur propos.

Elle continuait à regarder par-dessus ma tête. Elle ne m'avait pas entendu. Lorsque je ne m'y attendais plus, elle dirigea son regard sur moi et, quoiqu'il ne fût accompagné que d'un mouvement de la tête presque imperceptible, j'eus le sentiment d'un rapprochement extraordinaire. Son visage passait par un de ces moments de transparence où n'existent plus ni la fatigue ni, surtout, les expériences qui imprègnent notre peau et la rendent rigide et indifférente comme une armure. Ils ne pouvaient pas être frère et sœur. Elle avait un regard qui n'examinait pas, ne soupesait pas, aussi limpide que celui des enfants et des saintes. J'agis de nouveau comme si j'étais un autre. Je pris sa main et, les yeux dans les siens, je lui demandai : "Vous ne voulez pas que je connaisse la vérité ? Vous ne croyez pas à mon amitié ?" Je savais qu'elle ne me répondrait pas tant que je la regarderais.

Il se crée parfois un climat analogue à celui des rêves. Les réponses et les questions arrivent ensemble, les gestes sont faits presque simultanément. Les amitiés de minuit. Le matin, quand vous essayez de reconstituer la conversation, vous vous rendez compte que ce n'était pas tout à fait vous, c'était celui qui se montre rarement, trop rarement, celui pour qui tout est clair, le frère rêvé qui disparaît en même temps que la nuit. Si je cessais de la regarder, il n'y aurait à nouveau plus qu'*elle* et, en face, *moi*, un étranger auquel elle serait obligée de répondre par des paroles.

"Je ne vois pas de quelle vérité vous parlez." Sa voix, devenue lointaine, neutre, interrogeait à peine. Je compris aussitôt que la dernière vague était passée, que rien ne me porterait plus sans effort vers elle, que je devais désormais compter uniquement sur moi, sur mes moyens habituels.

"J'ai rencontré votre frère, hier." Je déplaçais un pion à l'aveuglette. Je la sentis se figer, pareille à un débutant qui, s'avançant sur la scène encore plongée dans l'obscurité, découvre, dans la lumière pâle d'un projecteur en train de s'éteindre, la salle pleine de spectateurs. Je ne pouvais plus reculer. Je lisais le désarroi dans son regard. Mais je connaissais trop peu de choses à leur sujet pour deviner à quoi elle croyait que je faisais allusion. Je devais lui fournir un point de repère. "Ne pensez pas tout le temps à l'irrémédiable, à l'intolérable." Et j'ajoutai, après un court silence : "Mais je vous comprends, sachez-le."

Je gardais la tête tournée vers elle. "Vous êtes très sensible. Ils sont si rares, ceux qui pensent aux autres et savent leur parler." Ces mots me troublèrent. L'idée qu'elle ait pu me croire de connivence avec lui pour l'espionner était carrément absurde. J'étais si désorienté que je pouvais glisser sur n'importe quelle pente. "La vie serait différente si les gens se faisaient confiance." Le désespoir de la sentir s'éloigner me fit débiter de telles platitudes.

Nous avons toujours au moins un léger trait commun avec qui que ce soit et il y a des moments où certaines confessions réveillent presque involontairement chez l'autre ses vagues ressemblances avec nous. Le visage que nous voyons alors est le plus faux, bien que la confusion faite par notre interlocuteur soit sincère et, naturellement, provisoire.

Il venait de danser et avait encore les joues toutes rouges quand je l'abordai. "Pourquoi pas ? Il fait trop chaud ici pour bavarder." Il avait une voix agréable d'homme jeune et sûr de lui. Nous allâmes dans le jardin. A la vérité, je ne savais pas ce qui allait suivre. J'étais, ce soir-là, d'une profonde tristesse, insupportable, mais inspirée, qui me fit oublier que mon histoire compliquée n'aurait dû être qu'une allégorie, et à la fin j'ajoutai : "Il y a des gens dans les mains desquels les colombes meurent sans qu'ils aient besoin de serrer." Son regard stupéfait ne me troubla pas et je conclus : "Il vous arrive peut-être aussi de sentir dans la brise océane l'amertume de cette immensité que nous ne pourrons jamais étreindre et qui souligne notre petitesse." Je tombe rarement dans le pathétique et c'est pourquoi je me rappelle avec autant de précision mes paroles de ce soir-là. Nous restâmes ensemble jusque tard dans la nuit. Mais le lendemain, quand il passa à côté de moi, j'eus l'impression, la certitude même, qu'il ne se souvenait pas de ce qu'il m'avait dit (car, évidemment, il avait parlé aussi) et qu'il se sentait gêné, ridicule. Dès lors, je l'évitai systématiquement, mais je ne réussis pas à empêcher ce qui ne devait pas manquer d'arriver. Croisant un jour une de ses amies, je m'arrêtai pour la saluer. Il nous vit, s'approcha à grands pas et, sans me laisser le temps de me dérober, m'exécuta : "Ne m'en veuillez pas, mais je suis sûr que mademoiselle a mal à la tête."

Les mots, une certaine exaltation à laquelle il est pourtant rare que je succombe, ne pouvaient pas créer un lien véritable entre nous. Au contraire, ils risquaient d'éveiller sa méfiance ou, pire, de la lasser. De la pousser désormais à me fuir.

"J'ai l'impression que votre frère s'ennuie ici. D'habitude, il mène sans doute une vie très active, n'est-ce pas ?" Pour la première fois, son sourire dévoilait un étonnement malicieux. "Ah ! bon, vous croyez ?" Je n'osais pas continuer. Et sa gaieté inhabituelle ne dura pas.

J'aurais donné cher pour l'empêcher de replonger dans ses silences, où il m'était impossible de la suivre. "J'ai une ambition excessive." Elle ne réagit pas et je dus insister : "Vous ne me demandez pas laquelle ?" J'ignore ce que l'ennui supposé de son frère avait pu lui rappeler, toujours est-il que son enjouement avait été bien passager ; à voir le pauvre sourire qu'elle m'adressait à présent, je doutais de l'utilité de mon aveu. "Je voudrais vous faire rire. Votre rire doit être merveilleux." J'ajoutai, illuminé par une soudaine inspiration : "Ça va peut-être vous sembler ridicule, mais c'est ce que je suis venu vous dire, vous révéler." Elle ne réagit toujours pas et je repris : "Chez vous, je n'aurais pas osé vous en parler, c'est une maison où le rire ne doit pas paraître convenable." En un dernier effort, je murmurai : "Il était sans doute bizarre, celui qui l'a fait construire." Elle montra enfin qu'elle m'écoutait : "Qu'entendez-vous par bizarre ?" "Vous avez raison, pas bizarre. Triste, terriblement triste. Et il ne voulait probablement pas qu'on le sache. Je suis certain qu'on n'a jamais donné de fête ici. Il aurait peut-être préféré habiter tout seul, dans une petite chambre où il aurait discrètement supporté sa peine, plutôt que d'errer dans ces pièces glaciales." Des pétales couleur de brume s'épanouirent dans ses yeux, dont la profondeur m'émerveilla. Sa voix était faible, avec quelque chose d'hésitant et d'inégal, comme si elle montait du tréfonds de ce corps si frêle. "Continuez, continuez." "C'est une maison construite pour tromper. Les portes de la plupart des pièces étaient sans doute verrouillées depuis longtemps. Les visiteurs venaient rarement et seulement aux heures où on les attendait. Quelqu'un qui aurait sonné à un autre moment aurait représenté un danger."

La fatigue me gagnait ; si je poursuivais, ma voix risquait de trahir mon embarras.

“Ce sont des visions ?” Je ne comprenais pas. “Il vous arrive souvent de parler de choses que vous avez seulement imaginées ?” Elle me fixa avec insistance puis, sur un ton brusquement précipité, elle me demanda : “Ne pensez-vous pas que le maître des lieux avait un chien ?” J'eus du mal à comprendre le sens de ses paroles, mais j'étais sûr qu'elle le voyait réellement. “Un chien-loup au pelage doux et rêche, oui, doux ou rêche selon le mouvement de la main qui le caressait. Un chien qui n'aboyait jamais.” Elle s'interrompit une seconde, puis elle reprit : “Où couchait-il, à votre avis ?” Je la regardai dans les yeux comme je regardais autrefois les professeurs qui m'interrogeaient, pour les empêcher de croire que j'écoutais ce qu'on me soufflait. “Sous l'escalier du hall.” Elle sursauta comme au moment où mes mains s'étaient posées sur ses épaules et elle évita mon regard.

Le contraire m'arrive très souvent : j'oublie que certaines choses ne peuvent être communiquées qu'à un nombre réduit de personnes, dont mon interlocuteur ne fait pas partie, et je me heurte à son expression absente, si ce n'est à son sourire franchement ironique. Cette fois-ci, j'étais tombé on ne peut plus juste. Son émotion était visible. Sa poitrine palpitait fortement. Je constatai avec étonnement que cela ne lui donnait pas une matérialité plus évidente : c'étaient des mouvements sans pesanteur, semblables à ceux d'une flamme troublée par le vent. Par contraste, ses mains immobiles paraissaient inanimées. Elle dut s'en apercevoir, car elle les cacha derrière son dos. Rien ne nous dérangeait. Je pouvais la contempler à ma guise. La très légère rougeur de ses joues estompait ses cernes, et ses yeux me semblèrent dangereusement exposés à la lumière. J'éprouvais un plaisir mêlé d'angoisse, comme à la vue de certaines fleurs qui, une fois écloses, n'ont que peu de jours à vivre. Elle respirait la bouche entrouverte et sa lèvre inférieure tremblait un petit peu.

"Il n'y a que les enfants pour jouer ainsi." Elle se tourna vers moi, mais ses yeux s'en allaient plus loin, du côté de la maison. "Tout n'était qu'un jeu. Rien n'est vrai." Son regard absent et ses mots ne s'adressaient pas à moi.

Je me rappelle encore la beauté éclatante des yeux noirs surnaturellement brillants d'une certaine amie de ma mère. Elle me gardait près d'elle, me caressait parfois les cheveux, quand elle venait en visite chez nous. "Les enfants ne comprennent pas ces histoires-là", affirmait-elle. Mais je me rendais compte qu'elle le disait pour empêcher ma mère de m'éloigner. Elle savait au contraire que je comprenais fort bien. D'ailleurs, parmi les mots adressés à ma mère, je distinguais sans mal ceux qui m'étaient en fait exclusivement destinés.

Lorsqu'on veut connaître la vérité, il faut parfois savoir détecter ces mots-là, glissés parmi d'autres qui ne nous regardent pas. "Il n'y a que les enfants pour jouer ainsi. Tout n'était qu'un jeu." Elle ne l'avait pas dit pour moi et pourtant j'étais inquiet : je pouvais me tromper, certaines de ses paroles me concernaient peut-être. J'essayais de deviner lesquelles, mais elles gardaient leurs distances. J'y renonçai.

"Il y a longtemps qu'il est mort ?" "Oui, il y a longtemps", me répondit-elle sans hésiter. Je ne pus cacher mon étonnement, dont elle ne s'aperçut pas aussitôt. (Ce matin-là, l'air était humide, de plus en plus dense et paresseux. Les mots se frayaient difficilement un chemin entre nous.) "Qu'avez-vous dit ? De qui parliez-vous ?" Elle hésita un moment avant d'ajouter : "De mon père ?" Je hochai la tête, mal à l'aise.

Des oiseaux migrateurs passèrent au-dessus de nous. Elle suivit leur vol avec une attention soutenue. Lorsqu'elle vit s'éloigner le dernier, elle murmura : "Il y en avait un de malade." "Qu'est-ce qui vous fait croire qu'il était malade ?" Son regard disait clairement : Ce sont des choses sur lesquelles je ne me trompe pas. Je me souvins qu'elle m'avait demandé sur un ton similaire si j'avais consulté un médecin. Elle gardait la tête penchée en arrière et je fus frappé de voir que son cou fragile ressemblait étrangement aux silhouettes effilées en train de disparaître dans l'immensité du ciel.

"J'ai grandi tout seul..." Je voulais par là lui laisser entendre pourquoi j'avais tellement de mal à sortir de l'impasse des silences. Sa voix m'apporta en écho cet aveu : "Comme moi." Elle crut lire la surprise sur mon visage. "Vous trouvez ça bizarre ? J'ai grandi toute seule, je vis toute seule, la plupart des gens vivent ainsi." J'aurais pu imaginer qu'elle essayait de rester dans le vague. S'il était vraiment son frère, pourquoi prétendait-elle avoir grandi toute seule ? "La plupart des gens vivent ainsi." Ces mots étaient ambigus. Volontairement ? N'exprimaient-ils pas la volonté du joueur caché qui tantôt nous poussait l'un vers l'autre et tantôt nous séparait ?

C'est une leçon qu'on a du mal à assimiler quand on est trop jeune. Il y a même des gens pour lesquels elle demeure définitivement obscure ; de toute façon, certains échecs sont nécessaires pour la comprendre éventuellement par la suite. Ni les mots ni les gestes, rien ne constitue une assurance – on est premier de cordée.

Je passais de longs après-midi chez une amie, à parler de broutilles. Je croyais que seule ma timidité m'empêchait de m'approcher d'elle comme je le souhaitais. Jusqu'au jour où, je ne sais comment, je la pris brusquement dans mes bras, sans réfléchir, comme on tend la main pour cueillir un fruit sur la branche. Je recommençai le lendemain. Mais, à ma visite suivante, son corps avait changé. Elle me regardait d'un œil trouble et ses bras qui pendaient maladroitement à mon cou m'incommodaient. On eût dit qu'elle fixait quelqu'un qui se trouvait tout près, là, entre nous. Et je l'entendis s'exclamer : "Non, il ne faut pas !" J'essayais malgré tout de la serrer contre moi. Alors, elle éclata en sanglots. Quelque chose (je n'en saurai jamais plus) nous avait permis de nous rapprocher, la même chose (ou une autre) nous séparait. Nous nous quittâmes dans une lumière blafarde.

On peut sans doute se battre contre ces interventions malencontreuses, insaisissables, je le sais. Je sais également qu'elles ne croiseront jamais le chemin de certaines gens. Peu importe. Cailloux et feuilles mortes se côtoient dans la rue ; quand le vent vient à souffler, seules les feuilles montent et amorcent leur curieuse danse, se cherchent sans raison les unes les autres pour se fuir de même ; les cailloux, indifférents, ne bougent pas. Nous avons une espèce de pesanteur intime dont la balance ne dit rien. Ou, plutôt, une espèce de légèreté qui soumet certains d'entre nous à je ne sais quelle autre volonté.

Je racontai un jour à Kati que je savais comment elle serait trente ans plus tard. Elle me regarda, amusée par une pensée qui, en même temps, l'ennuyait un peu. Elle leva un seul sourcil, ce qu'elle fait en de rares occasions, et alors je suis obligé de la consoler. "Qu'est-ce que tu veux dire ? Tu vois où se creuseront mes rides ou bien comment grossira mon nez ?" C'était surtout l'avenir de son nez qui lui faisait peur. "Non, je ne vois rien, je sais seulement que tu ne changeras pas, tellement tu es dense." "Tu divagues ! Je suis dense, moi, épaisse, lourde ?" Je la priai de m'excuser : je m'étais mal exprimé. "Mais pourquoi dis-tu donc des bêtises ?" Elle avait l'air réellement intriguée, pas assez toutefois pour ne pas sauter immédiatement à une autre idée. Dans un certain sens, j'avais peut-être effectivement dit une bêtise.

La permanence des gens denses n'est qu'apparente. Immobilité et permanence sont deux états tout à fait différents. Par-dessus l'immobilité des plantes sous-marines, inscrites dans le cycle des fausses permanences, seule l'écume roulant et s'éparpillant pour renaître encore et encore à la surface de la mer, mais aussi à la limite de l'atmosphère, représente une permanence réelle, que n'affectent pas les millions de formes éphémères qu'elle revêt. J'insiste volontairement sur cette zone de contact où subsiste la permanence de l'écume, car je ne la crois pas fortuite.

La gêne que j'éprouvais encore s'évanouit quand je compris qu'ils étaient – elle et lui – d'une autre essence. Lui, dense, apparemment immobile, mais peut-être soumis à un cycle dont je ne savais rien. Elle, aux confins de deux mondes. L'idée qu'elle faisait partie des gens pour lesquels toute approche peut représenter un signe et qui, par conséquent, n'acceptent pas les limites de la routine, me rassura quant à ma position à son égard. (Et puis, sa fragilité m'incitait à penser qu'elle pouvait avoir vraiment besoin de mon amitié.) Enfin, je m'expliquais aussi de cette manière l'autorité exercée par lui sur elle, une fausse autorité, l'empire illusoire de la pesanteur.

"Vous croyez que nous ne pouvons jamais sortir de notre solitude ?" Elle avait une expression étrange, d'extrême attention. "Avez-vous vu s'unir deux gouttes d'eau qui roulent sur une table ? On ne sait jamais laquelle se fond dans l'autre, laquelle est absorbée." Ses yeux s'agrandissaient à nouveau, mais à présent rien de ce qui l'entourait n'y pénétrait plus, ils étaient verrouillés comme ceux des aveugles et j'ignorais ce qui se trouvait derrière leurs portes humides. "Chacun peut se figurer qu'il reçoit un don de l'autre, le don de sa solitude." "Mais au-dehors, dans la réalité ?" Elle ne me regardait pas et pourtant je baissai les yeux. Ce que je venais de dire lui avait déplu, mais je ne savais pas pourquoi. Son élan brisé, elle se figeait, comme on le fait sur le seuil d'une pièce où l'on découvre un inconnu à la place de la personne qu'on pensait voir. Son expression pouvait être très différente de tout ce qu'elle m'avait montré jusque-là. Pour la première fois, son profil me parut dur.

M'étais-je réjoui trop tôt de ce que j'avais cru apprendre ? J'éprouvais la même sensation qu'avec lui quand son silence me faisait comprendre que j'étais de trop. Je recommençai à entendre le bruissement du vent autour de nous. J'essayais en vain de retourner à l'état dans lequel je me trouvais quelques minutes auparavant. J'étais aussi désarmé que face à un nuage assombrissant les fenêtres sereines du ciel. Finalement, je la priai d'excuser la hardiesse de ma visite non annoncée. Elle se pencha vers moi, un doigt sur ses lèvres. J'étais tellement surpris que je ne saisis pas tout de suite ce qu'elle voulait dire : "Vous n'aviez pas l'intention de venir me voir, c'est moi qui vous ai arrêté en vous rencontrant dans la rue et qui vous ai demandé de me raccompagner." Personne ne devait donc être au courant de ma démarche. Je ne pus m'empêcher de lui poser une question encore, maladroite, je l'avoue : "A quelle heure rentre-t-il ?" "Il n'a pas d'heure, il peut rentrer bientôt." Cela constituait-il une sorte de pacte secret entre nous ? Je n'en étais pas sûr. Je m'aventure avec trop de plaisir dans ce genre de jeu pour ne pas avoir subi bon nombre de déconvenues qui m'ont rendu prudent.

J'écoute quelquefois, au début sans le faire exprès, la conversation de deux inconnus à une table voisine. Je surprends soudain une certaine modulation dans la voix de celui qui est assis en face de moi. Je vois passer en même temps sur sa figure un sourire discrètement triomphal, qui semble dire : "Attends voir la suite !" Et me voilà pris au jeu. J'incline légèrement la tête, juste assez pour lui faire savoir que j'ai enregistré son message, et dès lors je m'efforce de ne pas perdre un mot de la conversation. Souvent, elle ne se révèle absolument pas amusante et, quand il s'en va, mon complice passe devant moi d'un air aussi indifférent qu'un drapeau au cours d'un défilé. J'évite donc d'interpréter hâtivement les signes de ce genre.

Je me serais peut-être encore trompé.

Lorsque je me levai pour partir, je la vis aussi passive que le jour où j'avais pris congé dans leur salon. Une fois derrière la maison, elle hésita sur la direction à prendre. Nous pouvions en effet faire le tour par l'un ou l'autre des côtés. Elle choisit finalement celui que nous n'avions pas suivi à l'aller. Je ne m'en serais peut-être pas aperçu si elle n'avait pas précisé : "Il y a moins de boue par ici." Or, je constatai, non sans étonnement, qu'il y en avait au contraire beaucoup plus. Je ne levai pas les yeux avant d'être arrivé à l'angle de la maison donnant sur la rue (jusque-là, je regardais où je mettais les pieds). Je vis alors que toutes les fenêtres du mur que nous avions longé étaient murées. Voilà donc pourquoi elle voulait éviter l'autre côté. Mon cœur se serra comme certains soirs, il y a longtemps, quand je me mettais à douter de l'identité de ma gouvernante, quand je la soupçonnais, non pas de malveillance à mon égard (ou tout au plus d'indifférence), mais d'être en rapport avec des inconnus inquiétants.

L'heure passée dans le verger représentait un danger auquel je n'avais pas encore échappé. Je n'avais pas perdu confiance en elle, mais sa volonté me paraissait insuffisante. Il y en avait une autre à proximité, beaucoup plus puissante, contre laquelle les briques des fenêtres murées ne constituaient pas une protection efficace. Malgré tout, ou peut-être de ce fait, je ne pus hâter le pas et elle prit de l'avance.

Je la retrouvai au pied de l'escalier. Elle m'attendait, les yeux baissés. Avec en toile de fond le jardin aux plantes redevenues sauvages, envahi par les broussailles et labouré par les pluies (de l'eau sale croupissait çà et là dans les dénivellations). Elle me rappelait l'ange du monument aux morts, place de la Gare, l'ange égaré dans la boue des tranchées. Lorsque je la rejoignis, elle se borna, comme je le prévoyais, à incliner légèrement la tête en évitant mon regard. Après quoi elle s'empressa de rentrer.

XI

Son sourire le trahissait : à l'inverse des profondeurs soudain cachées quand l'eau frissonne sous le vent, les siennes se dévoilaient. Le sourire de ceux qui en sont avares. D'ailleurs, ce n'en est peut-être pas vraiment un, c'est-à-dire qu'il n'indique pas un moment de sympathie (aussi insignifiante et fugace qu'elle soit). Ce serait plutôt une fenêtre qui laisse apparaître l'expression de contentement accompagnant la réponse à une énigme, d'où cet air de satisfaction qui crée la confusion. Quoi qu'il en soit, cette illumination fut très brève ; sur son front seulement, par où j'eus l'impression que le sourire se retirait, s'attarda un petit pli interrogateur.

Quand j'ouvris, je le trouvai derrière la porte. En chemin, je n'avais pas pensé, aussi bizarre que cela paraisse, qu'il pourrait être chez lui. Ma surprise fut double : d'une part de tomber sur lui, mais surtout de n'avoir pas prévu cette éventualité. Omission qui me rassura, car je la considérais comme l'indice d'une libération. Je me demande du reste si son sourire inattendu n'était pas le reflet de cette libération. Je jouissais d'une étrange sérénité, qui m'entourait comme l'odeur d'ozone répandue partout après un orage. Ce rare sentiment de libération témoignait d'un pouvoir qui, par moments, efface tout : les démons aussi bien que les présences les plus séduisantes. Ces interventions imprévisibles n'ont jamais provoqué mon dépit, tout se passe comme si le nerf était extrait avec la dent.

Lorsque je sonnais à la porte verte, j'étais toujours crispé, un masque dur m'écrasait les pommettes et les lèvres. Quand la fenêtre d'en haut s'ouvrait, je devais avoir préparé deux sourires. Le premier, humble, dirait : "Alors, je peux monter." Le second, équivoque, adressé à la mère de mon ami, signifierait que je n'avais rien d'important à lui communiquer et qu'il était donc inutile de lui annoncer que j'étais passé. (Je ne supportais pas l'idée de son sourire s'il apprenait que j'étais encore venu.) En même temps, je tenais pour une marque infamante la rougeur de mes joues brûlantes et j'en étais honteux, comme si on avait pu s'en apercevoir depuis les fenêtres voisines. J'ignore quand exactement et pourquoi il mourut dans ma conscience. Je n'ai jamais pu m'expliquer ces morts soudaines, les lier à des circonstances matérielles. Elles ne surviennent pas – comme on pourrait s'y attendre – quand j'ai besoin de concentrer toute mon affection ailleurs, ni à la suite d'une déception ou de la dissipation d'un malentendu (comme lorsqu'un lévrier perdu s'arrête par erreur à une porte qui n'est pas la sienne, puis reprend brusquement sa course débridée).

Je ne doutais pas de l'intérêt que j'avais porté jusque-là à cet ami et, par ailleurs, je ne me trompais pas de maison. Mais voilà, un beau jour il n'y eut plus rien à l'endroit qu'elle avait occupé. Je sonnai comme d'habitude, mais je m'entendis cette fois siffloter allégrement au moment où la fenêtre d'en haut s'ouvrit. J'eus le temps en montant de jeter la dernière poignée de terre sur le mort qui m'attendait là-haut avec son éternel sourire – lequel ne me faisait plus aucun effet.

"C'est gentil d'être venu me prendre, justement je sortais." Je lui lançai un regard sceptique, mais son sourire désinvolte s'accentuait et je me sentis tout à coup balancer à nouveau, barque arrachée au rivage par la mer. Le dépit provoqué par ce trop aimable accueil abattit tout mon échafaudage. M'étais-je réjoui trop tôt ou s'était-il ravisé ?

Le ciel était blanc ce matin-là, le soleil brûlait au loin, flamme pâle, paisible. Je découvris sur le front du tailleur, cachées sous la peau au-dessus des yeux, deux espèces de prunes qui remuaient comme d'autres yeux, aux paupières closes. Je n'arrivais pas à me concentrer sur le reste de sa personne, en vérité je n'essayais même pas. Je descendais rapidement les marches, lorsqu'il s'était dressé devant moi au pied de l'escalier, aussi malvenu qu'un arbre foudroyé dans un verger en fleurs. Ne pouvant pas l'éviter, je me vengeais à ma façon en laissant ses mots se perdre dans le vide. J'étais visé par un tireur maladroit que je narguais sans risquer d'être touché. Tout ce que je retenais, c'était la palette terne barbouillant sa figure : le gris de ses joues pas rasées, le blanc cireux de son nez, la couleur d'huître de ses yeux délavés. Lorsque le tremblement irrité de ses paupières poussiéreuses m'apprit qu'il avait enfin remarqué que je ne faisais pas attention, je n'en fus nullement troublé. Je l'assurai que nous reparlerions de la "question" et je lui faussai compagnie. Mais, dès que je m'éloignai, ses mots se firent entendre, je les enregistrai et son initiative avortée commença à me préoccuper.

J'en éprouvais un sentiment de culpabilité et ce fut peut-être une des raisons pour lesquelles je sursautai un peu plus tard quand, étant arrivé là-bas, chez eux, et ayant ouvert la porte du jardin, je le découvris derrière, lui, auquel je n'avais pas pensé. Son expression semblait me reprocher ma désinvolture envers le tailleur. C'était parfaitement absurde, bien sûr, puisqu'il ne pouvait pas être au courant. Je le regardais, mais je n'étais que partiellement là, comme quelqu'un qui, se trouvant au dixième étage au-dessus d'une place grouillant de monde, ne voit dans cette fourmilière qu'une accumulation de mouvements désordonnés et de signes dénués de sens. Je n'osai naturellement pas lui avouer que je ne venais pas pour lui. Je lui demandai sans conviction s'il sortait dans un but précis. Cette question inutile témoignait de mon embarras. C'était aussi une façon d'insinuer que je passais pour le voir. Sa réponse n'en fut pas une : il se contenta de lever la main, les doigts écartés. Je savais que je n'apprendrais rien en l'accompagnant, mais je n'avais pas le choix.

Cette promenade me contrariait pour une autre raison également : il risquait de deviner – car je me montrais sec à son égard – que j'étais venu pour elle. J'ignore s'il s'aperçut de mon hésitation, toujours est-il qu'il me dévisagea avec insistance pendant quelques secondes, puis me dit : "Vous avez encore mauvaise mine." Il ne me regardait pas vraiment, il regardait plutôt à travers moi, me donnant la sensation d'être collé contre une plaque radioscopique. "Que voulez-vous dire ?" Il me répondit sur un ton gêné : "Je sais, c'était une crise sans importance." Ma figure devait refléter ce que je n'avais pas encore compris (j'ai souvent vu passer sur le visage de ma mère des frayeurs dont je n'ai jamais pu savoir si elle en était consciente) et lui indiquer que ses paroles avaient atteint leur but, aussi continua-t-il sur un ton mielleux : "J'ai appris que vous aviez eu un léger malaise. D'après ma sœur, vous ne vous êtes pas rendu compte vous-même de ce qui vous arrivait. N'est-ce pas ?" Cette question était rhétorique, il voulait simplement m'aider à mettre un terme à cette discussion.

Je me rappelle avoir tenté un dernier effort pour l'affronter, en feignant de ne l'avoir pas entendu, mais je ne le distinguais plus clairement. A cause d'elle. De son ombre en moi, montait irrésistiblement, mais sans violence, une espèce de brouillard de plus en plus dense dans lequel ils se perdirent bientôt tous deux. La pression de ce nuage cotonneux par lequel elle était entourée comme par un tourbillon silencieux eut sur moi l'effet d'un narcotique : en même temps qu'eux deux, tout s'effaçait doucement. Les questions existaient toujours, mais sans l'émotion s'y rattachant ;

pareilles à un scalpel indolore parcourant les tissus anesthésiés, elles allaient et venaient sans laisser de trace dans mon esprit. Pourquoi lui avait-elle tout raconté ? Et, puisqu'elle en avait l'intention, pourquoi avoir choisi, à mon départ, un chemin sur lequel on ne risquait pas de me voir ?

Je perds confiance trop vite. Je fus bouleversé d'avoir failli croire la version qu'il voulait m'imposer. Les choses avaient pu se passer différemment. Elle ne lui avait rien dit d'elle-même. Il nous avait vus ensemble et il l'avait forcée à parler. Ou, pire, il était rentré pendant que nous étions dans le verger et, ne la trouvant pas à la maison, il l'avait cherchée dehors.

"Vous aimez les espions ?" lui demandai-je, hors de moi. Il réagit avec un temps de retard. "Que voulez-vous dire ?" Il avait l'air stupéfait. Je ne répondis pas, mais je ne baissai pas les yeux. "Vous avez un drôle de regard, vous savez, je crois que vous n'êtes vraiment pas dans votre assiette." Il allongea le pas résolument, me laissant à la traîne. Il le faisait peut-être exprès et la peur d'être abandonné, d'être mis hors jeu, fut plus forte que mes ressentiments. J'étais prêt soudain à supporter n'importe quelle humiliation pour le retenir. Dans de telles circonstances, on emploie le premier moyen qui passe par la tête. Je lui racontai que le tailleur avait essayé de me tirer les vers du nez (sans préciser que c'était à son propos) et, devant son indifférence, j'exagérai beaucoup l'envergure du personnage et l'importance que j'attachais à ses paroles. Mais je ne dis pas un mot de sa fille. Il aurait pu, sinon, déformer mes propos et se servir de cette malheureuse pour distiller je ne sais quels racontars perfides. Cette pensée me déstabilisa un peu et mon histoire de tailleur commença à prendre l'eau de toutes parts.

Il ne daignait pas me regarder, affectant de se soucier seulement de l'endroit où il mettait les pieds. Il portait les souliers jaunes qui avaient plu à Kati et, malgré mon trouble, je me dis que la boue risquait de les salir et de recouvrir les arabesques dessinées en pointillé sur les empeignes que je ne quittais plus des yeux. Quand je me rendis compte que je l'imitais – au fond, il me suggestionnait peut-être une fois de plus –, je levai les yeux et conclus : "Je n'aime pas être épié. Pas que j'aie quelque chose à cacher, mais il y a une distance qu'il faut respecter, autrement ça ne va pas…" Je m'interrompis. J'avais martelé les mots, pour lui faire comprendre que ces propos pouvaient le concerner. Mais il continua de fixer ses chaussures et je ne pus savoir s'il avait saisi l'allusion.

"Je vous comprends parfaitement, ma sœur est pareille." Puis, remarquant ma perplexité, il ajouta : "C'est peut-être pourquoi elle ne s'entend pas avec ma mère." Il avait à nouveau une voix calme. "Mais qu'est-ce que votre mère veut savoir d'elle ?" Il me regarda brusquement, hésitant : soit il ignorait dans quelle mesure j'étais renseigné sur leur compte, soit il me trouvait indiscret.

"Rien d'important mais, voyez-vous, il y a des moments où certaines choses doivent être expliquées. Or, on n'obtient jamais rien d'elle si on se contente d'attendre. Elle se conduit avec nous comme si nous étions des étrangers." Je lui demandai s'il la croyait plus expansive avec d'autres personnes et j'ajoutai, pour atténuer ce que ma question pouvait avoir de blessant : "Il y a des gens qui ouvrent plus facilement leur cœur à un étranger." Nous marchions moins vite, il avait ralenti, peut-être parce que la conversation l'intéressait maintenant davantage, peut-être parce qu'il préparait une de ses phrases apparemment anodines qui révélaient une partie seulement de sa pensée. Il se taisait encore, pour me laisser parler. "Elle ne m'a pourtant pas donné l'impression d'être quelqu'un de particulièrement secret." Je ne m'y attendais pas : j'avais touché dans le mille. Il s'arrêta et me fixa d'un air très déplaisant, la tête légèrement penchée.

Ma mine gênée dut le prendre de court, car il fit semblant de chercher ses cigarettes. "Je suis content que vous vous entendiez bien", dit-il enfin d'un ton indifférent, comme s'il parlait des relations fortuites de deux compagnons de chambre lors d'une randonnée. Il avait retrouvé son équilibre et, pour ma part, je replongeais dans l'état de servitude agitée que me valait trop souvent sa présence. J'étais sûr, par ailleurs, qu'une foule de questions le taraudaient encore. J'admire les gens qui savent maîtriser leur curiosité.

Je ne le mettais pas à l'épreuve : je ne lui avais pas répondu parce que je faisais attention aux pas qu'on entendait dans l'escalier. Il ne répéta pas sa question et remit sur son rayon, dans la bibliothèque, l'étrange objet qu'il y avait pris (un instrument à mirer les œufs rapporté de l'étranger par mon père). Ce fut seulement au bout de trois mois environ, comme nous nous arrêtions devant un magasin d'appareils électriques, qu'il me demanda, de sa voix toujours égale et calme : "Dis-moi, à quoi ça sert, le drôle de truc, l'espèce de loupe que tu gardes dans ta bibliothèque ?"

Sa tranquillité – peut-être feinte, mais ce soupçon aussi avait perdu son importance – était contagieuse et je fus frappé encore une fois par la limpidité de ses yeux qui reflétaient le ciel étonnamment serein de ce soir d'automne, strié par le vol de quelques oiseaux attardés.

"Votre verger est très beau, mais je crois que vous n'en profitez pas beaucoup." Il me dit qu'il essayait de se donner l'illusion d'une activité en marchant quelques heures par jour ; cela servait au moins à le fatiguer. "Si votre sœur se promenait avec vous, ça la distrairait peut-être." Il hocha la tête et je compris son reproche : pourquoi me remettais-je toujours à parler d'elle ? Pourtant, je ne pus m'empêcher d'ajouter : "Pour un frère et une sœur, c'est troublant : vous n'êtes jamais ensemble." Je dus reconnaître encore une fois sa supériorité : il ne réagit pas sur le moment ; ce fut après réflexion qu'il déclara : "Je le regrette, nous en souffrons, mais je n'y suis pour rien." "Alors, son attitude m'étonne, elle a l'air tellement sensible, impressionnée par la moindre douleur." Je la réentendais me parler de l'oiseau malade. "J'y suis peut-être pour quelque chose, quand même. Tout changerait sans doute si je pouvais mieux la comprendre." Il disait "comprendre", il pensait "gouverner".

Je n'avais pas le moindre doute à cet égard : il ne faisait pas partie des gens qui éprouvent le besoin de comprendre et c'est peut-être pour cette raison qu'il m'était toujours supérieur. Mais, de son côté, elle possédait également une arme redoutable : la distanciation. Je ne pouvais pas imaginer une discussion soutenue entre eux. Je la voyais s'isoler aussitôt, par exemple se réfugier dans sa chambre. Quant à lui, il lui restait le désert des autres pièces. Ou le désert de la rue.

Je sentis soudain que je devais retourner immédiatement chez eux pour la voir, mais, comme pour toutes les rares décisions sur lesquelles je n'hésite pas, je n'avais pas de raison bien déterminée à invoquer. Je résolus de prétexter une course urgente dans une rue latérale, ce qui me permettrait d'y aller par un autre itinéraire. Nous parcourions à ce moment-là une avenue très longue, où se succédaient des jardins qui me trompaient les uns après les autres : je croyais voir s'ouvrir le chemin qui me sauverait, mais ce n'était que le bout d'une clôture ou un portail en renfoncement. Lorsqu'il se remit à parler, j'eus envie, tout en réalisant les aléas d'un tel geste, de sonner à n'importe quelle porte afin de pouvoir me séparer de lui. Ses paroles se mêlaient aux battements de plus en plus violents de mon cœur. "Vous devriez prendre un calmant, vous avez l'air d'être à bout de nerfs. Excusez-moi de vous le dire." Il se tut une seconde, comme s'il voulait me laisser souffler, puis il reprit : "Ce tailleur vous a embêté, d'accord ! Mais vous n'allez pas vous faire un mauvais sang pareil pour si peu de chose." Son regard bienveillant, presque amical, paraissait naturel.

J'aurais de toute évidence tenté en vain de forcer nos relations ; aussi nos rencontres redevinrent-elles parfaitement chastes. Elle m'avait dit non, quand je l'avais prise une fois de plus dans mes bras, mais plus le temps passait et plus je pensais que ce refus ne l'engageait pas et qu'elle attendait comme moi une levée de l'interdit. Cela me maintenait dans une sorte de quiétude. Mais, un jour, son silence fut différent, c'était un silence peuplé d'ombres qui me fuyaient. Ou qui me chassaient. Aujourd'hui encore, je ne peux pas m'expliquer mon intuition : normalement, j'aurais dû penser à n'importe quel autre homme. J'arrivai tard, peu avant minuit, devant sa porte. Il m'accueillit en ami pour lequel il n'y a pas d'heure indue et pourtant nous nous connaissions assez peu. Je venais juste pour le voir, *je devais* le voir, mais je savais déjà, au moment où je sonnais, que je ne lui poserais aucune question. J'eus recours à une histoire qui ne le concernait en rien. Je lui parlai de mes suspicions au sujet d'un individu dont j'avais fait récemment la connaissance dans un jardin public et qui m'avait proposé des affaires extravagantes dans un pays lointain. Il m'écoutait avec un intérêt peut-être excessif pour être sincère. Je racontais sans y mettre beaucoup de conviction, préoccupé par ce visage sur lequel je voulais découvrir ce qu'elle avait trouvé d'attirant. Si du moins je ne me trompais pas. Lorsque j'eus terminé mon récit, je ne remarquai rien sur la figure de mon hôte qui pût justifier mes inquiétudes. Ce fut seulement sur le pas de la porte qu'il me dit d'une voix chaude et inutilement grave, l'air pensif : "Vous avez peut-être trop d'imagination, c'est d'ailleurs l'avis de notre amie commune. Mais il est vrai que l'individu dont vous m'avez parlé est intéressant ; je vous conseille toutefois la prudence." J'étais édifié.

Il accepta si facilement mon prétexte – le récit de mon entretien avec le tailleur – que je n'eus plus aucun doute. Il savait à quel point je m'intéressais à ce qui se passait chez eux, peut-être même avait-il deviné que je voulais y retourner en son absence. Je me mis machinalement à marcher plus vite. Me taire ne me protégeait plus, j'étais sûr qu'il lisait dans mes pensées. J'étais devenu transparent, mais apparemment lui aussi. Votre pas est irrégulier, c'est le pas d'un névropathe en pleine crise. Je ne sais comment je fis pour lire dans son regard jusqu'à ce mot somme toute assez peu courant qu'est "névropathe". Je ne supporte pas les remarques sur ma santé. Mais c'était probablement un écho de ce qu'elle lui avait raconté après l'incident du verger. Et qu'il essayait d'utiliser pour me déstabiliser ou pour m'éloigner d'eux. D'elle. J'esquissai un sourire contraint, comme celui de Kati lorsque nous croisons une de ses collègues et qu'elle ne veut pas s'arrêter.

"Vous aussi, je suppose, vous vous ennuyez plutôt ici." J'eus très envie de lui demander pourquoi il ne quittait pas la ville s'il s'y ennuyait. Mais je n'aurais abouti à rien, j'aurais au contraire risqué de m'attirer une réaction désagréable. Je ne connaissais que trop sa façon méprisante de lever un sourcil quand une question lui déplaisait. Je le trouvais plus antipathique que jamais et l'idée que je me tourmentais bêtement avec lui au lieu de la rejoindre rendait cette promenade insupportable.

Je lui dis que je devais le quitter, ayant affaire au bureau de poste. "Croyez-vous que je vais vous laisser tomber ?" Son sourire ironique me provoquait. "Vous êtes-vous donné la peine de venir jusque chez moi rien que pour m'accompagner en ville ?" Puis il fit semblant d'avoir mal entendu : "Où disiez-vous aller ?" Je ne comprenais pas pourquoi il insistait et mon ton ne fut guère convaincant. "Moi aussi, je voulais aller à la poste." Il marchait les mains dans le dos, en se déhanchant ; on eût dit qu'il esquissait un pas de danse. Cette manifestation juvénile de bonne humeur ne lui allait pas du tout. Lorsque je me trouvais derrière lui, j'avais la sensation d'être un chien attaché à une laisse invisible et, lorsque je passais devant, c'était encore plus désagréable : je sentais son regard entre les épaules. L'air frais avait un effet inattendu : il me donnait un surcroît d'énergie qui m'aurait permis de me jeter sur lui et de lui faire mordre la poussière.

"C'est à la poste restante que vous avez affaire ?" Retenant mon agacement, je lui demandai d'où lui venait cette supposition. Il ne me donna pas d'explication et aucun muscle ne tressaillit sur sa figure, mais ses lèvres se firent encore plus minces. "Il y a d'autres guichets !" ajoutai-je. "Vous êtes vraiment de mauvaise humeur aujourd'hui. Je me demande si ce n'est pas par erreur que vous êtes venu chez moi." Je pouvais enfin sourire, il n'avait plus rien à me dire, ayant atteint un point à partir duquel il aurait dû parler d'elle. Or, je savais qu'il ne le ferait pas, sauf si je le forçais. Il évitait systématiquement les conversations dans lesquelles, à un moment donné, elle risquait d'apparaître. Je décidai de pousser mon avantage. Je dis d'une voix enjouée qui ne m'appartenait pas : "Qui sait ? Je ne venais peut-être pas pour vous." Et, ne résistant pas au plaisir de le défier carrément, j'enchaînai : "Je voulais peut-être rendre visite à votre sœur."

Son rôle ne lui permettait pas de me l'interdire. Sa réaction fut tout à fait inattendue : "Il fallait me le dire tout de suite. Je vous ai traîné avec moi sans imaginer que je modifiais votre programme." J'aurais cru que cette manœuvre de dernière minute mettait fin à notre duel, si je n'avais pas reconnu son regard méfiant : comme toujours, il pesait le pour et le contre avant de se livrer à une confession ou de se décider à formuler une demande délicate. Un regard trompeur comme la flûte du fakir : ce n'est pas la musique qui fascine le serpent, mais le mouvement des doigts. Je devais choisir entre le dire des mots et le démenti du regard.

"Je ne sais pas si c'est possible aujourd'hui" ou : "Aujourd'hui je pourrai peut-être essayer, mais attendons voir", me disaient les yeux futés de la petite fille que j'essayais d'approcher par toutes sortes de stratagèmes. Je ne connaissais pas encore le sens de ces ruses et, dès que je l'apercevais, je me mettais à l'affût du geste qui serait un appel. (Un jour, j'eus recours une heure durant aux manœuvres les plus compliquées : faisant semblant de chercher des silex, je ramassais des cailloux çà et là, afin de parvenir, sans attirer l'attention des bonnes assises sur leurs pliants, à m'emparer du bout de papier tombé de sa poche, peut-être un message à mon intention.)

Je feignis de croire au combat qui se livrait en lui entre le besoin de me parler et je ne sais quels interdits. Je baissai les yeux pour lui laisser entendre que la flûte avait fait son effet et que j'étais en mesure d'accéder à la prière qu'il avait tant de mal à formuler.

Je me souviens du ton ferme, presque autoritaire, sur lequel la petite fille me demanda enfin (cela se passait derrière la lourde porte d'une grange) de lui apporter le soir même un pantalon de garçon, sans daigner, à mon grand désespoir, m'expliquer ce qu'elle voulait en faire.

Le ton dont il usa n'était certes pas aussi impérieux, mais il m'interdisait pareillement de poser la moindre question. "Sachez que ma sœur est beaucoup plus jeune qu'elle n'en a l'air, elle est encore à un âge où l'on peut prendre des décisions imprévisibles. S'il lui arrive de vous dire quoi que ce soit d'inquiétant, je compte sur votre flair pour le remarquer et sur votre amitié pour me le faire savoir." Je ne pensais pas qu'il me proposerait aussi directement de travailler pour lui. Ceci expliquait son attitude changeante à mon égard.

"Je n'ai aucune raison précise de m'inquiéter, mais, vous avez pu le constater, elle passe actuellement par une crise." Il ajouta en détachant les mots : "C'est d'ailleurs fréquent chez les jeunes filles." Je lui répondis qu'elle ne paraissait pas dépressive et que son désir de solitude pouvait relever simplement de sa nature. Mais il ne m'écoutait plus. "De toute façon, même si vous ne m'en aviez pas parlé, au cas où j'aurais remarqué quoi que ce soit d'inquiétant, je vous aurais prévenu." Mon excès de zèle ne l'impressionna pas. Au contraire, je crus surprendre un sourire ironique sur ses lèvres.

Il y avait entre nous quelque chose de nouveau, d'étouffant. Je ne savais pas encore quoi, ou plutôt comment, mais son apparente confiance en moi troublait un peu plus les eaux déjà pas très claires dans lesquelles nous pataugions. Certains matins, je me réveille recru de fatigue, la bouche amère. Je ne me souviens pas de quoi j'ai rêvé, je sais seulement qu'il s'agissait d'un cauchemar, que cela se passait dans la chambre de torture du sommeil. Peut-être n'était-ce qu'un visage démasqué ou une révélation insupportable sur quelqu'un de très proche. Je n'en connais pas plus, mais j'en garde l'angoisse toute la journée. Il m'arrive, très rarement, de me rappeler plus tard l'ensemble de mon rêve, grâce à un signe ou à un objet sans importance qui lève le rideau. Cependant, le plus souvent mon attente est vaine. Et si je retrouve une partie seulement du songe, le peu qui reste caché devient de plus en plus obsédant.

La scène qui venait d'avoir lieu entre nous avait dégagé je ne sais quoi d'oppressant. L'air lui-même en semblait changé. Un peu plus et je me laissais berner. Il ne me faisait nullement confiance, sa demande était dénuée de signification, le sourire qui l'accompagnait dissimulait tout autre chose.

Ma question était rejetée sans appel par sa figure fermée. Le silence redevenait épais et hostile. Je pensai à une ville où l'on aurait appris tout à coup la présence dans l'atmosphère d'un gaz mortel inodore. Je voyais les habitants affolés courir en serrant les dents, se chercher les uns les autres, se faire des gestes désespérés, je voyais leur agitation, d'autant plus hallucinante qu'elle était muette.

Son expression à nouveau figée renouvela mes questions. Du moment qu'il n'attendait rien de moi, pourquoi me demander de la surveiller ? Pourquoi cette fausse complicité avec un étranger peu fiable ? Son ambiguïté se répandait en vagues autour de lui, je l'avais sentie d'emblée chez eux, dans l'attitude de sa mère, dans l'écho des objets qui les entouraient. Seule la jeune fille y échappait. Autour d'elle, les zones d'ombre étaient différentes. Elle possédait sa propre lumière, elle était d'une autre essence. D'un autre sang. Cette découverte, ou plutôt cette confirmation, m'aida à sortir du cercle glacé où l'air ne pénétrait pas. Ce n'était peut-être qu'un avertissement : supposant qu'elle m'apprendrait quelque chose à un moment donné, il voulait me faire savoir que cela le concernait au premier chef. Sa demande pouvait être au fond une menace.

Je ne l'estimais pas capable de haïr (une dépense d'énergie inutile), mais capable de défendre son territoire en se montrant impitoyable. Un adversaire psychologiquement indestructible. Contrairement à moi. Je n'ai jamais connu, dans la réalité, l'expérience de l'affrontement physique. Mais, en songe, il m'arrive d'engager le combat et je suis régulièrement vaincu, quelquefois par des gnomes insignifiants, auxquels je ne peux pourtant opposer que des gestes de plus en plus maladroits, d'une faiblesse inexplicable. (Peut-être parce que je ne vois pas leur figure.) Je me sentais, comme dans ces cauchemars, désarmé, inapte à affronter l'ennemi ou même à éviter le lieu du danger.

Lorsque je tournai la tête vers lui, il me dit d'un ton indifférent que nous avions dépassé la poste. "Alors, je dois faire demi-tour." "Je vous accompagne, il faut que j'y aille aussi." Il fourra les mains dans les poches de son pardessus et nous rebroussâmes chemin.

Je gravis en chancelant les marches du bureau de poste. Je ne pouvais trouver aucune échappatoire aussi longtemps qu'il ne me lâcherait pas. Je fis semblant de relacer mes chaussures. Lorsque j'entrai dans la salle, je le trouvai accoudé au guichet de la poste restante. Je lui demandai pourquoi il ne recevait pas son courrier chez lui. Il me répondit qu'il n'avait pas pu donner d'adresse à ses amis puisqu'il ignorait où il habiterait. Comme je le prévoyais, il n'y avait pas de lettre pour lui. La brume intérieure se dissipait et je respirai presque voluptueusement l'air pourtant empreint de l'odeur des murs poussiéreux, des affiches jaunies, de la chaleur moite des gens que je côtoyais. Dans la lumière moins forte ici que dehors, je vis qu'il avait les traits tirés et qu'autour de ses yeux la peau paraissait avoir vieilli. Il montrait son regard absent qui laissait croire qu'il se trouvait par le plus grand des hasards là où on le rencontrait, où que ce fût. Il me sembla plus petit et plus fragile. Deux ombres vertes léchaient son visage. Il avait l'air désemparé. Ses bras pendaient misérablement. Une onde de tendresse incompréhensible me remplit la poitrine.

Déconcerté par cette vague de sympathie soudaine, je faillis ressortir avec lui sans passer par le guichet des télégrammes. Il me suivit, apathique, et son silence me parut cette fois-ci différent, neutre, sans rapport avec nous, avec ce que nous nous étions dit. Tandis que j'écrivais ma dépêche de vœux à un ami fictif pour un anniversaire non moins imaginaire, il s'approcha de moi. J'ignore s'il essaya de lire par-dessus mon épaule. Quand je levai la tête, il me regardait comme s'il attendait un ordre.

Je résolus de le quitter dès que nous sortirions, mais pour rentrer tout droit chez moi. Pour le fuir. Pour le retrouver, peut-être. Nous descendions les marches du bureau de poste quand il me dit sans me regarder que j'avais oublié mon récépissé au guichet. Il ne ralentit pas, comme s'il savait que je ne retournerais pas le récupérer.

XII

A cette heure-là, on ne m'attendait pas derrière la porte du tailleur. Je pus donc descendre les marches tranquillement et arriver sur le palier sans qu'elle s'ouvrît pour laisser apparaître la tête du père ou de la fille, comme cela se passait chaque fois que je montais ou descendais à mes heures habituelles. J'ignore pourquoi je ne frappai pas. Lorsque j'appuyai sur la poignée, qui ne fit aucun bruit, j'eus la sensation d'une course extraordinaire brusquement stoppée, pareille à celle que je surprends – ou plutôt que je ne surprends plus, mais que je sens encore – quand j'allume ma lampe en pleine nuit. Tout se tient mal, comme un vêtement jeté en vitesse sur les épaules si l'on sonne inopinément à votre porte. La fenêtre, les chaises, sur lesquelles pendent bizarrement une chemise ou un pantalon, ressemblent encore à autre chose, qui a tout juste cessé d'être là, d'être. Puis elles retrouvent leur aspect familier, le sourire matois sous lequel les paysans dissimulent leur opinion.

La fille du tailleur, assise au fond de la pièce sur une chaise basse rappelant celles des cordonniers, se leva à ma vue. A côté de sa toute petite chaise, qui manifestait d'autant plus fortement sa présence qu'elle avait perdu sa raison d'être, et d'une porte de dimensions ordinaires dont je ne savais pas où elle menait, la grosse fille paraissait encore plus énorme. Elle faisait une grimace compliquée et pourtant inexpressive, indescriptible comme le relief d'un chou. Ses lourds bras nus pendaient le long de son corps, tels les lapins dépiautés aux crochets des boucheries. Si elle n'avait pas eu des proportions peu courantes, je ne l'aurais peut-être pas remarquée aussitôt car, lorsque j'ouvris la porte, son père se trouvait derrière, immobile, mais je le distinguais à peine, flou, une photo superposée par erreur à une autre. Je la voyais pour ainsi dire à travers lui, elle émettait de toute sa masse un flux que le corps du tailleur n'arrêtait pas. Ce fut seulement quand il recula d'un pas tout en faisant un signe de la main (alors sa fille esquissa une espèce de sourire avant de se retirer dans une autre pièce) que je le vis nettement.

La soumission ancillaire, la rapidité avec laquelle elle avait obtempéré me frappèrent chez une créature de pareilles dimensions. Je souris en regardant la porte par laquelle elle venait de disparaître, ce qui eut l'air d'ennuyer le tailleur. Il leva sur moi ses petits yeux striés de veinules rouges et je pus suivre quelque temps les taches grises qui gravitaient de plus en plus vite autour de ses pupilles inégales. Il était impatient de connaître la raison de mon intrusion chez lui ; j'étais certainement venu dans un but déterminé, mais je me taisais.

Je le sais depuis longtemps : approchez un homme simple et le voilà sur ses gardes. On ne vient pas le voir pour rien. Lorsque je m'arrête au café devant un garçon, il est déjà prêt à sortir les allumettes de sa poche. On pourrait définir des hiérarchies humaines, selon la nature des circonstances dans lesquelles des individus peuvent rester côte à côte sans se manifester d'aucune façon particulière, sans s'évader dans un jeu, sans que certains – ceux qui se croient inférieurs – supportent seuls le fardeau du silence.

Je ne me sentais nulle part aussi important et aussi gêné à la fois. Surtout si mon ami n'était pas chez lui. Alors, l'agitation de son père, un retraité des chemins de fer aux doigts jaunis par le tabac, sans cesse occupé à mettre de l'ordre sur le bureau de son fils, me rendait d'une nervosité d'autant plus insupportable que ce personnage m'inspirait une sorte de fade compassion. Ce qui provoquait son état d'infériorité, si désagréable pour moi, c'était qu'il ne savait pas comment meubler le temps passé en ma compagnie (je n'étais certes pas venu pour lui, mais, puisque je me trouvais sous son toit, il s'estimait obligé de remplir ses devoirs d'hôte).

Je ne cherchais pas à accroître son impatience, à le tourmenter davantage, mais je ne peux pas entrer dans une maison inconnue sans en inspecter tous les recoins. Cette habitude a sans doute son origine dans une des terreurs de ma première enfance. L'événement s'était produit trois ou quatre fois en tout et sa répétition n'y changeait rien (un même cauchemar nous surprend chaque fois tout aussi désarmés et se joue du surcroît de raisons que nous tentons de lui opposer au fil des années).

Invités chez un lointain parent, nous nous trouvions sur le balcon de son appartement pour regarder le défilé sur le boulevard. Ma tête n'atteignait pas le haut de la balustrade. Mon père avait posé sa main chaude et rassurante sur ma nuque, mais, je le sentais, cette sécurité était illusoire, rien ne pouvait me faire oublier que nous vivions peut-être nos derniers moments. Du balcon, il n'était pas possible de descendre sur le trottoir, il n'y avait même pas une gouttière à proximité pour s'en servir au besoin et en bas, au-dessous de nous, brillaient les baïonnettes du cordon de soldats, ces baïonnettes féroces dont les pointes m'épouvantaient. Je redoutais à tout instant d'entendre dans l'escalier un lourd martèlement de pas menaçants et je ne comprenais pas comment mon père pouvait contempler le spectacle aussi tranquillement, sans se douter de rien. Après la fin du défilé (que je n'avais pas vraiment vu), je n'osai pas en m'en allant jeter un seul regard en arrière. Ainsi, la terreur resta intacte.

Un cérémonial finit par s'installer. Quand j'entrais pour la première fois chez quelqu'un, j'allais et venais d'une fenêtre à l'autre, pour voir quelles étaient les possibilités d'évasion. Je donnais le change en faisant semblant de regarder les tableaux ou les photos. Je me tournais de là vers les objets de moindre importance. Par la suite, ces objets parfois gluants vus dans une pièce étrangère s'attardaient longtemps en moi, à cause de l'impulsion m'ayant porté vers eux. Je ne parvins que beaucoup plus tard à l'élan tranquille de la simple curiosité.

Mon jeu avec les objets continue sous d'autres formes. Des choix et des rapprochements mystérieux s'opèrent je ne sais où. Tout à coup, apparaît un ami que je ne dissocie plus de la sensation de froid produite par l'encrier en marbre de son bureau ; ou une vieille dame autour de laquelle volettent comme des papillons en porcelaine les petites tasses dans lesquelles elle nous servait le thé, à ma mère et moi. (Kati fut stupéfaite le jour où, jetant un coup d'œil par la fenêtre d'une maison, je reconnus un portemanteau identique au sien. Mais si elle m'avait interrogé sur la couleur de ses rideaux, j'aurais été bien embarrassé.) A partir de là s'ouvrent, comme les sentiers au bord d'une clairière, une quantité de pistes possibles.

Ayant ausculté tous les coins de la petite pièce, dont les objets me répondirent à peine, j'arrêtai mon regard sur sa figure. Il secoua la tête comme si une mouche l'importunait.

"Je n'ai pas pu m'arrêter ce matin, je me dépêchais." Je craignais d'être obligé de lui expliquer la raison de ma visite, mais il acquiesça d'un sourire. Il frottait ses mains noueuses sur son pantalon, au-dessus des genoux. Il avait l'air mal à l'aise. Je ne comprenais pas pourquoi il tardait à m'expliquer ce qu'il voulait me dire quand il m'avait abordé dans l'escalier. Je n'ignore pas que certaines confessions sont délicates, réclament un lieu ou un moment propices, mais je pensais que ce n'était pas le cas. A part ses ongles bien coupés, il n'était guère soigné. Il portait un costume habituel à la campagne, confectionné dans du drap de couleur imprécise, brun-gris comme l'écorce des vieux arbres. Les poches inégales semblaient bourrées d'objets. Je cessai de l'examiner et il réussit enfin à parler. "C'est encore à propos du monsieur qui est venu vous voir." Je feignis de ne pas comprendre. "Comment ?" "Il s'agit encore du monsieur qui est venu vous voir." Il s'empressa d'ajouter, craignant peut-être de m'indisposer : "C'est-à-dire, pas exactement de lui." Il fit une pause, embarrassé. "Il s'agit de la vieille dame avec laquelle je l'ai vu en ville."

Encore fatigué par la pénible matinée achevée au bureau de poste, j'avais sans doute l'air ennuyé. Cela le découragea. Il se remit à frotter ses cuisses décharnées, qu'on devinait sous le drap rêche de son pantalon. La lumière chiche qui pénétrait par la petite fenêtre donnant sur la rue ne permettait pas de bien distinguer ses traits. Il faisait heureusement partie des gens dont la nervosité ne me trouble pas. Je trouvais certes pénible de le voir se tourmenter ainsi, mais je n'avais aucun moyen de l'aider ; et puis, c'était lui qui m'avait arrêté le matin.

Enfin, pour mettre un terme à ses hésitations, je résolus de l'interroger : "Qu'est-ce qui s'est passé ? Qu'est-ce qu'il y a, à propos de lui ou d'elle ?"

Il leva sur moi ses yeux de myope et me dit d'une voix tremblant un peu : "Je la croyais morte."

Je me carrai au fond du vieux fauteuil dans lequel je venais de m'asseoir et le regardai sans rien dire. Je voulais l'obliger à être moins concis. Mon silence le déroutait et sa voix devint plus faible. "J'ai la vue basse, mais avec mes lunettes j'y vois comme tout le monde. Maintenant, je ne sais plus quoi penser."

J'entendis un grincement dans mon dos. Je faillis me retourner, mais je ne voulais pas l'interrompre. Il parlait la tête baissée et je remarquai dans ses cheveux blancs, coupés court, de drôles d'épis paraissant indiquer les endroits par où l'obscurité était aspirée dans son crâne qui remuait doucement de haut en bas. "Elle venait rarement chez nous, mais je me souviens bien d'elle, elle avait les yeux très enfoncés et, pendant qu'elle me montrait les tissus qu'elle avait apportés, je voyais par la fenêtre les pattes des chevaux de son coupé." "Il y avait beaucoup de coupés en ville ?" "Non, pas beaucoup." "Alors, quand elle venait, vous le deviniez en entendant les sabots des chevaux, n'est-ce pas ?"

Il me dévisagea, intrigué. "Non", répondit-il en continuant à me fixer, comme s'il découvrait quelque chose de nouveau sur ma figure. Sa fille avait sans doute entrouvert la porte pour écouter et le chat en profita pour entrer. Je me maudissais de lui avoir posé ces questions qui le déroutaient. Je le regardai en feignant de m'étonner qu'il se fût tu. Mon stratagème réussit. "Elle avait une voix grêle et on aurait dit une étrangère, tellement elle se donnait du mal pour parler. Ils habitaient loin." "Comment saviez-vous où ils habitaient ?" "Je ne m'en souviens pas, j'ai oublié. Son mari était un monsieur très grand, élégant, il est venu avec elle deux ou trois fois. La défunte, ma femme, pensait qu'ils étaient de la haute."

Le chat sauta sur ses genoux et se frotta la tête sur son pantalon. "Elle disait : «C'est des gens bien, pas comme nos autres clients.» Lui, il se tenait là, à côté de la porte (il désigna la petite porte du fond), et j'avais beau l'inviter à entrer, à l'époque j'avais un salon où je recevais la clientèle, il refusait, il restait toujours là, à s'appuyer sur sa canne toute mince en bois rouge, à pommeau d'argent." Il se tut, pensif. Il semblait s'étonner de n'avoir pas oublié tous ces détails. Il prit le chat d'une main et le posa doucement par terre. L'animal recommença à se frotter contre le pantalon, évitant le pied chaussé d'un brodequin noir par-dessus lequel il faisait toujours le même petit bond, aussi précis que le déclic régulier d'un mécanisme d'horlogerie. "Lui, il est mort et elle, elle s'est pendue." Je ne sais pourquoi, je devinai qu'il ne me disait pas tout. Peut-être parce qu'il abrégeait brusquement son récit.

"De quoi est-il mort ?" demandai-je, surpris de mon ton tranquille. Il remua la tête de droite à gauche et j'eus pendant un instant la représentation des deux mouvements d'ordres tout à fait différents : celui de la tête du tailleur et celui du chat autour du pantalon. Superposés, ils produisaient un effet à donner le vertige. J'eus un court moment d'absence, mais je me repris. Je sais que le geste le plus anodin peut mettre fin prématurément à une confession. Lorsque je connais mon interlocuteur depuis un certain temps déjà, ce risque est réduit, car je n'ignore pas ce qui pourrait éveiller sa méfiance. ("Bon, mais ton chef était un vieux repoussant, comment pouvait-il encore se faire des illusions ?" Kati comprit alors que je n'avais pas de jalousies rétroactives et elle continua de me décrire les stratagèmes auxquels l'individu avait inutilement eu recours dans l'espoir d'entretenir avec elle des rapports intimes.) Malheureusement, je ne savais pas du tout dans quels domaines je ne devais pas m'aventurer, sous peine de voir le tailleur verrouiller sa mémoire.

Il se taisait, comme s'il n'avait pas entendu ma question. Dans cette situation, je ne pouvais que surveiller ses gestes, pareil à un chasseur suivant le vol d'un oiseau hors de portée de son fusil. M'enhardissant pourtant, je dis : "Certaines morts sont tellement étranges." Il approuva passivement. Je sentis un courant d'air frais dans mon dos. Il comprit, se leva et se dirigea d'un pas rapide vers la petite porte, derrière moi. Je ne me retournai pas, mais, d'après le temps dont il eut besoin, je conclus qu'il chassait sa fille en train d'écouter dans l'entrebâillement. Il revint et approcha sa chaise de mon fauteuil. Son expression était à présent totalement différente et je remarquai pour la première fois les bouts pointus de ses oreilles.

“Vous avez deviné. Ce n’était pas une mort ordinaire.”

La solitude devait lui peser. Sa fille ne représentait pas un auditoire suffisant. Il prit l’air libéré d’un homme qui peut enfin parler. Il était méconnaissable. Son visage tout entier se mobilisait, ses rides elles-mêmes en devenaient éloquentes.

“Il s’est noyé.” Puis, après une brève pause, il ajouta d’une voix dans laquelle perçait une sorte de jubilation : “Il s’est noyé dans sa baignoire.” Je tressaillis. Mais il s’y attendait et, cette fois, je ne risquais plus rien. Il avait simplement fait une pause de conteur aimant ménager ses effets dramatiques. “Il souffrait d’une mauvaise maladie. Très mauvaise, vous me suivez ?” Je sais que chaque âge a ses “très mauvaises” maladies, dont on parle le moins possible, et pas seulement devant les enfants. Pourquoi ne voulait-il pas que sa fille entendît ses révélations ? Ou s’agissait-il uniquement du nom de la maladie, qu’il ne prononçait pas encore ?

Je me souvins, je ne sais pourquoi, du jour où nous trinquions dans ma chambre et où, dans un brusque élan de sympathie, mon visiteur s’était exclamé : “A ceux qui souffrent !” Un frisson glacial me parcourut l’échine.

Le tailleur me regardait d’un air mécontent. Je ne lui paraissais pas assez curieux. “Une maladie rare.” Il avait l’air de quelqu’un qui ne sait pas encore s’il va en dire plus. On entendit des sabots de chevaux dans la rue. Son sourire n’en fut pas troublé. J’avais eu l’impression que la voiture se rapprochait, mais le bruit cessa subitement et une idée absurde me traversa l’esprit : ç’avait été une illusion créée par le tailleur pour me faire mesurer l’étendue de son pouvoir. Son sourire me parut brusquement menaçant. “Il souffrait du haut mal. L’épilepsie. Il s’est noyé pendant une crise.” Il semblait ravi, comme s’il s’agissait d’une œuvre de son imagination. Puis il s'assombrit d'un seul coup et je pensai à ma fenêtre devant laquelle le réverbère s'éteint avant le lever du jour. "Elle, elle s'est pendue." Je lui demandai s'il y avait longtemps de cela. "Oui, il y a bien des années." Il ajouta, prévenant ma question : "Je l'ai su par ma femme, elle l'avait appris en bavardant au marché."

Je redescendais de la montagne. Le sentier serpentait entre de hautes broussailles qui me cinglaient jusqu'aux hanches. Soudain je rencontrai des escargots. J'en apercevais à chaque pas, à moitié cachés sous les feuilles, ou à découvert sur mon chemin, ou à peine visibles sur les pierres jaunes, où ils ressemblaient à des ulcères. En une heure, j'en dénombrai quelques centaines. Lorsque le sentier entra dans la forêt, ils disparurent si brusquement que je doutai presque de ce que je venais de voir. Par la suite, un invalide de guerre, qui vendait des cartes postales dans la petite gare au pied de la montagne, me parla d'un certain jour où les escargots se rassemblaient, là-haut, dans une clairière. Je le regardai probablement d'un drôle d'air. "Vous ne me croyez pas ?" Ce n'était certes pas croyable. Mais, parfois, on ne peut pas opposer un refus serein : il y a, derrière les parois serrées de la réalité, des vallées où les certitudes ironiques résonnent étrangement, guettées par l'écho qui peut les porter quelque part où elles risquent de provoquer des réactions inattendues, peut-être terribles.

Naturellement, l'histoire des escargots était tout à fait différente. Néanmoins, et malgré l'absence dans mon esprit d'une image de la pendue (dont j'aurais pu me débarrasser), quelque chose de désagréable subsista entre nous, comme si un énorme corps gélatineux, humide et froid, venait tout juste de quitter la pièce. "Vous êtes sûr d'avoir reconnu la vieille dame ?" Il ne répondit pas. "Et le jeune homme qui l'accompagnait, vous le connaissiez déjà, lui ?"

Je savais qu'il nierait : ce qu'il m'avait dit de lui, notamment de son pardessus, n'était pas clair du tout. "Comment l'aurais-je connu ?" Je lui demandai si le couple avait une fille. "Une fille ?"

Il montrait peut-être trop son effort pour s'en souvenir. "Je crois que oui, elle m'a apporté un jour des petites blouses à retoucher, mais je n'en sais pas plus, je ne me rappelle plus."

Il eût été inutile d'insister. Les gens les plus simples ont le silence le plus dur.

Je revins à l'essentiel : "Bon, mais vous ne croyez tout de même pas avoir rencontré une morte ? Ou une ressuscitée ?"

Le regard aussi terne que celui de sa fille, il ne me répondit pas. Qu'attendait-il de moi ? Espérait-il des explications ? Ou bien avait-il simplement inventé cette histoire pour bavarder avec moi ? Lorsqu'un interlocuteur me dit de quelqu'un qui passe à côté de nous : "C'est X", je sais qu'une anecdote ou une question va suivre aussitôt. Mais le tailleur se taisait. Le chat grimpa de nouveau sur ses genoux. Le soir remplissait la pièce de cendre. La main de mon hôte avait changé de couleur, je ne la distinguais presque plus de la fourrure du chat ; seuls ses larges ongles gardaient une lumière opalescente qui chatoyait de l'un à l'autre. Je me souvins d'un prestidigitateur qui faisait glisser une carte à jouer entre les doigts de la main droite sans s'aider de la gauche.

Je devais aider le tailleur à sortir du silence. Je lui dis que la dame âgée qu'il avait croisée était la mère du jeune homme qui l'accompagnait et qu'ils étaient des nouveaux venus en ville. J'ignore pourquoi j'éprouvai le besoin d'ajouter ce détail. Son regard resta indifférent. "Ah bon ? Alors, j'ai dû me tromper."

Il conclut ainsi, sans beaucoup de conviction, mais également sans difficulté, de la manière dont on renonce à une broutille, et il se leva. Je fus surpris par cette façon précipitée, presque impolie, de mettre fin à notre entretien. Il ajouta cependant qu'il regrettait de m'avoir fait perdre mon temps à cause d'une simple illusion, ou vision, je ne me rappelle pas le mot qu'il employa.

Près de la porte, sur un guéridon, se trouvait un flacon que je pris machinalement dans la main. Le tailleur sursauta quand mes yeux tombèrent sur l'étiquette. C'était un remède conseillé dans de nombreuses maladies, dont l'épilepsie. "Voyez-vous, j'ai des maux de tête chroniques", bredouilla-t-il en fixant le flacon. Je continuai à lire ; en effet, le médicament était recommandé également contre les migraines. Le tailleur avait maintenant une expression complètement différente, confuse ; il tenait les mains devant sa poitrine, les doigts écartés, en un geste de justification.

Je ne pus m'empêcher de lui demander encore si "ce monsieur" avait un chien. Un sourire narquois apparut sur ses lèvres. Je lui jetai probablement un regard désagréable, car il se retrancha dans un étonnement feint. "Quel monsieur ?" "Le mari de la dame." Il se montra consterné de l'ignorer, d'avoir oublié. Je m'en voulais de lui avoir posé cette question saugrenue, mais, distrait par l'étiquette du flacon, je m'étais laissé aller à penser à voix haute.

J'essayai vainement de me rappeler certaines phrases et surtout les expressions de leurs visages quand ils les prononçaient. J'eus soudain la certitude d'un rapport entre la scène que j'étais en train de vivre, l'incident du verger et notre conversation en allant au bureau de poste. Cette maladie était tout le temps présente.

Je devais absolument penser à autre chose. Je regardai autour de moi, mais ici, rien ne pouvait m'aider. Je fermai les yeux.

Kati avait accepté de m'accompagner, mais à contrecœur : "C'est seulement au printemps que j'aime me promener le soir." Je lui parlai longuement du charme de l'automne, du parfum un peu triste laissé par les joies qui ne reviendront peut-être jamais. Elle me lança un regard intrigué.

Pourquoi tout ce discours ? J'avais sans doute des soucis dont je ne souhaitais pas lui parler ou bien je broyais du noir et ne voulais pas rester seul. Pour Kati, avec Kati, tout est simple, rien ne bouleverse rien. Chaque chose peut être isolée sans conséquence aucune.

Refuser le piège des enchaînements, voilà le remède. Kati m'était apparue pour me délivrer ce message. Malheureusement, l'inertie règne aussi dans le monde des visions. Le film reprit son déroulement.

Nous marchions en nous donnant le bras car le soir, dans les rues peu passantes, personne ne risquait de nous reconnaître. Tout à coup, j'eus envie de hurler d'exaspération. Je ne pouvais plus faire un pas avec ce fardeau inutile à mon bras. Je la poussai et m'enfuis. Je l'entendis courir derrière moi, quelques pas puis elle s'arrêta. Lorsque je me retournai, elle s'était effacée dans l'ombre. Je l'aurais peut-être conduite jusque chez eux. A quoi bon ? Qu'aurait-elle pu m'apprendre ?

Je rouvris les yeux. Le tailleur s'était approché de moi et me dévisageait, intrigué. Son regard ne me disait pas combien de temps avait duré mon absence. "Vous ne vous sentez pas bien ? On aurait dit que vous aviez un étourdissement."

Heureusement, il faisait presque noir dans la pièce et il ne remarqua sans doute pas mon tressaillement. Lorsque j'ouvris la porte, un air plus frais m'accueillit dans l'escalier. D'une voix détachée, je demandai au tailleur quand était morte sa femme. "Il y a sept ans."

Tout le temps que je montai, je ne l'entendis pas refermer sa porte. De peur que je ne rate une marche dans l'obscurité ou bien… ?

Dès que j'allumai, un objet me sauta aux yeux : le flacon posé sur ma table de chevet, dont le bouchon était enveloppé d'un cylindre de papier rouge, froncé. Je le pris, me demandant pourquoi il avait arrêté mon regard. C'était une fiole de mauvaise qualité, en verre grumeleux par endroits, dans laquelle je gardais la teinture d'iode. Je l'approchai puis l'éloignai de mes yeux, sans rien remarquer de particulier ; elle était peut-être un peu ridicule, avec son goulot trop étroit et trop long, et pourtant elle avait l'air de se moquer de moi. Je la fis tourner entre mes doigts et je compris. Le doigtier en papier plissé ressemblait aux collets montés à la mode cinquante ans plus tôt. Je ne me rappelais pas si la vieille dame en portait un ; mais, si oui, il aurait pu cacher les traces laissées par une corde. Bien qu'absurde, cette supposition me serra le cœur. Je remis doucement le flacon à sa place. Cela devait être tout son message. Je lui jetai encore un regard à la dérobée, il était redevenu un flacon comme n'importe quel autre.

Alors seulement, je sentis l'odeur de mauvais parfum qui stagnait dans ma chambre. A midi, en rentrant, je devais être trop fatigué pour m'en apercevoir. La fille du tailleur était encore venue chez moi ! J'eus une idée bizarre : elle avait pu monter pendant que j'étais chez eux. Tandis qu'elle se faufilait derrière moi à mon insu, son père fermait la porte de la chambre du fond pour me faire croire qu'elle s'y trouvait toujours et qu'il voulait l'empêcher d'entendre notre conversation. Je n'étais plus sûr de rien, je n'arrivais pas à me concentrer. L'odeur du parfum vulgaire était insistante comme le sourire d'un quidam qui est peut-être une ancienne connaissance oubliée, une vague connaissance sans importance. (Et l'on se demande d'autant plus pourquoi il tient absolument à être reconnu.)

Nous quittâmes ensemble la salle de cinéma. Dans le noir, j'avais senti son odeur de savon bon marché, mais je ne l'avais presque pas vue. C'était une jeune fille assez jolie, mais exagérément fardée et portant une robe trop courte. Je crois que c'est elle qui engagea la conversation, en me disant sans préambule qu'à un film pareil (une vieille pellicule en mauvais état), elle préférait un jardin public. Je ne suis pas certain qu'elle ait dit "public". Elle faisait probablement partie de ces personnes qui s'imaginent qu'un mot pareil les éclairerait d'un jour vulgaire. Kati, qui est pourtant bien plus bourgeoise, dit : "Je suis passée au marché" et non : "Je suis allée au marché", comme si elle évitait ainsi certaines confusions.

Dès que nous entrâmes par la grande porte flanquée de deux kiosques à rafraîchissements, la jeune fille glissa son bras sous le mien et nous devînmes de la sorte semblables à la plupart des couples que nous croisions. Nous marchions en silence depuis quelques minutes quand elle me demanda si cela ne me gênait pas de me promener avec elle, question qui me parut vraiment peu ordinaire. Elle se rendait compte que j'étais d'une autre condition, s'empressa-t-elle d'ajouter. Je lui demandai à mon tour, sur un ton qui se voulait naturel, celui d'un camarade, si nous n'étions pas tous des étudiants ou des chômeurs et si ce n'était pas finalement à peu près la même chose. Ce fut un échec. "Vous, vous êtes sans doute étudiant. Moi, je suis autre chose." "Et vous êtes quoi ?" Elle baissa les yeux et je crus un instant qu'elle voulait cacher des larmes. "Je ne fais pas d'études, moi, j'ai un métier très triste." "Lequel ?" Sans faire attention, elle continua : "Nous ne travaillons pas seulement le jour. La nuit aussi, souvent jusque tard." Je m'interrogeais en vain. "Si vous saviez ce que nous pouvons être fatiguées, toutes, moi comme les autres filles."

J'étais mal à l'aise. Je regardais avec embarras le bras juvénile qui pendait au mien. "Bon, mais il porte un nom, ce métier ?" Je n'avais pas réussi à prendre un ton désinvolte. Elle me lança un regard curieux. "A quoi ça vous avancerait, de le connaître ?"

Elle avait raison. "Eh bien, si vous voulez le savoir, j'ai un métier qui commence par un *p* et qui se termine par *ain*." Je refusai de me rendre à l'évidence, justement parce qu'elle avouait avec tellement de simplicité. Peut-être voulait-elle me donner une bonne leçon, peut-être un moment de faiblesse lui inspirait-il cette confession qui la soulageait. J'eus envie de l'embrasser sur le front. Je crois que je lui serrai l'épaule, éprouvant une sorte de tendresse amère. Elle me parla du patron qui les menaçait si elles ne travaillaient pas assez. Voulais-je me flageller encore plus fort ou était-ce une façon maladroite de faire semblant de n'avoir pas compris, pour la rendre à son statut incertain d'avant, qu'elle regrettait peut-être à présent ? Je l'ignore. Toujours est-il que je dis : "Je ne vois pas, je ne m'y connais pas en devinettes." Elle se tut pendant quelques secondes avant de s'arrêter brusquement et de me dire, sur un ton que l'ironie rendait équivoque : "Alors à quoi bon faire des études si ça ne vous rend pas plus malin ? Je suis petite main." Elle me pria ensuite de l'attendre une minute et s'engagea fièrement dans l'escalier qu'on descend en général avec discrétion. Au bout d'une dizaine de minutes, je compris qu'elle s'était éclipsée par une autre issue.

Cette étrange façon de s'amuser, ce canular dont je faisais les frais, j'avais déjà connu cela, et plus d'une fois.

Je me demandais si le tailleur n'avait pas procédé d'une manière analogue. A la vérité, je ne suis pas sûr que la jeune fille se soit moquée de moi dans le jardin public. Mais je ne trouve pas d'autre explication. En ce qui concerne les révélations du tailleur, le confort d'une hypothèse de ce genre me séduisait. Autrement, il ne me restait que celle, inquiétante, d'une machination dont il n'était certainement pas l'organisateur et qui m'échappait totalement.

J'étais allongé sur mon lit quand j'entendis un pas lourd dans l'escalier. Je ne le reconnus pas mais, à vrai dire, je ne me demandai pas qui cela pouvait être. Je reconstituais encore ce qui venait de se passer en bas. La fille du tailleur apparut sur le seuil. Immobile. Muette.

Je lui fis signe de fermer la porte. Si elle était montée en cachette, inutile de nous trahir ; or, la lumière de ma chambre inondait l'escalier. Je m'assis et l'invitai à faire de même. Un sourire passa sur sa figure congestionnée, comme une main d'enfant sur le clavier d'un piano désaccordé, éveillant quelques sons étouffés, d'une dissonance flagrante. Elle allait s'asseoir quand elle se rappela qu'elle venait chargée d'une mission.

Ses mains énormes oubliées sur le dossier de la chaise et le buste penché en avant, elle paraissait défier les lois de la pesanteur ; ses paroles roulaient en cahotant, comme les fruits d'un sac renversé sur une table. "C'est papa qui m'envoie. Il voudrait vous demander…" Elle remarqua sans doute mon air indifférent (venant de la part de son père, elle ne pouvait rien avoir d'important à me dire), car elle s'interrompit, les yeux écarquillés. J'eus l'impression qu'elle ne pouvait pas les détacher de la boucle métallique de ma ceinture, sur laquelle était gravée la marque du fabricant. Sa volumineuse poitrine reprit enfin un rythme normal. "Eh bien, qu'y a-t-il ?" Elle sursauta et un nouvel afflux de sang lui empourpra la figure. "Excusez-moi, vous avez peut-être emporté un médicament sans le faire exprès." "Comment ?" Elle bredouilla, la voix étranglée : "Papa ne le retrouve pas, vous l'avez peut-être emporté par mégarde." Pendant tout ce temps, ses yeux ne quittaient pas le même point, que je réussis finalement à déterminer.

Je mis la main dans ma poche et j'y découvris le flacon dont j'avais lu l'étiquette chez eux. Cette dernière manœuvre était aussi peu compréhensible que les questions et le récit du tailleur. Sa mauvaise foi ne faisait plus aucun doute. Il n'y avait eu que lui et moi dans la pièce et il m'avait certainement vu le prendre par inadvertance. Cependant, au lieu de me le signaler aussitôt, il m'avait laissé faire, afin de m'envoyer ensuite sa fille. Pourquoi ?

Avant de rendre le flacon, je le regardai un instant. Du papier froncé rouge entourait le bouchon. Je devais dissimuler mon trouble. Je trouvai la force de sourire amicalement à la jeune fille, mais il est vrai que, devant un pareil public, tout rôle est facile à jouer.

Satisfaite de sortir indemne de sa périlleuse expédition, elle me montra jusqu'aux gencives ses grandes dents de cheval.

XIII

"Celle-là, elle se tuera." La voix claire de mon père transformait une prédiction en certitude, mais en même temps la ramenait aux dimensions d'un fait divers. J'acceptais sans états d'âme cette éventualité pourtant peu ordinaire. Devant moi, les propos de mes parents gardaient une part d'ombre. Je comprenais néanmoins que la voyageuse avait mené une vie hors du commun, sans rapport avec la nôtre par exemple, et que, obligée d'en changer – j'ignorais pourquoi –, elle était rentrée de l'étranger pour s'installer chez son frère, un ami de mes parents. Ce frère était un petit vieux affligé d'une femme noiraude, toujours grimaçant comme si elle allait éternuer. (On m'avait prévenu de ne pas rire quand ils nous rendaient visite, ce dont j'aurais été bien incapable, car il émanait d'eux quelque chose qui me paralysait.) Je ne savais pas où poser mon regard, je me sentais coupable d'être tellement différent d'eux. En leur présence, ma mère elle-même changeait d'expression, montrant une sorte de tristesse que je ne lui connaissais pas. Seul mon père restait le même et c'est peut-être pourquoi ses gestes familiers me paraissaient soudain inconvenants.

Je m'attendais à voir une vieille femme triste puisqu'elle était la sœur d'un pareil bonhomme et n'avait donc aucune raison d'être gaie. Ma surprise en fut d'autant plus forte. Elle était à l'opposé de ce que j'imaginais : une dame excentrique, les cheveux teints, outrageusement fardée, les mains extrêmement mobiles et le regard malicieux, l'air de savoir tout ce que pensaient les autres autour d'elle. Mon père l'incitait sans cesse à raconter et s'amusait beaucoup. Je le fixais en vain pour lui rappeler la mise en garde qu'il m'avait adressée. Tout sourire, il était ailleurs. Il oubliait certainement sa prédiction. Quant au frère – dont on présumait qu'il n'avait pas reçu sa sœur chez lui avec trop de plaisir après tant d'années d'absence –, il la contemplait admirativement. Tout en parlant, elle faisait tinter les nombreux anneaux en or entourant ses poignets un peu gras. Je n'entendais plus que leur joyeux cliquetis et mes yeux couraient de ses doigts joueurs à son visage animé. Son rire bruyant, un peu vulgaire, réveillait chez mes parents je ne sais quels joyeux souvenirs.

Tout à coup, le chant des bracelets s'arrêta et je vis en même temps ses doigts aux ongles subitement violets se crisper sur le bord de la table, comme si eux seuls l'empêchaient de tomber. On ne voyait plus les anneaux, cachés derrière la table. Une autre rougeur, venue de l'intérieur, s'étendait sous le fard maintenant craquelé, morcelé en grandes taches ridicules me rappelant le maquillage des clowns. Dans les yeux, une panique terrible. Pendant qu'elle buvait le verre d'eau que mon père lui avait tendu, je remarquai sur son cou épais le ruban de velours noir auquel était suspendu un médaillon.

Un mois plus tard, nous apprîmes que mon père ne s'était pas trompé. Je lui demandai comment elle s'était suicidée. A la vérité, ma question était de pure forme car, en voyant le ruban noir, j'avais su qu'elle se pendrait. Mon père fit semblant de ne m'avoir pas entendu.

Le médaillon de la vieille dame avait déterré ce souvenir. J'y revenais sans cesse, à la manière d'un disque rayé grinçant à intervalles réguliers. Il était suspendu de la même façon, mais à un ruban beaucoup plus large qui dissimulait entièrement le cou. Une idée singulière me passa par la tête : le tailleur ne m'avait peut-être menti que partiellement. En changeant le temps de son récit, celui de la partie concernant la vieille dame, j'éprouvai le sentiment pénible qui accompagne certaines histoires dans lesquelles la distance entre le passé et l'avenir se réduit tellement que le présent disparaît complètement dans une confusion générale. Mon désarroi fut de courte durée. La vieille dame était si fragile en moi que le mot "avenir" suffisait pour l'effacer tout à fait. Je me demandai brièvement si elle n'était pas consciente de l'étrange effet que produisait le ruban et si elle n'en jouait pas. Je ne me rappelais pas si elle le portait le jour où je l'avais vue pour la première fois.

Son fauteuil placé dos à la fenêtre et la lumière cireuse du ciel couvert accentuaient le contraste entre sa peau blême et le velours noir. Le ruban trop serré autour de son cou (elle aurait étouffé si l'on avait glissé un doigt entre les deux) expliquait peut-être pourquoi elle se tenait tellement droite.

Ce fut elle qui m'ouvrit. Elle ne montra nul étonnement en me voyant. D'ailleurs, ils se conduisaient tous les trois avec moi comme avec une vieille connaissance. Ou comme si je n'existais pas. Ils m'avaient témoigné à tour de rôle une indifférence niant mon existence ; il en va de même dans certains cauchemars, quand j'assiste, impuissant et insensible, à des désastres qui me réduisent à néant. Leurs silences m'éliminaient avec la même efficacité. A la manière de son fils, elle eut l'air (ou voulut avoir l'air) certaine que c'était elle que je venais voir et non sa fille ou son fils.

Un seul détail pouvait me faire penser qu'ils avaient déjà habité là : sa façon bizarre de traverser le hall désert. Au lieu de marcher en ligne droite jusqu'à la porte du salon, elle suivit un chemin sinueux entre des meubles invisibles – les meubles qui se trouvaient là autrefois. Ainsi nous trahissent les habitudes contractées par notre corps à notre insu. (Je devinai un jour que j'avais affaire à un libraire improvisé, à sa façon de chercher les livres dans les rayons. Sa main s'enfonçait dans le noir, les doigts largement écartés, selon l'habitude acquise probablement dans son précédent métier où il devait, par exemple, prendre dans les rayons des rouleaux d'étoffe.) Mais il pouvait y avoir une autre raison. Si le parquet craquait plus fort au milieu du hall, elle avait peut-être évité d'y passer afin de me conduire au salon sans donner l'éveil. Quoi qu'il en soit, j'étais sûr qu'elle craignait en particulier une rencontre avec sa fille.

Cependant, ma visite l'embarrassait peut-être plus que je ne l'avais cru : je devinai dans sa voix le soulagement d'avoir trouvé un sujet de conversation. "Mon médaillon vous plaît ? C'est un bijou très ancien, il a porté dans le temps ma photo au cou de ma mère." Elle le détacha et me le tendit. "J'ai peur de l'abîmer." Elle le reprit et appuya sur un bouton minuscule pour l'ouvrir.

"Elle a toujours été chétive." La photo ne pouvait pas représenter sa fille, quels que soient les changements susceptibles d'affecter un visage en un laps de temps que j'estimais d'une dizaine d'années. Peut-être une sœur de son fils. Le même nez légèrement busqué et un regard buté, sans vie. La vieille dame avait donc, ou avait eu, une autre fille. Je dis candidement : "J'ai du mal à croire que c'est elle." "Elle est belle maintenant, n'est-ce pas ?" Ce fut dit avec une indifférence teintée de dépit. Mais elle se ressaisit immédiatement. "Les enfants changent, surtout les filles." Pour me convaincre, elle ajouta : "Il suffit qu'elles se coiffent autrement ou qu'elles se maquillent." Elle se trahissait, car la pâleur irréelle de sa fille ne passait pas inaperçue.

Le luxe de détails enrobant un mensonge pour le rendre plausible permet souvent de l'éventer. Je fis sans doute une mine incrédule qui ne lui échappa point, car une ombre ternit brusquement son regard. Elle comprenait que sa tentative avait fait long feu, mais elle trouva aussitôt autre chose. Elle ignorait que je connaissais le stratagème.

Quand il venait me voir en faisant une tête d'enterrement, je savais qu'il allait me raconter une histoire qui, même si elle était vraie en partie, ne l'accablait pas autant qu'il espérait me le suggérer : c'était un moyen d'aiguiser mon intérêt à son égard, intérêt (là, il avait raison) très limité. La pensée précédant le verbe, il est normal qu'elle modifie d'avance le comportement. En général, l'avertissement est discret, il se résume à un seul indice, toujours le même chez chacun. Dans son cas, il s'agissait d'un désordre vestimentaire se manifestant au niveau de son col et de sa cravate. Un jour, pendant qu'il me parlait, tremblant d'émotion contenue (j'ai oublié ce qui lui était encore arrivé), j'arrangeai son col sans dire un mot. Ses jérémiades cessèrent instantanément.

Elle eut soudain un regard trouble qui m'avertit de ne pas me fier à ce qu'elle allait me dire. "J'ai eu beaucoup d'ennuis avec elle, pourtant le docteur m'avait assuré que sa fragilité passerait à la puberté." Là, elle franchissait les limites de la bienséance. Comment osait-elle mentionner la puberté de sa fille ? Cette impudeur était tellement choquante que je ne pus me retenir : "Je n'aime pas ce mot." "Comment ?" Son étonnement paraissait sincère. J'avais parlé sur un ton calme, mais ferme. Je dus cependant faire machine arrière, pas pour gagner sa confiance car je supposais que de toute façon elle ne me l'aurait pas accordée, mais parce que je redoutais le traquenard du silence. Je lui expliquai que je ne croyais pas à ces théories – elles ne font que masquer sous des termes savants notre incapacité de changer quoi que ce soit – et je conclus : "J'ai horreur des médecins, madame." "Oui, il vaut mieux ne pas avoir à les connaître ni à s'y habituer. Malheureusement, mon pauvre mari était tout le temps malade et ma fille tient de lui."

"Je ne trouve pas qu'elle ait mauvaise mine, il y a des tempéraments qui ne prennent jamais de couleurs." Elle hocha la tête, d'une façon signifiant qu'il était inutile d'essayer de la rassurer. "Ah ! monsieur, je suis devenue une vieille radoteuse qui raconte trop souvent ses ennuis mais, que voulez-vous, cette petite me tuera." Je sais comment elle faisait pour trouver un ton naturel : tout en me parlant, elle pensait à ce qu'elle me cachait et qui l'affligeait réellement. Ses yeux étaient humides et ses lèvres tremblaient. "Pourquoi toujours penser au pire, madame ?" Elle sortit un mouchoir de son sac à main et se tamponna longuement les yeux. Lorsqu'elle me regarda de nouveau, je constatai que ses paupières étaient toujours aussi pâles. Elle avait seulement fait semblant d'essuyer ses larmes, à moins qu'elle ne fût, elle aussi, anémique.

Le matin, le salon était encore plus lugubre. Le long des murs, s'alignaient des chaises sur lesquelles de toute évidence personne ne s'était plus assis depuis longtemps, que personne peut-être n'avait même plus effleurées. Sur le tapis qui avait attiré mon attention dès la première fois, la lumière soulignait les endroits usés, ceux où l'on passait le plus fréquemment. Le buffet, d'un bois plus clair que je ne croyais, avait des pieds trop minces se terminant en petites griffes sur lesquelles le vernis s'écaillait. Le bois sculpté me déprime, il me donne une sensation d'étouffement que je ne m'explique pas.

Elle avait apparemment oublié ce qu'elle voulait me dire. A voir son regard (la périphérie de l'iris se noyait dans le blanc jaunâtre de la cornée), elle était au bout de la lassitude.

C'était certainement à cause de son fils qu'elle participait à ce jeu dépassant ses forces. Je reconnus l'expression propre aux personnes dont le cerveau se vide brusquement, expression que j'ai souvent remarquée chez les vieillards. Je m'attendrissais presque, lorsque j'eus l'idée de calculer son âge d'après celui de son fils. Le résultat fut surprenant : elle pouvait avoir vingt ans de moins que ce qu'elle en paraissait à ce moment-là.

Je lui demandai si ma présence ne l'importunait pas. Elle cligna des yeux comme si je la réveillais. "Non, restez s'il vous plaît, j'étais partie bien loin." Elle se pencha vers moi et je dus reconnaître la perfection de son masque de vieillesse. A moins que la souffrance, me dis-je, ne nous vieillisse plus vite que le temps.

"Je me souviens d'une histoire ancienne. Un soir – elle avait six ans –, je l'ai trouvée à la salle de bains en train de fouiller dans l'armoire à pharmacie. Ce que j'ai dû la supplier pour lui faire dire ce qu'elle y avait pris ! Elle avait mal à la gorge depuis quelques jours et elle voulait se soigner toute seule." Elle s'interrompit une seconde. "Elle n'a pas changé. Personne ne doit rien connaître de ce qui la concerne. Personne. Moi-même, je ne peux pas savoir ce qu'elle a dans la tête."

A côté de l'immeuble du coin, également face à ma fenêtre, il y avait une petite cour qu'un vieux peuplier dominait de toute sa hauteur. Certains matins, je restais longtemps immobile, à suivre la course silencieuse des branches aussi minces que des fouets, jusqu'en haut, où le vent agitait toujours une petite aile mystérieuse comme le nuage chargé de neige dont on dit qu'il ne quitte jamais le sommet de l'Everest. J'avais quelquefois l'impression que le vent n'était plus là et alors mon cœur battait très fort (des choses encore plus insignifiantes pouvaient m'émouvoir à cette époque), mais je le retrouvais invariablement, plus faible que d'habitude, descendu plus bas dans le feuillage, remuant imperceptiblement d'autres branches que celles, familières, de la cime du peuplier. Il y avait derrière celui-ci une petite maison que je voyais seulement l'hiver. Un automne, en rentrant des vacances, je découvris dans la petite cour un nouveau bâtiment, étroit et haut, qui regardait ma fenêtre avec des yeux inexpressifs. Le peuplier avait disparu. Les mois suivants, je n'y pensai plus, car l'hiver il ne m'intéressait pas. Mais, au printemps, le chant caractéristique recommença.

Allongé sur mon lit, j'écoutais le vent bruire dans les feuilles tendres, les moineaux pépier en rentrant au nid. Il m'arrivait de me précipiter à la fenêtre. Je finis par comprendre que le peuplier s'était transformé, purement et simplement, en maison. C'était de la sorcellerie, certes, mais pas davantage que la petite aile du vent qui frissonnait naguère sur ses plus hautes branches.

La fille de la vieille dame – me dis-je – s'était transformée brusquement elle aussi, je ne sais quand, et j'étais seul au courant de ce changement que les autres, ses proches, s'obstinaient à ne pas comprendre.

Une autre hypothèse m'enchantait, mais je ne me faisais pas d'illusion sur sa réalité. "Oui, vous avez raison, il n'est pas mon frère, c'est un étranger auprès duquel j'ai passé de longues années (là, ses yeux s'assombriraient un instant), mais à présent il faut que je parte, je dois rechercher mon vrai frère." Nous claquerions la porte et la maison se renverserait dans le vide avec ses occupants, comme à la foire les paysages en carton-pâte des stands de tir. Le vent ferait danser les boucles pâles sur son front et un chemin sans fin serpenterait devant nous. (Même en songe, je n'osais pas dépasser l'intimité du chemin partagé.)

"Vous ne la comprenez peut-être pas." Ils savaient certainement à quoi s'en tenir, mais je fais parfois consciemment le jeu de certaines personnes, je me laisse emporter par une impression passagère, même si je ne pense pas que ce soit opportun. "Nous l'avons laissée vivre comme elle le souhaitait, toujours seule, sans nous mêler de ses jeux, mais maintenant c'est autre chose." Elle me lança un regard désespéré. Sa pâleur vira au gris. "Il y a eu des signes, c'est une mauvaise maladie, sournoise."

Le tailleur surgit à côté d'elle, ses grandes mains tâtant inutilement l'étoffe rêche de son pantalon. Ma surprise fut doublement pénible, comme le jour où, à l'école, un garçon que je connaissais à peine me jeta à la tête un lourd cartable : plus que par la violence du choc qui me renversa, je fus abasourdi par ce geste qui transgressait les conventions tacites de nos jeux. C'était impossible. J'avais sans doute mal compris. Elle n'aurait pas avoué à un étranger que sa fille souffrait de ce mal terrible ! Les petits yeux du tailleur clignaient méchamment. Sidéré, je fixais la vieille dame, mais elle avait une figure impassible, comme si elle n'avait rien dit que de très banal. Je croyais voir un spectre. "C'est impossible !" J'avais crié, comme on hurle en rêve quand l'irréparable s'ouvre soudain, béant, sous nos pas. Elle ne bougea pas, mais ses paupières minces laissèrent passer un regard glacial caché jusque-là, un regard que je connaissais pourtant, depuis le jour où j'avais rencontré son fils.

"Je n'aurais peut-être pas dû vous le dire, je suis désolée, je ne m'imaginais pas que vous étiez aussi sensible." Leurs manœuvres pour m'ébranler étaient grossières. Malgré tout, je ne réussissais pas à reprendre mon contrôle.

Je sentais à nouveau l'odeur âcre de la poussière et de la sueur, je revoyais les gens attroupés, les uns contre les autres. La circulation était arrêtée. Par-dessus la rumeur de la foule et les klaxons des voitures, s'élevait à intervalles irréguliers un hurlement inhumain, déchirant et sans cesse repris, une interminable agonie.

C'était sûrement un mensonge et pourtant mon cœur battait la chamade. Leur mise en scène pouvait aller très loin, jusqu'à me faire réentendre ce hurlement, venant d'une pièce voisine. Je me demande comment je fus capable, malgré ma panique et le peu de données que je possédais, de dresser le plan de la maison pour tenter de situer la pièce, la direction d'où le cri pouvait retentir. Ce problème me paralysa définitivement car, excepté le mur extérieur, ils étaient tous menaçants. Les probabilités étaient très également réparties et, sans en regarder un plus attentivement que les autres, je les vis s'approcher de moi d'un même mouvement lent mais inexorable, comme dans une scène projetée au ralenti. Je compris alors que le hurlement pouvait bien éclater, cela ne comptait plus : je glissais sur une pente autrement dangereuse. Paradoxalement, cette pensée me permit de refaire surface et, autour de moi, tout reprit sa place.

Son regard perplexe disait qu'elle ne comprenait pas ce qui m'arrivait. "Excuserez-vous une vieille mère inquiète si elle se montre indiscrète ?" Je fis oui machinalement, la tête vide. "Nous supposions que, vous aussi, vous vous étiez établi ici pour respirer un air pur. L'altitude est la meilleure ; plus élevée, elle est, paraît-il, contre-indiquée dans les cas légers." Cette explication apaisante venait trop tard. Je devais faire une drôle de tête, je me demandais à quoi je ressemblais. Tout aurait semblé cohérent si je n'avais pas tenu compte de leurs tentatives (avortées) pour m'induire en erreur, aussitôt suivies par des retraites tactiques irréprochablement exécutées. "J'ignorais que cette ville était conseillée aux malades des poumons." Je lui montrais ainsi qu'elle n'avait pas réussi à me berner. Elle eut l'air étonné, mais, ne pouvant pas insister, elle reprit : "En vérité, si nous l'avons amenée ici, c'est aussi pour l'éloigner de la vie agitée qu'elle menait, elle a besoin de beaucoup de calme." "Et comment se sent-elle, ici ?" Elle me jeta un regard suspicieux. "Comment ? Au début ce n'est pas facile. Pour une jeune fille, cette petite ville endormie ne peut rien avoir d'attrayant."

Je me réveille parfois en pleine nuit quand l'horloge sonne dans la pièce du dessous. Bien que je n'aie pas de repère, et sans compter les coups, je sais toujours si j'en entendrai encore un ou non. Pour une raison qui m'échappe, le dernier retentit autrement que les précédents, quoique la différence soit infime. Il en va de même, dans certains cas, quand une conversation s'achève, quand mon interlocuteur a vidé son sac, même si, pour une raison ou pour une autre, notamment par inertie, il cherche un autre sujet. Si je m'étais levé à ce moment-là, la vieille dame aurait été ravie : je lui aurais facilité la tâche. Au fond, je ne la trouvais pas antipathique. Lors de ma première visite, j'avais cru qu'elle exécutait, plus ou moins contrainte, les ordres de son fils et je l'avais prise pour une de ses victimes. Mais, cette fois-ci, elle agissait sans hésiter et je ne voulais pas entrer dans son jeu personnel.

"Alors, il vaudrait peut-être mieux l'envoyer ailleurs, par exemple chez une amie. Elle doit bien avoir une amie, n'est-ce pas ?" Le regard étrange que je reçus en guise de réponse, je le connaissais, l'ayant souvent vu dans les yeux de Kati. Les femmes s'estiment plus fines que nous et, quand elles pensent déceler une habile perfidie dans nos paroles, elles ont un air surpris. "C'est incompréhensible, mais ma fille n'a aucun ami, aucune amie." "Comment, un frère n'est pas aussi un ami ?" Je soulignai "un frère" et elle sursauta. Son mouvement attira de nouveau mon attention sur le ruban de velours. Je le trouvais ostentatoire, théâtral. Toute parure a un côté indiscret, révélateur. Le ruban, animé d'un zèle hypocrite, accentuait la face cachée de la vieille dame, trahissait le trompe-l'œil. Mon sourire la déconcerta. "Il est son ami, naturellement, mais l'amitié d'un frère est autre chose que celle d'un tiers, elle n'a pas le même pouvoir. Ça paraît curieux, mais ce n'en est pas moins vrai. Ne croyez-vous pas ?"

Je le croyais en effet, surtout s'il s'agit d'un demi-frère, mais je ne pouvais pas le dire. J'osai insinuer : "Il y a des frères et des sœurs tellement différents qu'on ne les imaginerait pas du même sang." Cette fois, mon allusion ne provoqua pas de réaction. La vieille dame semblait à nouveau très loin et je me souvins des paroles du tailleur. "Elle avait une voix grêle et on aurait dit une étrangère, tellement elle se donnait du mal pour parler." Elle avait en effet la voix grêle, mais elle parlait sans difficulté. Cela ne prouvait d'ailleurs rien, car beaucoup d'années étaient sans doute passées. J'avais pensé un peu plus tôt à lui demander s'ils avaient déjà habité la ville. La question ne présentait plus d'intérêt à présent et j'y renonçai. Telle qu'elle se tenait, pelotonnée, le cou raide, la tête détachée par le trait noir du ruban tapi comme un serpent sous son menton, elle me donna l'impression de n'être qu'une apparition qui s'évanouirait dès que j'ouvrirais la bouche. J'ignore si elle m'avait jeté un sort ou si j'étais envahi par le silence de la maison. Je me rappelle m'être surpris plusieurs fois en train de compter (que cherchais-je au juste ?) ses doigts exsangues écartés, étendus sur sa robe noire.

Sur le tapis, réapparurent les serpents jaunes à l'écaille rongée par les pas. Elle ne bougeait pas, malgré leur glissement silencieux qui encerclait, de plus en plus près, son fauteuil. Pour me ressaisir, je cherchai la lumière de la fenêtre. Elle ne me fut d'aucun secours. On apercevait un coin de jardin en friche. Je n'avais pas envie de sortir. Je n'avais pas peur non plus, parce que je savais qu'il s'agissait d'une sorcellerie dont j'étais partiellement responsable, que j'avais acceptée. Il y a des sorcelleries qu'on peut apprivoiser, avec lesquelles on peut jouer sans danger.

Mon arrière-grand-mère vécut ses dernières années sur le divan vert. J'ai gardé d'elle un seul souvenir. La bonne avait posé la tasse de café sur une table basse à son chevet. La main terreuse, sillonnée de mille rides, renversa la tasse et le café se mit à couler lentement par terre. Stupéfait, je contemplais le désastre, quand mon père entra. La vieille se plaignit aussitôt de moi, prétendant que j'étais le coupable. Ce qui me frappa le plus – et pourtant je n'étais qu'un petit enfant à l'époque –, ce furent la ruse et la satisfaction brillant dans ses yeux, dont j'avais seulement vu auparavant les coins rouges et les dégoulinades jaunes que ma mère essuyait le matin avec un mouchoir humide. (Cette arrière-grand-mère ressemblait alors à un enfant malade, apeuré au point de ne pas oser protester.) Le divan ne changea pas de place et, des années durant, on eut beau aérer la pièce, je sentais que l'ancêtre y avait laissé quelque chose qui ne pouvait pas en être chassé. Plus forte au commencement que ma curiosité, ma peur devint par la suite un attrait supplémentaire. J'entrais en cachette de ma mère, je tirais les rideaux et, au bout d'un laps de temps pendant lequel je ne devais pas bouger, je me rendais compte que je n'étais plus seul. "Pourquoi as-tu menti à papa ?" C'était une formule magique qui faisait apparaître ses yeux méchants, ceux que les autres n'avaient jamais vus. (Mais peut-être n'étaient-ils plus depuis longtemps les siens.)

J'avais encore perdu la mesure du temps quand elle se leva brusquement de son fauteuil, la figure illuminée par un sourire victorieux – elle respirait enfin, soulagée. "Excusez-moi deux minutes, s'il vous plaît." Tandis que je la regardais s'éloigner, son autre image, noyée un moment plus tôt, refit surface. Elle avait exécuté à la perfection les ordres reçus et, ayant mené à bon terme sa mission – m'annoncer la maladie –, elle avait pu se réfugier à nouveau derrière l'image de la vieille femme décrépite gisant les yeux mi-clos devant moi. J'entendis du bruit et des voix dans le hall. Je m'approchai rapidement de la porte, restée entrouverte. J'aperçus la jeune fille (en manteau de demi-saison, elle était sur le point de sortir quand sa mère l'avait rattrapée) sans bien distinguer son visage dans la pénombre, mais j'eus l'impression qu'elle était très contrariée. Ni l'une ni l'autre ne pouvait me voir et je fis encore quelques pas. Je ne réussis pas à les entendre, car elles chuchotaient. Je m'écartai de la porte juste à temps : la vieille avait pris la jeune par le bras et la ramenait à l'intérieur. Je m'empressai de reprendre ma place.

Ainsi que je m'y attendais, la vieille dame revint seule au salon. Lorsqu'elle s'assit dans le fauteuil en face de moi, son expression était presque hostile. Je souris en homme auquel il n'est pas nécessaire d'expliquer pourquoi on fait tel ou tel geste sans importance.

Les tics sont ridicules et souvent agaçants. Ma mère s'énervait quand je me mettais à balancer ma jambe.

C'était peut-être la raison pour laquelle la vieille dame avait l'air pincé. J'arrêtai de remuer la jambe. J'aurais pu continuer car elle ne l'avait même pas remarqué. La tête penchée de côté, elle tendait l'oreille. Je la mis à l'épreuve : "J'étais sûr de trouver votre fils à la maison." Sans me répondre, elle baissa innocemment les paupières, prenant une expression de myope distraite grâce à laquelle elle croyait justifier son silence – mais sous son masque je décelais l'autre visage, crispé par une attention extrême.

Au moment où je m'apprêtais à ne plus rien voir (j'usais de cette faculté au cours des visites en famille, quand je m'ennuyais trop ; je pouvais passer de la sorte des heures sans bouger, ce qui avait engendré la légende de ma sagesse), je remarquai les étranges manœuvres de ma tante. Un vase plein de fleurs trônait devant elle, sur une table basse. Elle les avait séparées en deux gerbes inclinées de part et d'autre, en laissant un vide entre elles. Quelqu'un passa, se pencha pour les sentir et les réunit. Ma tante les écarta de nouveau. Finalement, elle prétexta que l'odeur la dérangeait et elle emporta le vase dans une autre pièce. Les fleurs l'empêchaient d'observer quelque chose, mais j'ignorais quoi et je ne pouvais pas me retourner sans lui donner l'éveil. A la fin, je vis le miroir que lui cachait le bouquet et je me rappelai que, derrière elle, mon oncle bavardait avec des dames. Cela faisait partie du domaine de mes précocités. Je connaissais déjà la tentation de percer les secrets, le plaisir des révélations obtenues par une voie détournée, peut-être aussi la séduction du risque, puisque, sans m'expliquer pourquoi, je pressentais que la pratique du regard caché était dangereuse.

Je reconnus sur le visage de la vieille dame la tension vue sur celui de ma tante. Son attention était parfaitement dissimulée mais, par je ne sais quel phénomène de résonance, je sentais son ouïe aux aguets et je tentais, malheureusement sans succès, d'entendre les sons qu'elle percevait. De toutes mes forces, je plongeais avec elle dans le silence. Mais chaque fois que je remontais à la surface, je ramenais une prise dérisoire – le craquement d'un tiroir derrière les portes épaisses du buffet ou un claquement du vent contre les fenêtres. Je me fourvoyais : je ne devais pas me fatiguer inutilement en élargissant mon écoute par cercles concentriques. Je devais seulement détecter le point sur lequel s'était branchée la vieille dame, pour établir à mon tour le contact, par un tunnel qui m'isolerait du reste. Mais je l'épiais et répétais en vain mes tentatives car, excepté son sourire malicieux, de plus en plus accentué, je ne pouvais rien lire sur son visage aux yeux embués. D'ailleurs, toute sa personne était devenue neutre, pas plus orientée qu'une sphère, et j'aurais pu tout aussi bien imaginer qu'elle écoutait ce qui se passait derrière son dos. Cet état dura jusqu'au moment où j'eus l'impression d'être devenu véritablement sourd, imperméable aux sons les plus distincts, comme cela m'était arrivé un jour en sortant d'un atelier d'usine où toutes les machines tournaient au maximum.

J'allais essayer de reprendre la conversation quand une porte s'ouvrit derrière moi. Le regard inquiet de la vieille dame m'apprit que sa fille nous rejoignait. Je me levai. Elle tenait son manteau sur le bras. Pas besoin d'être très malin pour comprendre. Le prétexte était transparent. Elle venait prendre congé devant moi pour obliger sa mère à la laisser partir. Elle me lança un très conventionnel : "A bientôt, j'espère." Ayant saisi son manège, je lui adressai un sourire d'encouragement. Elle ajouta alors, sur un ton mondain dont je ne l'aurais pas crue capable : "Je regrette de devoir sortir. Si j'avais su que vous veniez, j'aurais arrangé mes affaires autrement." "Tu peux y renoncer, chaque chose en son temps. Notre ami serait en droit de se vexer si tu t'en allais." "Mais pas du tout, madame, d'ailleurs je dois m'en aller aussi, nous ferons peut-être un bout de chemin ensemble." Et je me dirigeai vers la jeune fille, sûr de me retrouver une minute plus tard dehors avec elle.

Je supporte mal mes succès (rares et toujours surprenants), peut-être plus mal que mes échecs. Je suis prêt aussitôt à faire des concessions à mon adversaire, avec lequel je me découvre de nombreux points communs. A un moment donné – et cela arrive dès que la balance penche de mon côté –, une partie de moi passe en lui ; cela tronque ma personnalité et, en outre, au moyen de je ne sais quelle chimie secrète, me transmet des messages de là-bas, du camp du vaincu, dont je fais désormais également partie, fût-ce par une fraction de moi-même. Le plaisir de la victoire est ainsi assombri par la connaissance simultanée de la souffrance qu'elle cause à l'autre.

J'hésitai et la vieille en profita : "Ne pouvez-vous pas rester encore un peu avec moi ? Je voudrais vous demander quelques renseignements sur la ville." Je me rassis. La jeune fille s'attardait, debout, non loin de ma chaise. Je ne la voyais pas, mais je sentais son regard contrarié.

Je ne pouvais pas dire un mot. Je redoute parfois que ma voix ne me rende vulnérable, sans défense, tel un homme nu au milieu d'un salon plein de monde. Etait-ce l'effet de ce regard posé sur moi ?

La situation était chez eux encore plus compliquée que je ne l'imaginais. La jeune fille entretenait des rapports plus que tendus avec sa mère, dont les manigances, trahies à certains moments par son regard peu maternel, ne reflétaient pas seulement la volonté de son fils.

Elles ne bougeaient pas, l'une assise, l'autre debout. Pas un mot. Le groupe que nous formions à ce moment-là relevait d'une mauvaise pièce mal mise en scène. Je me préparais à compter les secondes d'immobilité et de silence (notre posture me semblait aussi extraordinaire que celle d'une chaise que j'ai poussée un jour je ne sais comment, dans un jardin public, et qui est restée debout, en équilibre sur un seul pied), lorsque la porte donnant sur le hall s'ouvrit presque sans bruit. Il portait probablement des chaussures à semelles de caoutchouc, car je n'entendis pas ses premiers pas dans la pièce. Il se trouva subitement à côté de nous. Les traits tirés, il paraissait manquer de sommeil. Les deux golfes de son front dégagé étaient bleutés dans la lumière froide du salon.

"Tiens, vous êtes là", me dit-il. Ma présence était évidemment inopportune. Sa mère intervint : "J'ai eu une conversation très intéressante avec notre ami." Cette exagération me fit sourire : j'avais prononcé quelques mots à peine. Il hocha gravement la tête, comme si elle lui communiquait quelque chose d'important. C'était clair, elle lui faisait savoir de la sorte que je n'avais pas pu parler seul à seul avec la jeune fille. Celle-ci se trouvait derrière moi et je crois qu'elle regardait par la fenêtre. (Je ne sais pourquoi je me souvins alors d'une pyramide d'athlètes que j'ai vue il y a longtemps au cirque et, en particulier, du moment où le dernier acrobate monta au sommet en prenant appui sur les épaules et les bras durcis de ce monument de chair.) Ne pouvant pas me retourner pour voir ce qu'elle faisait, je devais le déduire d'après la façon dont il la fixait, par-dessus ma tête. S'il voulait me persuader qu'elle allait mal, son expression, qu'il contrôlait d'ordinaire si bien, était assez éloquente. J'étais épuisé par la tension subie jusque-là, peut-être aussi à cause du silence de plus en plus anormal qui s'alourdissait dans le salon. Je le trouvais à nouveau entièrement maître de lui et lointain, comme le jour où, au café, il s'était assis à ma table et s'était mis tranquillement à lire le journal.

“Alors, on allait partir ?” La question ne me concernait pas et pourtant je fus gêné comme s’il avait pu connaître mon intention de m’en aller en même temps qu’elle. La vieille dame ne la laissa pas répondre : “Elle voulait sortir, mais je lui ai fait remarquer qu’elle ne pouvait pas quitter notre ami comme ça.” Sans écouter, il reprit : “Je pense que tu ne dois pas sortir.” Il lui parlait comme à un enfant. “Il fait froid aujourd’hui, trop froid pour toi.” Elle ne protesta pas, ce qui m’étonna. Comment pouvait-il savoir s’il faisait froid, on voyait bien qu’il n’avait pas mis les pieds dehors ! Puis il ajouta, d’une voix qui se voulait plus amicale : “Si tu as des courses urgentes à faire, je peux m’en charger.”

J’entendis un bruissement derrière moi. Ce très léger bruit, inexplicablement, déclencha un curieux réflexe, une brusque détente de mon bras droit. Ce geste inattendu effrayait toujours ma mère. Aucun d’eux ne le remarqua. Ils m’ignoraient. Ils m’avaient oublié. Second réflexe, je me retournai.

Le bruissement avait été provoqué par la jeune fille, qui avait posé son manteau sur le rebord en marbre de la fenêtre, contre lequel elle s’appuyait, ses mains cachées derrière elle, tout en regardant peut-être son “frère”. Je dis “peut-être” parce qu’elle tournait le dos à la croisée et que, de ce fait, je ne pouvais rien distinguer sur sa figure, dont le jour blanchissait seulement les contours ; lui non plus, d’ailleurs, ne pouvait en voir davantage. Elle ne le faisait certainement pas exprès et ne réalisait pas à quel point il lui en voulait de s’être placée à contre-jour. J’en étais sûr. Je me retournai vers lui. Il avait l’expression butée d’un enfant contrarié.

La bataille se livrait loin de moi. La jeune fille possédait un pouvoir formidable. Ils utilisaient tous les trois l’arme du silence, mais elle, *elle était* le silence. Elle pouvait à tout moment, sans effort, se cadenasser dans ce refuge qui faisait presque partie de son être (comme le ciel du corps de l'hirondelle) et dont son "frère" était irrémédiablement exclu. Et je compris combien cet interdit le blessait.

La tête de la vieille dame avait rapetissé et penchait, fatiguée, le cou étranglé dans son carcan de velours. Sur une chaise vide, à côté d'elle, je vis le spectre du tailleur, dont les yeux rouges fixaient un point au plafond. Le vent secouait sur le toit un morceau de tôle décloué qui poussait par moments un cri désagréable, comme celui des paons. "Je vous raccompagne en ville, bien que j'aie peur qu'il ne se mette à pleuvoir à verse." Je ne pensais pas m'en aller déjà, mais je me levai précipitamment. Une fois sur le perron, il changea d'avis et, sans s'expliquer, me laissa partir seul.

XIV

Une brume très ténue, comme je n'en avais jamais vu, presque immatérielle, estompait pourtant toutes choses en ce matin trop chaud d'automne. On ne la sentait pas en marchant, mais elle transformait complètement le paysage, on le voyait à travers une eau dormante et trouble – l'air fatigué ne réussissait pas à se réveiller après une nuit trop courte. Pas le moindre souffle de vent. L'humidité caressante dans laquelle nous glissions avait des bercements narcotiques. Les rares arbres aperçus un instant, avant de se fondre à nouveau dans le brouillard, résignés (quand je me retournais pour en revoir un, derrière moi ne flottait plus qu'un drapeau informe qui disparaissait lui-même aussitôt), étaient nos seuls spectateurs. La jeune fille nous précédait de quelques pas. Sa longue robe était grise, ses bas aussi.

Elle avait accepté avec une parfaite indifférence l'idée de cette promenade (était-ce pour leur donner le change ?). Lui, de son côté, n'avait rien trouvé à redire, ce qui m'avait étonné. Lorsque j'étais entré chez eux, j'avais même eu l'impression qu'ils m'attendaient tous et que ma proposition ne les surprenait nullement. La vieille dame nous avait accompagnés jusqu'au perron, où elle s'était arrêtée une minute avec lui. Je n'avais pas pu entendre ce qu'ils se disaient. Dès le début, la jeune fille était partie de l'avant et je ne m'étais pas rapproché d'elle pour ne pas éveiller les soupçons. J'espérais qu'en route il la perdrait de vue à un moment donné et je comptais là-dessus, avec une conviction purement irrationnelle, tout en sachant que je devais me montrer très prudent.

Le chemin passait d'abord par des collines défrichées, entre des troncs d'arbres abattus et des branches noires, qui semblaient laissés là par un violent incendie. Les plans lisses, mais coupés plus ou moins en biais par les scies, produisaient un malaise, dû – mais je ne m'en rendis pas compte immédiatement – au léger désordre qu'ils introduisaient dans l'uniformité du paysage artificiel. (Notre œuvre ploie sous l'exigence infinie de l'ordre, peut-être une vengeance de la nature meurtrie.) Je m'approchai de lui. "C'est la partie la moins belle." Ses yeux clairs se portèrent sur les alentours. L'humidité de l'air diluait le bleu de l'iris, qui prenait ainsi une teinte encore moins naturelle, synthétique.

"Il ne faudrait pas brûler les forêts." Je m'attendais à une réaction concrète, peut-être ironique. Mais il eut un sourire crispé, comme s'il réprimait une expression pathétique. "Quand toutes les forêts auront brûlé, il ne restera sur terre que l'ombre des villes, aucune autre." Il éleva la voix : "L'ombre de la vie des autres, avec lesquels on est obligé de rester toujours dans le même cercle fermé." Il avait le regard fixe d'un homme qui se prépare en vue d'une rude épreuve et rumine sans cesse la même pensée. La jeune fille ne l'entendit apparemment pas. Elle marchait devant nous d'un pas léger, s'arrêtant parfois une seconde, mais sans se retourner.

"Que pensez-vous de Robinson Crusoé ?" Je fis des yeux ronds. Il détourna aussitôt les siens, regardant droit devant lui. Je sentis que sa question n'attendait pas de réponse. Il se tut tant que nous montâmes une pente assez raide et glissante. "Il n'y a plus d'îles désertes. J'ai lu dans un journal l'aventure d'un groupe de naufragés qui, ayant péniblement progressé pendant trois jours dans la végétation sauvage d'une petite île du Pacifique, ont atteint l'autre rivage, où ils ont découvert une plage payante avec cabines, parasols, etc., à quelques heures de bateau d'un grand port." Son ton indifférent le trahit. Je compris la raison de son récit extravagant, mais je n'avais vraiment pas envie de l'aider à entraîner la jeune fille dans la conversation. "Robinson" était probablement un signal censé la ramener quelque part dans le passé (autrement sa question n'aurait pas eu de sens) et, malgré son échec, je fus contrarié à l'idée d'une intimité passée entre eux, à l'idée de jeux les ayant jadis unis.

Le bruissement de son pardessus précipita de nouveau en moi la répulsion qu'il m'inspirait et qui ne disparaissait que rarement, dissoute dans la banalité de nos propos. Réflexion faite, je pouvais m'approcher d'elle, cela n'aurait rien de louche. Mais je n'y arrivai pas, car elle allongea brusquement le pas, et nous continuâmes à marcher en file indienne, toujours elle devant et lui derrière. Ainsi se réalisait une sorte de nivellement, d'équilibre, et je fus certain pendant quelque temps que l'un et l'autre pensaient uniquement, tout comme moi, à avancer sans faux pas sur le sentier étroit. Mon attention était entièrement accaparée par les petits rectangles de terre qui disparaissaient à tour de rôle sous mes semelles. Je ne savais pas qui de nous était le guide. J'avais tantôt l'impression que la jeune fille déterminait notre allure, tantôt qu'elle et moi, nous nous éloignions de lui. En tout cas, tant que nous cheminâmes sur les coteaux dénudés, je ne me considérai pas comme le meneur de notre expédition.

Souvent, ai-je remarqué, nos soupçons entraînent précisément les événements que nous redoutions, la réalisation des prévisions les plus pessimistes. C'est pourquoi je fais tout mon possible pour fermer mon esprit à certaines appréhensions ou du moins, si je ne parviens pas à maîtriser mon inquiétude, pour éviter que l'autre (mon adversaire) ne s'aperçoive que je m'attends à un mauvais coup. Je n'osai pas me retourner parce que, bien qu'il n'eût certainement pas accepté cette balade à trois sans une bonne raison, il pouvait toujours manifester sa primauté en s'arrêtant brusquement et en nous faisant faire demi-tour sous n'importe quel prétexte.

Ce danger m'arracha à l'inertie aveugle de la marche pour me jeter dans un état d'agitation confuse dont n'émergeaient que la silhouette élancée de la jeune fille et, de loin en loin, le craquement d'une branche sur laquelle j'avais posé le pied par mégarde. J'aurais dû rester à côté de lui. Sa présence invisible derrière moi était terriblement désagréable. Je croyais parfois ne plus entendre le bruit de ses pas, ce qui était encore plus inquiétant. Avec lui, tout disparaissait dans mon dos et j'avais le sentiment de traîner le néant sur mes talons. Heureusement, je la voyais, elle, ce qui me rassurait car je savais que pour rien au monde il ne nous laisserait seuls ensemble. Par moments, je hâtais le pas, poussé par le désir presque douloureux de la contempler de profil, si peu que ce fût. Mais, aussitôt, il en faisait autant, je l'entendais malgré sa démarche féline que j'avais remarquée dès le premier jour. A un moment donné, je la perdis de vue. Evanouie dans le gris du ciel, elle m'avait abandonné sur la colline au pied de laquelle tout se noyait dans le brouillard. Je réalisai alors qu'elle ne portait plus le deuil. Bizarrement, cela me rappela le dernier incident impliquant le tailleur.

A vrai dire, je l'avais à peine aperçu. La tête dans l'entrebâillement de la porte, il parlait à quelqu'un dans la rue. Tandis que je descendais les dernières marches, j'entendis son rire rauque rouler dehors. Je fis quelques pas rapides, mais l'autre s'éclipsa encore plus vite. En sortant, je vis un individu qui se trouvait déjà si loin que je le soupçonnai nécessairement d'avoir couru au début. D'ailleurs, son allure à présent trop lente n'était pas naturelle, il cherchait vraisemblablement à calmer les battements de son cœur après ses premiers pas précipités. Lorsque je passai à côté de lui, il fit semblant de regarder dans une cour. Je ne pus pas voir son visage. Le rire grossier s'était donc exercé à mes dépens. Je portai deux jours durant le fardeau de cet inconnu pour lequel je n'en étais plus un. Pendant tout ce temps, le tailleur m'évita, il n'ouvrait plus sa porte quand j'empruntais l'escalier.

Il y avait dans l'air quelque chose d'acide, qui dissolvait et assimilait à la fois l'apparition du tailleur, dont je continuais de ce fait à sentir la présence, mais d'une autre manière, diffuse, non localisée, une éventualité toujours possible. Je cherchai une diversion. J'avais débarqué chez eux à l'improviste et c'est pourquoi ils n'avaient pas eu le temps de la contraindre à mettre sa robe noire. Peut-être.

Je m'arrêtai un instant et je constatai à cette occasion qu'il me suivait de très près, car il fut aussitôt à côté de moi. Cela m'inspira une idée insupportable (c'était certes une bêtise, mais, après certains rêves, on a du mal à retrouver l'équilibre nécessaire pour affronter son propre visage dans la glace, tout restant encore possible pendant quelque temps) : il me serrait de si près pour entendre mes pensées. En outre, en s'abritant derrière moi, il me transformait en complice involontaire ; ainsi, il pourrait bondir sur sa proie à l'improviste. Si ce n'était pas elle, ce serait qui ?

Je me suis fait depuis longtemps à cette idée. La plupart des gens ne sont que la forêt de cachettes obscures dans laquelle se faufilent comme des fauves les autres, ceux, quelques-uns, qui pourchassent les proies.

Nous étions à la terrasse d'un café. Lorsque la gitane s'éloigna de nous, suivie par ses enfants vêtus de haillons, je sentis que ma limonade ne passerait plus. La dernière goutte restée sur ma langue s'était aigrie et un goût amer me remplissait la bouche. Mon père m'aurait reproché de croire aux sornettes de notre bonne si je lui avais parlé de la panique qui s'était emparée de moi quand j'avais reconnu, au grand jour, le regard atroce vu dans mon dernier cauchemar. Je me tus.

Le dos me fit mal tout à coup, comme si j'avais porté un poids beaucoup trop lourd pour moi. En fait, c'était une fatigue d'une autre nature, mais je ne trouve pas de meilleure comparaison.

"On entrera bientôt dans la forêt ?" En guise de réponse, je lui montrai du doigt le sentier serpentant entre les souches. "Comment est le chemin, là-bas ?" Je m'arrêtai pour le laisser passer devant. "Plus large." Il se retourna et me dit hargneusement : "Ce n'est pas ce qui m'intéresse, je veux savoir s'il monte toujours autant ou s'il est moins fatigant." Je ne répondis pas. Pendant quelque temps je restai très près de lui, parce qu'il avançait de plus en plus lentement ; il est vrai que la pente était raide. Soudain, il se mit à courir et la distance diminua rapidement entre lui et elle, qui continuait d'un pas égal, sans effort apparent même au plus fort d'une côte.

Trois chemins s'ouvraient à l'orée de la forêt et il fut obligé de m'attendre – je lui avais joué un tour sans le faire exprès. Son regard et son ton étaient franchement désagréables. "Pourquoi nous laissez-vous aller devant, puisque vous savez que nous ne connaissons pas le chemin ?" "Vous n'aviez qu'à marcher à la même cadence que moi", dis-je sèchement. Il ne réagit pas. Elle s'était arrêtée aussi, je la voyais de profil et je crus deviner un sourire ironique au coin de ses lèvres.

L'instituteur avec lequel j'avais visité les ruines m'avait raconté leur légende. C'était un homme plutôt maigre, avec une tête de Christ byzantin. Les enfants le respectaient sans doute à cause de sa barbe hirsute et des cavernes creusant ses joues.

A la mort du dernier descendant des seigneurs auxquels le château appartenait depuis toujours, le diable prit possession des murs lézardés, des salles obscures, du parc à l'abandon. En un tournemain, tout fut transformé. Le démon revêtit l'apparence d'un jeune homme d'une extraordinaire beauté. (L'instituteur ne s'embarrassait pas de détails poétiques, il contait d'une voix monotone qui avait certainement le don de faire régner le silence pendant ses classes, mais aussi la somnolence.) Au château, les fêtes succédaient aux fêtes, toutes incomparablement fastueuses. A ceci près que les invités étaient d'une condition fort inhabituelle en de tels lieux. Le diable les choisissait parmi les paysans les plus pauvres, auxquels il offrait en propriété des fermes aux terres grasses ; parmi les souillons qui s'échinaient dans les auberges disséminées le long des routes et qu'il habillait des vêtements les plus précieux. Chaque semaine, l'attention de ce singulier amphitryon se fixait sur l'un de ses hôtes. Lorsque, enfin, celui-ci donnait les signes de l'attachement le plus profond ou, dans le cas des jeunes filles, d'une totale fascination, le jeune homme beau comme un dieu dévoilait brutalement sa vraie face, ses traits rongés par la lèpre. Cela se passait dans une pièce retirée, pleine de trésors sans prix dans lesquels, une minute encore avant la métamorphose, le favori ou la favorite était convié à puiser. A la vue des morsures de la lèpre, il ou elle perdait la voix, son sang bouillonnant se figeait et sa chair vive se craquelait comme sur le faciès du tentateur. En quelques années, la contrée se remplit de lépreux muets, plus horribles à voir que partout ailleurs sur la terre.

Un jour, le diable jeta son dévolu sur une bergère orpheline qui passait sa vie à conduire les troupeaux des uns et des autres. Il se montra à elle sous l'aspect d'un berger, mais il dut batailler durant plusieurs mois, car elle était, comme de bien entendu, plus difficile à séduire que les misérables servantes qui partageaient leur couche avec le tout-venant. Il l'amena enfin au château, mais d'autres mois passèrent encore avant le jour où il découvrit sur son visage l'expression extatique signifiant qu'il triomphait. Lorsqu'il ôta son masque, elle garda les bras autour de son cou et, sans un tressaillement, se dressa sur la pointe des pieds, car elle était petite, et baisa la figure couverte de plaies. Sur-le-champ, le château disparut avec tout ce qu'il recelait et la pucelle se retrouva au milieu des ruines.

L'instituteur ajouta, gêné car il était probablement un esprit trop austère pour goûter pareil avatar, qu'un serpent s'était enfui sous terre en plongeant dans un trou noir, mais pas assez vite pour ne pas être reconnu.

Tout le temps que je leur racontai la légende – qui s'achevait sur les guérisons miraculeuses accomplies par la bergère en embrassant ceux qui avaient succombé à l'épreuve –, il écouta d'un air absent, ennuyé peut-être de devoir marcher de front avec moi. A la fin, il déclara d'une voix blanche que les histoires de lépreux et de baisers miraculeux étaient fréquentes et toujours édifiantes.

Quant à elle, elle nous devançait d'un pas, aussi ignorais-je si elle avait écouté ou non. J'étais déçu. Je m'attendais à un tout autre effet. Il avait tout gâché avec sa remarque. Je me demandais comment j'avais pu oublier son insensibilité, son peu d'intérêt pour autrui.

A vrai dire, je ne nourrissais pas à son égard les scrupules qui m'encombrent si souvent. Par exemple, il m'eût été égal de le voir s'irriter à cause d'une nouvelle tentative de ma part. Mais je ne pouvais pas recommencer, parce que j'avais laissé passer le moment où l'initiative m'appartenait ; en le faisant, j'aurais enfreint une convention tacite.

Tout à coup, elle se retourna et me demanda : "Il y a encore des lépreux dans la région ?" Surpris, je ne répondis pas aussitôt et il en profita. "Bien sûr", dit-il et il ajouta, sur un ton ironique, un peu vulgaire, qui ne lui allait pas : "Les descendants de ceux qui ont échappé aux baisers de la bergère !" Je compris. J'avais outrepassé mon rôle de guide et il voulait me punir. Rien ne me fait sentir ma faiblesse d'une manière plus humiliante que mon incapacité d'imaginer le plaisir de la vengeance (incapacité qui me handicape souvent).

La lumière brune de la forêt s'assombrissait de plus en plus et je commençais à sentir le froid. Si elle souffrait réellement des poumons, elle était très imprudente de sortir en robe. Lui, par contre, il était trop chaudement vêtu, avec en plus une énorme écharpe autour du cou. Je voulais le lui dire pour l'agacer. Mais il regardait ostensiblement ses grandes chaussures jaunes se poser sur les feuilles mortes. Ils m'échappaient tous deux, mais cela me devint indifférent, grâce à un réflexe qui m'est propre.

J'ai découvert il y a longtemps cette méthode très simple. Je m'arrête dans une grande rue, à l'écart de la foule pour ne pas être bousculé par les passants. Peu à peu, les flots humains réussissent, au moyen d'un mécanisme que je ne peux pas m'expliquer, à extraire de moi toutes mes préoccupations présentes, de sorte qu'au bout d'un moment je suis absolument vide, pareil à un rayon de bibliothèque dont on aurait retiré tous les livres.

Leur éloignement opérait de même : je les suivais comme un robot, perdu parmi les branches effeuillées. Sans ma certitude qu'ils n'étaient pas de mèche, j'aurais eu peur : ils auraient pu m'emmener n'importe où.

Le vide a besoin de compensations, il appelle les visions comme un point de basse pression, les nuages.

Je sentis à nouveau la présence du tailleur puis, très près, les pas de l'instituteur, qui cheminait avec nous. Pour mesurer la profondeur du vide, j'ouvris les portes toutes grandes, cherchant à retrouver d'autres anciens compagnons de route ; un par un, ils reprenaient forme – spectres muets – et nos rangs grossissaient sans cesse. Je me répétais en vain : “Elle est là, devant toi, à un pas de toi, à un pas seulement.” Ce pas ne pouvait être franchi. Car il était là aussi, lui, et il me tenait en son pouvoir. Le rire du tailleur éclatait de temps en temps entre les troncs gris des arbres, tandis que je fixais les yeux sur le long pardessus que des sautes de vent gonflaient bizarrement, drapeau usé par d’innombrables campagnes et que je suivais sans savoir où il me conduisait. Les questions les plus insignifiantes redevenaient des pentes périlleuses, dont je devais me garder sans répit. La vieille dame, douée du même pouvoir, me rappelait que je n’avais même pas réussi à compter ses doigts. Quant à son fils, j’aurais inutilement tenté d’affronter sa volonté. Je devais le fuir, mais je ne le pouvais pas tant que nous nous trouvions dans la forêt.

Après cinq minutes de corps à corps et sans être déjà vaincu, je constatais la supériorité croissante de mon adversaire et l’inanité de mes efforts. Alors je me laissais aller, de plus en plus mou, et ma faiblesse le gagnait. Nous formions ensemble un système de vases communicants et, dès que je renonçais à résister, sa force aussi commençait à diminuer et nous finissions épuisés dans les bras l’un de l’autre. Je ne sais pas si j’ai découvert ce truc pendant une bagarre à l’époque où je portais encore des culottes courtes ou si c’est seulement le souvenir d’un rêve fait au même âge.

Je réussis à m’échapper de son étau grâce à l’intensité de ma faiblesse, ce qui n’est contradictoire qu’en apparence. Pour ce faire, je concentrai de nouveau toute mon attention sur la marche, jusqu’au moment où le rythme qu’il imprimait devint normal pour moi aussi, se fit mien. Lorsque je relevai les yeux, je le vis loin devant moi. Plus rien ne me sollicitait ; leur couple étrange lui-même, glissant muet dans l’obscurité de plus en plus épaisse du sous-bois, ne suscitait plus en moi la moindre émotion. Par contre, leur proximité aggravait ma solitude, comme la rencontre de deux nuages seuls dans un ciel désert.

J'arrivai à la clairière d'où l'on apercevait les premières ruines. La lumière entra lentement en moi, comme dans une pièce dont on rouvrirait les volets longtemps fermés. Cela peut paraître curieux : nous continuions à marcher tous les trois à la même allure, comme si nous ne touchions pas au but. Lui à une vingtaine de mètres devant moi, mais loin derrière elle. Je n'avais pas pu les surveiller tout le temps, mais il n'avait certainement pas réussi à en profiter pour obtenir d'elle un moment d'attention, comme il l'escomptait en acceptant de faire cette excursion. S'il y était parvenu, il m'aurait attendu avec un sourire que j'imaginais parfait et m'aurait demandé des explications sur l'orientation du château ou je ne sais quels autres détails précis et sans intérêt. Je n'avançai pas plus vite, afin de garder l'écart qui me rendait lentement ma liberté.

Quelques brèches lézardaient le plafond de nuages et un vent froid poursuivait le nettoyage du ciel. La distance rapetissait mes deux compagnons de randonnée, ce qui me donna brièvement un sentiment de supériorité jamais éprouvé jusque-là. Pour la première fois, je me sentais en dehors du jeu, libre de ne pas m'engager plus que je ne le souhaitais. Ce fut peut-être de là que me vint l'idée du piège. Une inspiration que je décidai aussitôt de matérialiser et qui me rendit ma vivacité.

"Vous voilà déjà fatigué !" J'avais couru sur les derniers mètres, afin de les rattraper à temps pour les mener là où je le souhaitais. Je lui souris aussi amicalement que je pus. "Voulez-vous visiter les souterrains du château ?" Il s'arrêta, hésitant. Il risquait de préférer – du moins je le craignais – la tour qu'on voyait plus loin, mais il y avait encore beaucoup à grimper pour y arriver. Ses yeux allaient de moi à cette sorte de donjon obstinément accroché à la cime rocheuse de la colline et qui semblait traîner derrière lui les remparts jusque là-haut. "A vrai dire, c'est à peu près tout ce qui reste. Vous avez vu presque toutes les murailles, celles qui montent sur le coteau sont pareilles." La jeune fille se trouvait un peu au-dessus de nous. Je croyais qu'elle ne nous entendait pas. Mais lorsque, décidant de descendre, il fit un geste de la main pour m'inviter à lui indiquer le chemin, elle s'élança entre nous et, avant que j'aie le temps de comprendre ce qui se passait, elle s'arrêta devant la cavité dissimulée par des buissons. Or, on pouvait difficilement deviner que l'entrée se situait là. Je me demandais si son regard absent était sincère. Je tournai les yeux vers lui et je vis l'expression de dépit à laquelle je m'attendais. Il savait que pour elle chaque absence apparente était une arme contre laquelle il ne pouvait rien. Mais il reprit vite son air neutre et lointain.

"Elle me semble bien rêveuse, votre sœur." Il ne me répondit pas. Il me tourna le dos et descendit la rejoindre. Mon succès avait été trop facile pour ne pas m'inquiéter. Au moment où j'arrivai à mon tour en bas, elle se pencha et disparut dans le noir. Je ne sais pourquoi, mon cœur se serra. Elle était entrée dans le souterrain sans hésiter, comme si elle y était déjà allée, contrairement à lui, qui le fit prudemment, chose normale quand on s'aventure dans un endroit inconnu.

Lorsque j'y pénétrai aussi, ils se trouvaient déjà assez loin, à moins que ce ne fût une impression due à l'obscurité. La galerie menait dans une vaste salle. L'instituteur m'avait parlé d'un refuge et de lointaines invasions. Il insistait sur les dimensions de cette salle, inattendues car celles des ruines vues de dehors paraissaient moins importantes. D'autres galeries, plus petites, partaient de là pour déboucher je ne sais où. Une vague lumière filtrait, là où la voûte s'était effondrée, par des brèches tapissées de mousse, au bord desquelles poussaient des orties.

Dans les ténèbres, je suis pris de panique. Pas à cause de dangers précis ou possibles. Les ténèbres – je ne parle pas, bien sûr, de l'obscurité passagère des chambres à coucher –, les vraies ténèbres, substantielles, inexplorables, celles des grottes ou des gouffres, opèrent directement sur moi, sans passer par l'intermédiaire de la pensée. Tout à coup, je ne suis plus protégé par le mince haubert de l'épiderme, je me perds dans un continuum, mon cœur débridé se débat tel un oiseau captif, un fourreau de glace enserre mes côtes, des roches invisibles acquièrent une vie dont je ne doute plus, leur respiration me traverse sans encombre.

J'avais sans doute choisi le plus sombre de tous les souterrains et, chaque fois que ma main effleurait les parois humides, je croyais toucher la peau d'un monstre endormi auprès duquel je me faufilais et qui m'écraserait s'il remuait tant soit peu sur sa couche. J'avais le sentiment d'avancer dans une substance encore fluide, mais risquant de se solidifier à tout instant et de m'emprisonner comme le sont les insectes qui parcourent ensuite les ères figés au cœur de l'ambre jaune. Cette peur, pour absurde qu'elle paraisse, dissipait instantanément toutes les hantises que je ne sais quel instinct de défense amenait sans cesse dans ma conscience. Je me demande même si ce n'était pas ma peur qui les réactivait afin de me faire revivre la terreur du désastre possible dès que je constatais la précarité de ces planches de salut trompeuses. (Le destin, si partial, voue les uns à la sérénité, les autres à l'effroi.)

C'était une matinée d'une limpidité étourdissante. Je ne peux jamais fixer longtemps la clarté de certains jours de printemps où l'œil ne se heurte même pas à la résistance de la couleur ; j'ai alors, paradoxalement, une sensation de chute ascendante, analogue à la sensation de noyade éprouvée par certains au bord d'un précipice. Je regardais avec une espèce d'envie sa tête renversée, les yeux au ciel. Nous étions dans un canot au milieu du lac. L'idée venait de moi. Ses allures de pirate m'avaient suggéré cette expédition. Il me pria de ramer. Il demeura pendant quelque temps immobile, assis en face de moi, et j'observai, sur son front, le V qui palpitait comme un lézard se vautrant au soleil. Puis il se mit à aller et venir dans la barque, qui était assez grande, à déambuler purement et simplement, à la façon dont on se promène dans un jardin abandonné, au hasard, sans aucune contrainte. Notre embarcation penchait dangereusement, tantôt à droite, tantôt à gauche. Je sais nager et pourtant j'avais peur, car elle aurait pu nous assommer en se retournant. Je lui demandai ce qu'il cherchait. "J'ai perdu un bouton de manchette." Il le trouva enfin, mais il ne se rassit pas. Il se tenait à l'autre bout de la barque, un pied sur le rebord, dans une position instable, sautant en arrière seulement quand il perdait son équilibre et que je le voyais déjà dans l'eau. Une fois de retour sur la rive, je lui demandai s'il ne voulait pas nager un peu. Il me lança le regard amusé qui m'avait séduit dès notre première rencontre. "Sûr que je voudrais bien, seulement je ne sais pas nager." C'était bizarre, et pourtant je compris aussitôt. Si nous avions chaviré, lui, il s'en serait tiré. L'assurance, on ne l'a pas parce qu'on sait nager, mais parce qu'on sait qu'on ne se noiera pas.

Pareilles à un alcool à soixante degrés, les ténèbres, après avoir parcouru toutes mes voies internes, arrivèrent aux dernières ramifications de mes nerfs, à la surface de ma peau, de mes yeux. L'image grise du bout de la galerie se morcela à plusieurs reprises, en même temps que mes pensées engourdies. La lumière diffuse qui venait au-devant de moi se pulvérisait sans transmettre son message et je me retrouvai soudain dans l'air très différent de la grande salle. J'avais sans doute progressé très lentement, car elle et lui paraissaient y être depuis quelque temps déjà. Ils marchaient à petits pas, cherchant à distinguer ce qui subsistait des anciennes murailles. Elle regardait surtout en l'air et l'évitait dès qu'il tentait de s'approcher d'elle (je ne sais comment je remarquai ce manège). Le pardessus qu'il portait semblait phosphorescent, il brillait chaque fois que l'éclairait un rayon tombant des brèches de la voûte. Il se trouvait assez loin de moi et pourtant, à un moment donné, je surpris son regard. J'y lus l'inquiétude et la tension, la concentration d'un enfant en train d'épier un oiseau qui s'approche en sautillant du piège. Malheureusement, ce regard aperçu fugitivement m'échappa aussitôt après.

Quant à elle, je n'arrivais pas à voir son visage. Je ne réussissais même pas à suivre ses déplacements : elle disparaissait brusquement pour réapparaître à quelques pas de l'endroit où je l'avais perdue de vue. Entre deux éclipses, je distinguais à peine sa silhouette. Soit elle fuyait la lumière, soit sa robe grise ne la réfléchissait pas. Quoi qu'il en soit, elle était faite d'une autre substance que lui. Et l'épreuve du souterrain accusait leur dissemblance.

Je suivais le déplacement de leurs ombres projetées au ralenti sur les parois. Lorsqu'ils passèrent à ma hauteur, je les observai. Elle avait une chevelure qui était tout entière un doux tremblement, une vibration parfois bleuâtre, tandis qu'il gardait, lui, les mêmes cheveux filasse, d'un jaune chimique pareil à celui de la soude en flammes. Ils étaient tellement préoccupés que ni l'un ni l'autre ne se retournèrent, fût-ce une fois, pour voir ce que je devenais. Je ne leur en voulus pas de m'avoir oublié, au contraire, puisque je pus alors sortir de ma cachette. Je me faufilai le long de la muraille délabrée dont les interstices laissaient passer un souffle d'air. Je savais où se trouvaient des lézardes, sans regarder, d'après les variations de température.

Il avait déboutonné son pardessus dont les pans, animés par des courants d'air, flottaient de temps à autre, dissimulant complètement la silhouette déjà vague de la jeune fille. Nos pas soulevaient une poussière épaisse, mélange de terre, de bois décomposé et de brique broyée, qui étouffait les bruits et nous rendait étrangement légers. Je crois n'avoir jamais mieux ressenti le mystère de la germination et si je connais quoi que ce soit du paysage de l'au-delà, alors c'est ce sol stérile de l'éternité.

Je passais avec Kati par une allée qu'ensanglantaient de part et d'autre des rosiers sauvages. Envoûtée – je ne l'avais jamais vue ainsi –, elle me dit d'une voix d'adolescente : "C'est aussi beau qu'au ciel !" Je lui demandai si elle pensait que, là-haut aussi, les roses se fanaient. Elle ne se serait pas récriée davantage si j'avais voulu savoir si on y marchait sur les mains. "Et tu crois que les âmes supporteraient d'errer indéfiniment entre les grimaces crispées des roses, tu crois qu'elles supporteraient la pétrification de cette essence de l'éphémère ?" Je dis cela à mi-voix et Kati feignit de ne m'avoir pas entendu.

Pendant quelque temps, l'image de ces rosiers se maintint, de plus en plus incertaine, entre l'au-delà et la grisaille du souterrain, mais bientôt la profondeur du silence et le contact hallucinatoire du sol pulvérulent s'emparèrent à nouveau de moi, meublèrent mon absence.

Une lumière crue tombait d'une sorte de soupirail, juste devant moi. Grâce à un providentiel moment d'incertitude, je me collai au mur et me coulai sans réfléchir dans une encoignure.

Un cri retentit, venant de tous les côtés à la fois, comme le premier grondement d'un tremblement de terre. Je le vis bondir et la prendre dans ses bras. Il me tournait le dos et me la masquait, mais je devinais les efforts qu'il faisait pour l'empêcher de se débattre.

"Je n'ai rien, pourquoi me tiens-tu comme ça ?" Cette protestation me tira de mon abri. Un silence suivit, puis elle dit, d'une voix tremblante : "Qu'est-ce qui s'est passé ? Qu'est-ce que c'était ? Je ne comprends pas, je ne comprends pas…” Je m'approchai d'eux. Il chuchotait : “Rien, ce n'est rien, ça n'a pas d'importance. Mais toi, comment te sens-tu ?” Je ne voyais pas sa figure, mais son ton me permit d'imaginer aisément son expression faussement rassurante. Elle, elle gémissait et protestait encore par moments, mais de moins en moins fort. “Je n'ai rien… Lâche-moi, je n'ai rien… Pourquoi me tiens-tu ?”

Ne pouvant plus me retenir, je me plantai devant eux. Elle paraissait épuisée. Lui, le regard dans le vide, se remettait difficilement d'une grosse frayeur. Ses mains se serraient et se desserraient à un rythme régulier sur les épaules de la jeune fille, comme pour la ramener à la vie. “Ce n'était rien, juste un hibou !” J'ignorais auquel des deux je m'adressais ; finalement, je me décidai pour lui et, le regardant en face, je criai : “C'est tout, rien d'autre !” Il ne réagit pas. Elle, par contre, ouvrit les paupières, laissant voir ses yeux embués. Elle me fixait, éperdue. Son iris pâle était curieusement ovalisé, évanescent comme le halo bleu entourant une flamme. Puis ils changèrent tous deux d'expression presque en même temps : tandis qu'elle sombrait dans une sorte d'inertie, de désintérêt, il quittait son masque d'angoisse pour un sourire étrange. “Tu entends notre ami ? Ce n'était rien ! Juste un hibou, pas de quoi avoir peur !”

(Il se trahissait à ce moment-là et j'aurais pu tout comprendre.)

Ensuite, il la prit par la taille comme une convalescente et ils rebroussèrent chemin en marchant prudemment. Je leur emboîtai le pas.

Je me demandais s'il était tombé dans mon piège ou si, au contraire, il avait profité de l'occasion que je lui offrais pour provoquer à mon intention (mais à quelle fin ?) la scène à laquelle je venais d'assister. Finalement, je me demandais même si je n'avais pas réellement entendu le cri d'un oiseau de nuit. Je n'y comprenais plus rien et pourtant, l'importance de ce qui s'était passé ne m'échappant pas, je me disais que je ne serais peut-être plus jamais aussi près de tout comprendre.

Ils étaient de la même taille, mais elle avait l'air plus petite que lui, car elle marchait penchée, la tête sur son épaule. J'aurais pu me figurer que j'assistais à la promenade romantique de deux amoureux. Cette entente momentanée me chassait de leur cercle. Je passai devant pour observer leur expression quand ils sortiraient au grand jour.

Il avait plus que jamais dans le regard ce magnétisme qui m'hypnotisait. Ce qui m'intriguait, c'était mon intérêt irrépressible pour ce regard qui ne me voyait pas. Il me toisa comme s'il avait oublié que j'étais là. Il devait être sincère : pareil à tout ce qui l'entourait, je restais toujours très loin, au-dehors. Au même titre que son silence impénétrable, ceci me rappelait une fois de plus qu'il faisait partie d'une tout autre famille humaine, formée de gens d'une densité de beaucoup supérieure à la nôtre et dont, sitôt passé le moment de crise ou d'agitation, la substance redevient aussi pure qu'avant, inaltérable.

Il s'arrêta à quelques pas de l'entrée des souterrains. "Reposons-nous un peu." Chaque mot était calculé. Il n'avait pas dit : "Repose-toi", pour lui faire croire qu'il voulait me cacher ses inquiétudes à son sujet. A moins que son but ne fût bien plus retors : feindre de les lui cacher à elle, mais de façon à les laisser deviner. Cette seconde interprétation me parut être la plus convaincante. Je m'approchais de la solution.

Ils s'assirent côte à côte sur une large pierre moussue. Ils formaient pour une fois un bloc, mais on eût dit que lui seul était vraiment revenu au jour. Un lézard fila devant eux sans provoquer la moindre réaction de l'un ni de l'autre.

J'aurais essayé en vain d'engager une conversation. Il fallait trouver autre chose, mais je n'avais guère le choix. Je m'assis en tailleur dans l'herbe, face à eux, fixant un point dans le vide et affichant une mine décontractée. Je poursuivais un but précis. Je ne pense pas qu'on puisse se suicider dans une pièce où une bonne est en train de beurrer des tartines. Certains gestes insignifiants, certains détails sans rapport avec le déroulement d'une action peuvent parfois modifier radicalement la suite des événements. Je le sais depuis longtemps et je connais également la manière d'en tirer profit.

J'allais à la cuisine et m'asseyais sur un tabouret devant la cuisinière, dont les gros doigts rouges ouvraient rapidement les cosses. On eût dit qu'elle appuyait sur un ressort libérant les petits pois, qui s'égaillaient comme des gamins à la sortie des classes. Le va-et-vient de ses mains dispersait mes frayeurs. En fait, c'était un prétexte, et je le savais. Si elle n'avait rien eu à faire, regarder sa face placide aurait suffi pour me rassurer. Mais elle aurait trouvé cela incongru et m'aurait chassé, tandis que la regarder écosser les petits pois justifiait ma présence.

Je restai longtemps assis devant la jeune fille, l'air indifférent, suivant seulement de temps à autre un nuage dans le ciel, mais avec une attention qui cessait dès que sa course m'aurait obligé à tourner la tête. Je distinguais de mieux en mieux les odeurs des plantes qui m'entouraient, je sentais peu à peu la fraîcheur du sol encore humide. J'étais presque tombé victime de mon propre stratagème quand mes yeux se posèrent sur elle. Elle avait repris ses distances, elle ne s'appuyait plus contre lui et je retrouvai dans son regard gris ce mélange du souvenir et du désespoir qui l'isolait de tous. Elle était en même temps libérée et je pensais l'avoir aidée. Lui-même s'en rendit compte.

Lorsque je le regardai, il ne put cacher son dépit : "J'ai du mal à croire que vous êtes bien assis." L'ironie exprimait l'antipathie. La guerre entre nous était déclarée depuis longtemps, peu m'importaient ses opinions ou ses railleries. Je me laissai aller sur le dos, les jambes en l'air, comme font les petits enfants qui commencent à peine à marcher. Le sourire de la jeune fille compensait largement la gêne que j'éprouvais à faire le pitre devant lui. Je me redressai ensuite d'un bond et elle se leva presque en même temps.

Comme à l'aller, elle marchait devant nous. Le soleil sortit des nuages et ses cheveux retrouvèrent leur couleur. "Sinistre oiseau !" Sans s'arrêter, elle me lança par-dessus l'épaule un regard encore las, qui semblait dire : "Oubliez cela." Le vent, parce qu'il la caressait d'abord, noua entre elle et moi une sorte de lien qui chassa ma dernière hésitation. Je fis en courant les quelques mètres qui nous séparaient. Elle tourna la tête, comme si elle venait de se réveiller au bruit de mes pas.

Nos regards se croisèrent à peine, mais cela suffit pour me donner l'impression de traverser le mince rideau d'une cascade pour pénétrer dans un territoire que nul homme n'avait jamais foulé. Face contre terre, je n'osais pas lever la tête pour voir, ou je n'en avais pas besoin. Je pénétrais effectivement, à travers la fraîcheur des larmes, dans un domaine secret dont les traités d'anatomie ne parlent pas, simplement parce que la dissection ne le révèle pas. La grâce est sans doute quelque chose de semblable, la sensation d'un émiettement qui ne signifie pas une disparition, mais au contraire, la plénitude des retrouvailles dans une paix que n'altère pas l'horloge de l'attente.

Lorsque je la regardai à nouveau – mais peut-être n'était-ce pas un second regard, les miracles se produisant dans les confusions du temps –, je vis son sourire, lumière tremblante sous le voile des larmes qui roulaient lentement sur ses joues.

Lui, il ne luttait plus pour reconquérir la proie que je lui avais enlevée. Il traînait certainement loin derrière, autrement rien de tout cela n'aurait pu avoir lieu. Je ne me donnai pas la peine de tourner la tête pour le situer. J'avançais de plus en plus vite à côté d'elle dans la forêt obscure, parfois si près l'un de l'autre que je croyais entendre les battements de son cœur. Elle semblait accélérer sans cesse son allure. Je ne sais pourquoi, je ralentis brièvement et, quand elle se retourna, je remarquai son air altier et résolu. La même expression que le matin où, au salon, elle le défiait, adossée au rebord de la fenêtre. J'esquissai un geste de perplexité, mais elle reprit sa course et je sus que je devais dorénavant la suivre sans m'arrêter. Je courais si vite que je n'arrivais même pas à reconstituer un visage pourtant familier. Je vis plusieurs fois le front d'une femme que je ne réussissais pas à reconnaître, puis les lunettes du tailleur, derrière lesquelles on distinguait à peine ses paupières flétries ; enfin, je m'évertuai vainement à retrouver Kati – seul me revenait le grillage rouillé du balcon de sa chambre.

Il existe un mécanisme secret qui nous envoie ses avertissements par des voies détournées. J'ignore en l'occurrence s'il s'agit d'un fait réel ou d'un très vieux rêve égaré parmi des moments effectivement vécus. Les plafonds étaient bas et l'escalier tournait si fort que je n'avais pas le sentiment de monter, mais d'être projeté à l'étage suivant ou, autrement dit, pendant que je faisais quelques pas inutiles sur des marches ne menant nulle part, le décor changeait autour de moi, aussi vite que les images d'une lanterne magique. Deux portes s'ouvraient à chaque palier, l'une à droite et l'autre à gauche, et une tête étonnée se montrait à chacune d'elles. Personne ne me demandait ce que je voulais et je grimpai sans reprendre haleine jusqu'au dernier étage. Là, je m'aperçus que je m'étais trompé d'immeuble. Je redescendis lentement et les mêmes têtes réapparurent à chaque palier, moqueuses à présent.

Les feuilles mortes se mirent soudain à craquer ostensiblement sous mes pas, poussant à intervalles réguliers le même cri ironique, que je finis par comprendre. Alors, je m'arrêtai. Nous nous trouvions sous une futaie particulièrement sombre. La jeune fille fit encore quelques pas, puis revint vers moi. “Nous nous sommes perdus”, lui dis-je. “Vraiment ?” Je la rassurai en lui expliquant que nous ne pouvions pas être loin du bon sentier. Elle s’était tellement rapprochée de moi que, s’il y avait eu quelqu’un derrière mon dos, il n’aurait pas pu soupçonner sa présence. Tout à coup, elle glissa rapidement la main dans l’échancrure de son corsage et en tira une enveloppe qu’elle me tendit. Je la pris et la mis machinalement dans ma poche. Lorsque je levai les yeux, elle s’éloignait déjà, rebroussant chemin. Les feuilles mortes croassaient comme une bande de corbeaux dérangés par notre passage.

Il nous attendait au croisement où nous nous étions trompés de direction. “Quelle sorte de guide êtes-vous ?” L’enveloppe enfouie dans ma poche me donnait un sentiment de culpabilité qui me rendit prudent. “Des choses qui arrivent…” Je soutins son regard inquisiteur. Je faillis passer à côté de lui, comme elle, pour la rejoindre, mais je me ravisai aussitôt. Il aurait pu penser que j’avais des raisons de l’éviter. Quand nous sortîmes des bois, nous la vîmes loin devant, glissant légère dans l’air humide et trouble qui estompait sa silhouette, grise comme les nuages de plus en plus bas.

XV

Je ne me rappelle pas si je croyais vraiment que le diable s'installait dans la chambre de ma mère quand mes parents s'absentaient. Cela, peut-être, parce qu'on a, jusqu'à un certain âge, une sorte de certitudes clignotantes. Quoi qu'il en soit, je sais que ces jours-là, dès que le soir tombait, la maison s'emplissait de frayeur. Au fond de chaque armoire qui craquait, quelqu'un pouvait être tapi dans le noir. Derrière les portes entrouvertes dont je n'osais pas m'approcher, les chambres muettes aiguisaient leurs yeux pour m'épier. Je n'osais pas demander à ma bonne pourquoi le diable n'ouvrait pas la porte de la chambre, qui ne fermait pas à clé, et cette idée m'effrayait plus que tout le reste. Je n'osais pas le lui demander parce que je craignais, si je prononçais le nom du diable, de le réveiller et d'attirer son attention sur moi. Il était d'ailleurs responsable de nombreux autres phénomènes. Ma petite sœur toussait beaucoup plus dans son berceau et je pensais qu'elle risquait d'étouffer. On entendait à l'office des pas lourds dont mon père parlait quelquefois à table : c'étaient les pas des bandits, les amis de nos bonnes. Un jour – j'avais grandi, il est vrai –, le diable s'en alla. "Maintenant que tu es grand, je ne te dis plus de ne pas entrer dans la chambre de maman à cause du diable… Sache quand même qu'elle se fâcherait très fort." Le diable disparut, mais pas l'anxiété.

La lettre, dont je me débarrassai au plus vite, mais inutilement, au bureau de poste, eut le même effet. Je faillis oublier de l'affranchir, tellement j'étais pressé de m'en défaire. Je ressortais de la poste quand je rencontrai Kati, qui me dit à brûle-pourpoint que je faisais une drôle de tête. Elle se livre malheureusement à des remarques de ce genre, ne comprenant pas qu'il ne faut jamais dire à qui que ce soit : "Tu as mauvaise mine", "tu es nerveux" ou, encore pire : "Tu as l'air malheureux" (s'il s'agit, bien entendu, de quelqu'un à qui l'on tient). Je n'étais pas dans mon assiette, c'est sûr. J'avais laissé l'enveloppe sur le guichet, n'ayant pas la patience d'attendre le retour du préposé, mais je m'étais retourné à plusieurs reprises en partant. Dès que je fus dans la rue, je compris qu'en la déposant je ne refermais pas un chapitre. Le jeu ne faisait que commencer.

En nous quittant, Kati et moi, nous ignorions que nous serions tout le temps ensemble les jours suivants. En route, j'avais toussé fréquemment, pour lui faire croire à un début de grippe. (La moindre maladie la rend précautionneuse comme une vieille femme.) Mais, une fois dans ma chambre, je compris que je ne pourrais pas y rester. Ses murs ne m'isolaient plus assez. Elle n'est pas faite pour cacher quelqu'un. On monte l'escalier sans encombre et l'on frappe à la porte à un pas de l'oreiller sur lequel je pose la tête. Elle m'abritait convenablement tant que personne ne me recherchait, mais la situation avait changé. Ce qui me tracassait surtout, c'est qu'elle est un cul-de-sac. Elle a une seule porte. Si un intrus l'ouvre, je suis coincé : cinq pas à reculons et me voilà le dos à la fenêtre. Cette image emporta ma décision. J'étais en outre trop nerveux pour supporter les éventuels bavardages du tailleur ou de sa fille. Je redescendis aussitôt.

"On nettoie chez moi", dis-je en souriant d'un air gêné et Kati en déduisit que j'avais découvert des punaises. Je n'avais pas pensé à une explication aussi plausible, mais j'avais intérêt à le lui laisser croire. Elle ne s'en inquiéta pas, soucieuse seulement des mesures à prendre pour empêcher ses voisins de s'apercevoir de mon séjour prolongé.

Le lendemain, quand elle me laissa seul pour aller à son bureau, je me rendis compte que j'avais fait le bon choix en venant chez elle.

Qui pourrait démonter les milliers de leviers cachés grâce auxquels, de l'intérieur, le reflet des objets qui nous entourent nous manipule, modifie nos impressions et parfois nos décisions les plus importantes ? Nous devons le plus souvent nous contenter d'en constater les effets.

Dans la chambre de ma sœur, se trouvaient toujours les meubles de son enfance, d'avant son séjour en sanatorium. On m'y installa pour lui donner la mienne, contiguë à celle de notre mère. Je me rappelle le mal que j'eus à m'y habituer. Je perçus la transformation qui s'opérait en moi, lors du premier après-midi passé après ce déménagement avec ma petite amie de l'époque. Elle en fut peut-être partiellement responsable. Dès qu'elle me vit, elle me dit : "Tu as changé, qu'est-ce qui t'arrive ?" Elle aurait mieux fait de se taire. Elle cherchait des explications. "La maladie de ta sœur te préoccupe peut-être plus que tu ne l'avoues." Je souris, gêné, et j'approuvai machinalement, mais ce n'était certainement pas la cause du vide qui nous séparait soudain, elle et moi.

Je remarquai en même temps une tache brune sur son menton et le contour de ses bras, sous la fragilité desquels je discernai l'indifférence anonyme et froide des os.

Le fossé s'approfondissait un peu plus chaque jour entre nous et, malgré les ponts de pénombre que je tentais de jeter avec un acharnement inutile, je n'arrivais plus à le franchir.

Quand je rentrais chez moi, j'essayais en vain de faire revivre les heures passées ensemble. Je compris finalement que je devais tenter l'expérience : je l'invitai à passer chez nous, à affronter la chambre, la chambre de ma sœur. Elle ne trouva sa place nulle part. Sa pâleur était brusquement malsaine et l'image que lui renvoya la glace la fit sursauter. En quelques minutes, elle était devenue pour moi une étrangère. Et moi, probablement, un étranger pour elle.

Il est humiliant de dépendre de la couleur du papier peint, de la forme d'une table, de la fantaisie des rideaux, sauf si, bien entendu, on croit qu'il existe autre chose de caché derrière. Que cette chambre eût été habitée, des années auparavant, par une enfant malade, condamnée, voilà qui aurait pu plaider pour l'hypothèse d'un message confié aux pièces par chaque existence qui s'y est écoulée et transmis au locataire suivant. J'avais décelé le mécanisme, sans comprendre cependant pourquoi ma sœur aurait désapprouvé ma liaison.

L'effet de mon installation chez Kati fut double : celui d'une lorgnette utilisée à l'envers et un autre, que je ne peux pas présenter d'une façon aussi lapidaire.

Je ne sais comment cela se faisait, mais, à chaque retour des grandes vacances, je trouvais mes grands-parents sur la petite terrasse faiblement éclairée par une seule ampoule, derrière la maison. Sur la table, carènes remplies de graines, les tranches d'une pastèque dont une grosse moitié nous attendait sur un plateau en bois. Tandis que grand-père la coupait et que, à cause de l'effort (peut-être aussi de la chaleur), la sueur dégoulinait à grosses gouttes sur son front, j'éprouvais un sentiment où se mêlaient tendresse et amertume, me reprochant de m'être volontairement éloigné d'eux alors qu'ils vivaient peut-être leur dernier été. Cette pensée s'amplifiait et, telle une solution colorée aspirée par une éponge et remplissant les trous, elle faisait apparaître les nombreux vides dans l'image que j'avais de la longue vie de mon grand-père. Toute l'agitation des vacances se noyait subitement dans les ténèbres pendant que la large lame du couteau s'enfonçait dans la pulpe fraîche et je tremblais d'une peur étrange, pareille à celle ressentie quand j'approchais la main des poteaux des lignes à haute tension. (Cela m'arrive aujourd'hui encore. Je sais qu'il n'y a aucun danger, qu'il ne peut pas y en avoir, et pourtant mon bras se retire brusquement, de lui-même.) Les jours où je n'avais pas été là étaient peut-être précisément ceux où j'aurais compris le sens de certains faits, négligés jusque-là, mais qui, après la disparition de mes grands-parents, risquaient d'engendrer des questions dont je ne connaîtrais jamais la réponse. Ma peur se rattachait au pressentiment de ces questions obsédantes qui m'assiégeraient sans merci, de ces souvenirs qui sombreraient définitivement dans le néant.

Ils étaient de nouveau tous là, mais ils sautillaient au loin, comme les bouées qu'on ne voit pas du port, cachées derrière les vagues, et dont on entend trop faiblement tinter la chaîne pour pouvoir déterminer l'endroit où elles se trouvent.

Ce qui aggrave la confusion des rapports humains, c'est que, en raison d'un mystère de la nature, nous sommes, contrairement à notre profonde diversité, de forme presque identique. Les animaux appartenant à une même espèce peuvent être extrêmement différents, tandis que nous, si on nous regarde avec un certain recul, nous n'avons pas plus de personnalité qu'un grain de riz. Et celui que ne leurre pas notre trompeuse uniformité fera d'étonnantes découvertes. (Au restaurant, je remarque souvent, derrière des proportions apparemment normales, la bizarrerie d'un repas pris en commun par un danois et un pékinois.)

Le gros bout de la lorgnette lui donnait, à lui, des dimensions qui rendaient son exception encore plus évidente. En quelque sorte, l'éloignement le rapprochait. Sur sa tête réduite à la grosseur d'un poing, la dureté du front s'accentuait et le regard devenait plus perçant, à la manière d'un rayon de soleil d'autant plus vif que la fente des volets est plus étroite. L'attirance qu'il exerçait sur moi s'amplifiait, car la faille maintenant creusée entre nous avait englouti l'inquiétude qui subsistait tant que nous nous observions en restant au même niveau. Il me fascinait toujours, mais comme un être cauchemardesque qui, appartenant au monde des rêves, ne me mettait pas en danger, malgré son énergie infiniment supérieure à la mienne, car je n'existais pas pour lui, ce qui me permettait de le regarder presque calmement.

Elle, par contre, elle acquérait grâce à la distance les proportions et l'expression imprécises de l'apparition vue sur le pont. Une vision fluide, apaisante. C'était toujours à elle que je pensais quand Kati s'interrogeait sur mon air absent.

Je n'étais pas, avouons-le, un hôte des plus agréables. J'avais épuisé dès le premier jour la matière de nos conversations hebdomadaires, et mon air discret et embarrassé ne pouvait certes pas compenser mes trop longs silences.

Seul le tailleur demeurait le même, sortant ainsi de leur cercle, dont j'avais cru à un moment donné qu'il faisait partie. (A la vérité, dès mon départ, lorsque je lui annonçai que je m'absentais pour aller passer quelques jours dans un vignoble et que son nez congestionné m'approuva avec beaucoup de compréhension, je sentis qu'il passait sur un autre plan.) J'eus même une idée singulière : je les avais tous réunis artificiellement, mais à présent ils erraient à leur guise. J'avais le sentiment d'une désagrégation s'opérant malgré moi : ils se dispersaient tous et chacun emportait et égarait une parcelle de moi-même.

J'ignorais si le nouvel environnement dans lequel je vivais depuis quelques jours les avait définitivement modifiés ou si, après une période d'adaptation, je ne les retrouverais pas inchangés. Je ne me posai pas longtemps cette question.

Mes vacances imprévues cessèrent brusquement. "Tu crois que ça sent encore l'insecticide chez toi ?" Je ne compris pas tout de suite. "On t'a dit que tu pourrais rentrer au bout de combien de jours ?" Kati ne voulait pas me mettre à la porte, mais elle pensait que je serais plus à l'aise chez moi. Je souris, parce que je me heurtais encore aux écueils de mes mensonges. J'évite de mentir pour cette raison : je crains d'avoir à payer. (Une seule fois, je fis exprès de tousser. Lorsque je toussais, on ne m'envoyait pas à l'école. Mais, cette fois-là, mes parents trouvèrent ma toux dangereuse et je dus subir deux semaines durant les rigueurs d'un traitement inutile. Plus on me soignait attentivement, plus je redoutais d'être démasqué, et je toussais encore plus fort – je contribuais ainsi à ma punition.) Kati se hâta d'interpréter de travers mon sourire. "Je ne te chasse pas." Elle sourit à son tour, non sans un certain sous-entendu. "Il m'a fait très plaisir, tu sais, ton séjour chez moi."

Les longues journées vides passées chez Kati pesaient lourdement. J'avais accumulé une quantité d'énergie que j'éprouvais le besoin de dépenser, tel un jeune cheval trop longtemps gardé à l'écurie.

Je sortis donc de mon repaire.

Le tailleur alla interroger sa fille, après quoi il m'affirma que personne ne m'avait demandé. "Tant pis si c'est un mensonge." Voilà ce que je me disais en montant l'escalier. Dans ma chambre, je retrouvai avec déplaisir (on se rappelle de même sa gueule de bois en voyant la boîte d'aspirine) le souvenir des moments ayant précédé ma fuite, par surcroît sous un éclairage très différent de celui de ces derniers jours. En cas de rechute, les maladies sont plus pénibles, mais je ne pouvais pas retourner chez Kati et alors, mû par une espèce de faiblesse (celle qui, paradoxalement, pousse les plus lâches à s'élancer les premiers hors de la tranchée), je pris sans attendre le chemin du café.

Dès que je fus dehors, je me sentis moins à l'aise, mais je ne m'attendais tout de même pas à être tellement troublé de le revoir, assis à ma table. Tous mes calculs furent balayés dans la seconde. J'étais désarmé, face à une situation pourtant prévisible ; je donnais tête baissée dans un piège que j'avais voulu éviter en me réfugiant quelque temps chez Kati. L'embarras le disputait à la peur.

A la reprise des classes, je remarquais chez certains professeurs un regard qui dilatait et en même temps anéantissait nos deux semaines de vacances. Je lisais dans leurs yeux sévères, d'une part des suppositions sur les excès auxquels nous nous étions peut-être livrés, d'autre part la volonté de nous faire comprendre que désormais le souvenir des vacances ne pesait pas plus qu'une poignée de poussière. Aussi leur répondais-je invariablement, quand ils me demandaient comment je les avais passées, que j'avais été malade. Mais cette méthode était à double tranchant, car certains se moquaient de moi : "Quel nigaud, tomber malade pendant les vacances !" Et je m'interrogeais : s'amusaient-ils de ma malchance ou doutaient-ils de ma sincérité ?

Pas moyen de vérifier, mais je crois que, malgré mon émotion, je réussis à me faire une tête de circonstance : une vague séquelle de convalescence (comme dans le temps) et une sympathie retenue perçant sous la surprise. C'est avec cette tête ambiguë que j'attendis sa réaction.

Il ne portait pas son éternelle écharpe, en dépit du vent violent qui soufflait ce jour-là, un vent humide aux odeurs de champs retournés, et cette négligence m'étonna. "On ne vous a plus vu du tout." Il avait réussi à trouver un ton ni soupçonneux ni ironique, bien qu'il reconnût ainsi m'avoir cherché. Il regardait ses doigts qui pianotaient sur la table. J'en profitai : "Il a fait si mauvais que je suis surtout resté à la maison." "Je ne suis pas sorti non plus." Cela contredisait sa remarque précédente, mais il ne parut pas s'en apercevoir. Amaigri, il avait des poches violettes sous les yeux.

C'était passager, je le savais, et pourtant le silence dans lequel nous nous murâmes tous deux pendant un moment me fit oublier qu'il était là pour me demander des comptes et que nous n'étions pas ce qu'un étranger aurait pu supposer, deux vieux amis sans secret l'un pour l'autre. Ses yeux rougis par le manque de sommeil suivaient les clients qui passaient à côté de nous et cela m'intrigua : pour la première fois, le monde extérieur existait pour lui. Les pièces restaient immobiles sur les cases noires et blanches du champ de bataille et les adversaires regardaient dans le vide. Il lui était arrivé quelque chose : le col de sa chemise chevauchait celui de son pardessus et ses mains, fatiguées, s'exposaient imprudemment sur la table.

"Vous avez trouvé les ruines intéressantes ?" "Intéressantes ? répéta-t-il en humectant ses lèvres sèches. Sans doute autant que vous la première fois que vous les avez visitées." Je souris, m'associant ainsi à son avis, quel qu'il fût. Il pencha légèrement la tête et les convexités de son énorme front m'immobilisèrent ; je me souvenais bien de ce mouvement, qu'il faisait comme d'autres serrent les poings et que suivait la disparition totale de ses paupières, qui dévoilaient le métal des yeux. "Dites-moi, qu'est-ce que vous avez trouvé d'intéressant dans cet amas de pierres et de broussailles ?" Je ne fis pas un geste. Ses mains glissèrent et se cachèrent sous la table. Je prévins une autre phrase du même genre. "Je regrette de vous avoir proposé une excursion qui vous a ennuyés." "Vous ne vous êtes pas ennuyé, vous, n'est-ce pas ?" Je m'y attendais. J'avais seulement le droit de m'ennuyer. Si je m'amusais, je rognais sur sa part. Ce n'était pas tout. Il se pencha au-dessus de la table et je devinai ce qui allait suivre.

"De quoi avez-vous parlé avec ma sœur ?" Je n'eus pas le temps de réfléchir. "De rien." Je faisais peut-être une bêtise en niant. Mais non, je m'inquiétais inutilement : ma réponse ne comptait pas. Il n'était plus le même. J'eus la certitude que, malgré la fixité de son regard, ou à cause d'elle, il ne me voyait pas ; mes mots étaient passés sur lui comme la lumière sur le visage d'un aveugle, sans rien y éveiller. "Je regrette de lui avoir involontairement donné l'occasion de s'agiter autant." J'ignorais s'il faisait allusion à l'incident du souterrain. "Ce malheureux hibou ?" "Vous pensez que c'était un hibou ?" Je ne comprenais pas pourquoi il insistait. Il remarqua mon air perplexe et continua, du même ton faux sur lequel il avait répété mes paroles dans le souterrain : "Je veux dire que c'était peut-être une chauve-souris, est-ce que je sais ?"

Il tira une main de sous la table et l'examina longuement. Ensuite, il conclut sans me regarder : "Non. Je crois que c'est la marche qui lui a fait du mal, ça l'a fatiguée." Lorsqu'il leva enfin les yeux de sa main, j'eus l'impression étrange qu'elle venait de lui servir de miroir pour se maquiller. On ne voyait presque plus ses minces sourcils sous son front sillonné de rides. Il était peut-être malade, très malade. Je me rappelai avoir vu autrefois les mêmes stigmates sur la figure de quelqu'un dont le fils était mourant. Et cela me glaça le sang.

"Te souviens-tu de X ?" Lorsque j'entendais cette question posée par mon père, je pensais aussitôt qu'une nouvelle funèbre allait suivre. Ce n'était certes pas toujours le cas, mais, le temps de l'apprendre, je vivais pendant quelques instants le regret que la disparition de ce X m'aurait inspiré. Je découvrais que la perspective de la mort entraînait de surprenantes révélations. Ce qui me troublait, c'étaient ma profonde indifférence face à la mort de certaines personnes et, plus grave, le sentiment de libération éprouvé quelquefois, d'ailleurs inexplicable quand il s'agissait de gens que je rencontrais seulement de loin en loin. La pression exercée sur moi par leur simple existence, je ne pouvais la comparer qu'aux regards violemment hostiles croisés parfois dans le tramway. (Des inconnus dont la haine était si flagrante que je m'agrippais machinalement à la barre quand les portes s'ouvraient.)

Mais j'eus aussi des révélations allant dans le sens opposé. Ainsi, je m'attachai au souvenir de quelqu'un que j'avais vu une seule fois et à qui la mort, de façon incompréhensible, donna une place parmi mes parents et amis défunts.

Et lui ? Me souviendrai-je encore de lui si on me le demande un jour ? En attendant, il était là, sous mes yeux, à la fois vivant et mort et, surtout, pitoyable. Une onde de compassion balaya tous mes ressentiments.

Si je le regardais, il profiterait certainement de ma faiblesse passagère. Je ne me trompais pas. Mais il m'aurait peut-être parlé de toute façon, car je vis une sincérité inhabituelle sur sa figure ravagée, pas moins surprenante qu'une vraie larme sur un maquillage. "Excusez-moi de vous confier mes soucis. Mais, depuis quelques jours, depuis notre excursion, ma sœur est dans un état d'extrême tension. J'ai pensé que vous pourriez nous aider." J'étais d'autant plus étonné que, ayant réussi à me remettre l'enveloppe, elle aurait plutôt dû être soulagée. Lui, en tout cas, il était visiblement à bout. Autrement, il ne m'aurait pas parlé de la sorte. Il ne me faisait pas confiance et pourtant il me demandait mon aide. Je n'arrivais pas à imaginer ce qui se passait chez eux. "Je ne vois pas, je ne comprends pas", dis-je doucement, sans réfléchir. Son visage se raidit brusquement. "Oh ! si, vous comprenez, vous comprenez très bien", disaient ses yeux haineux braqués sur moi. Il crispa les mains sur la table et je me rappelai que ce n'était pas de son désarroi que je devais me soucier, mais bien de la protéger, elle. Le combat reprenait.

Se rendant compte que je lui échappais, il revint à l'expression désemparée qu'il arborait un peu plus tôt. "Vous n'avez rien remarqué de bizarre dans sa conduite ? Elle ne vous a rien dit qui ait pu vous paraître curieux ? Allons, faites un effort !" A quoi bon cet interrogatoire, puisqu'il savait que je ne lui répondrais pas ? "Mais que s'est-il donc passé ?” Sans me quitter des yeux, il fit une moue méprisante. Je ne comprenais pas : j’avais bien le droit de poser une question, surtout qu’il avait choisi lui-même ce terrain ! S’il nourrissait des soupçons, c’était sans doute parce que nous nous étions égarés dans les bois. Je le mis à l’épreuve en lui disant que je ne savais pas comment j’avais pu me tromper de sentier. “Moi, je m’en suis aperçu aussitôt”, affirma-t-il sans ironie, mais sans montrer le moindre intérêt pour le tour que prenait la conversation. Il alluma une cigarette, en oubliant comme d’habitude de m’en offrir une. Derrière l’écran de fumée, son visage devenait de plus en plus imprécis, inexpressif, tandis que, selon un mécanisme pendulaire que j’avais déjà remarqué plusieurs fois, la jeune fille reprenait consistance.

Elle se tenait maintenant à la fenêtre, la tête contre la vitre. Je voulais la faire intervenir, ne fût-ce que par un signe. Je la fixais en vain. Le moment était stérile, je le sentais, et pourtant j’insistais. Les tentatives de ce genre réussissent parfois. (Si l’on ne peut pas se fier aux devins, ce n’est pas parce qu’ils prétendent prédire l’avenir, mais parce qu’ils se vantent de ne jamais se tromper.)

Il sentit que je m’éloignais de lui. “En définitive, tout ça ne vous regarde pas. Ou bien ça vous regarde ?” Il avait commencé sur un ton neutre, pour me lancer les derniers mots à la figure comme une accusation. Avoir peur était absurde. Elle ne pouvait pas lui avoir parlé de la lettre. Cependant, s’il m’avait interrogé là-dessus, j’aurais été incapable de nier, même en étant sûr que c’était une supposition, un piège. Je connais depuis trop longtemps mon inaptitude à éviter certaines situations dans lesquelles je sais d’avance que j’agirai à rebours de mes intérêts. Par exemple, quand je veux abréger une discussion avec un importun, j’amorce ma manœuvre toujours trop tôt et je suis de ce fait tellement gêné que j’y renonce, pour m’attarder en fin de compte plus longtemps que je ne l’aurais fait normalement, cherchant désespérément des sujets de conversation pour que mon comportement ne paraisse pas louche. Au fond, s'il était au courant de quelque chose, pourquoi ne m'avait-il pas demandé des comptes dès le début ? Quant à mon silence, il n'avait rien de suspect. Ils habitaient loin de la poste, elle m'avait prié de lui rendre un service, je n'avais aucune raison de le mettre au courant. Il aurait certainement manifesté sa satisfaction par un infime sourire et c'était précisément cette discrète humiliation que je ne voulais pas subir.

Je n'avais pas encore atteint ma taille d'adulte. L'autre adolescent était à peine plus âgé que moi, mais beaucoup plus grand. Une tête ronde, des jambes de héron, un rire qui se brisait vite dans sa bouche aux lèvres minces et pourtant impudiquement retroussées. Très gentil tant que nous étions seuls, dès que survenait un tiers il prenait un malin plaisir à se moquer de moi, d'une façon peu ordinaire. Il avait juste l'air d'attirer l'attention sur mes curieuses réactions, et ce en toute objectivité, par pur intérêt scientifique. Mais il me blessait profondément et je ne pouvais pas répliquer. Un jour, il me vit descendre l'escalier du grenier où nous autres, clients de la pension de famille, n'avions que faire. Devina-t-il seulement que j'y étais monté pour fuir le bal organisé en bas, pour ne pas en entendre les flonflons ? Quoi qu'il en soit, dès qu'il me dit, même pas ironiquement, qu'il ne pensait pas m'avoir vu danser, ma main jaillit de ma poche comme un moineau affolé et claqua sur sa joue.

Si je me livrais à présent à une dépense d'énergie de ce genre, tout serait perdu. Un vide avant-coureur se creusa en moi et je dus respirer à pleins poumons pour me dominer. Lorsque ma tension retomba, je vis qu'il s'était passé entre-temps quelque chose qui m'avait échappé.

La colère s'était retirée de son visage, mais j'ignorais s'il l'avait épuisée en disant je ne sais quoi ou s'il l'avait mise en réserve dans des cavernes où je ne pouvais pas la suivre. Il regardait par la fenêtre et, dans la lumière chaude du crépuscule, ses lèvres retrouvaient leur couleur, m'avertissant qu'il se dissimulait à nouveau derrière son masque. Il n'avait rien tiré de moi mais, de mon côté, je ne saurais rien non plus de l'autre moitié du secret, celle qui était en sa possession. S'il avait pu imaginer qu'il ne m'était même pas passé par la tête de lire la lettre, il m'aurait méprisé comme un rôdeur qui chipe trois petites cuillers en argent à la cuisine sans oser faire un pas de plus à l'intérieur de la maison. Je n'arrivais à penser à rien et je me rappelle avoir eu soudain l'impression, à travers la fumée des cigarettes, de voir la porte du café se transformer en une icône à deux faces – l'une pour lui, l'autre pour elle – qui tournait à une vitesse grandissante autour de son axe et réalisait, en superposant les deux images, un être cauchemardesque, une apparition impossible à fixer sous un seul de ses aspects, une vision qui me regardait d'un œil moqueur. La fumée devenait de plus en plus épaisse. La porte tournait de plus en plus vite.

Je ne voyais plus les tables autour de nous, mais je les entendais et elles m'assourdissaient. Comme après une panne des amplis, les sons paraissaient trop forts et trop aigus, acharnés, insupportables. Je me demandais s'il était, lui aussi, dérangé par le cliquetis des couverts, les voix des clients, le bruit du billard, bref par le brouhaha. Non seulement je ne réussis pas à capter son regard, mais ses pupilles excessivement agrandies diffusaient une substance poudreuse, opaque, qui aggravait ma sensation d'isolement. Je conservais un seul contact avec l'extérieur : le sourire ironique de la vision tournoyante qui se manifestait encore par moments.

J'avais probablement fermé les yeux, l'effort fourni pour percer le brouillard m'ayant épuisé, puisqu'il me tapa sur l'épaule familièrement, comme si nous devions repartir après nous être reposés au bord d'un chemin. Je décidai de profiter de la situation en feignant d'être souffrant, afin d'avoir tout à l'heure un prétexte pour rentrer directement à la maison. Je vis entre mes cils son regard ironique qui disait : "Oui, c'est assez bien joué, mais vous ne me roulez pas."

J'étais tombé, d'une branche pas très haute, sur le banc qui se trouvait sous l'arbre. Je fis semblant de perdre connaissance. Deux petites filles avec lesquelles je jouais souvent accoururent. Mon plaisir de passer pour évanoui s'augmentait de ma peur d'être démasqué. J'eus une idée salutaire : du banc, je me laissai glisser par terre, la face dans l'herbe. Ainsi, mes deux petites amies ne risquaient pas de voir mes yeux. Une bonne d'enfants, inquiète, m'aida un peu plus tard à me relever.

J'usai d'un procédé analogue : me moquant du qu'en-dira-t-on, je laissai choir ma tête sur la table. Mais à peine en avais-je senti la fraîcheur sur ma figure que je compris quelle arme je lui fournissais contre moi. Il avait de quoi se réjouir : de retour chez eux, il pourrait lui raconter cet incident et la persuader que j'étais malade. Ou bien, me perçant à jour, il m'abandonnerait ainsi, la tête sur la table ; on me croirait ivre, et à moi de me tirer d'affaire. Aussi relevai-je brusquement la tête, mais ce mouvement m'étourdit pour de bon et ma vue se brouilla.

Enfin, son visage se dégagea de la brume. Il me demanda si je voulais sortir pour prendre l'air et je souris, convalescent encore fatigué. Je résolus de jouer de mon malaise pour dresser un écran entre nous. Il me proposa de me raccompagner et je ne pus refuser. Pour l'empêcher de me questionner, je marchai systématiquement à une autre allure que lui, tantôt moins vite, tantôt plus vite. La nuit tombante me favorisait en voilant nos figures.

Il y a des rues où des volets clos me font peur, où une voiture qui roule lentement m'inquiète. Après avoir tiré, me dis-je, le tueur n'aurait qu'à appuyer sur l'accélérateur pour disparaître. A la vérité, je ne vois pas pourquoi il me prendrait pour cible. Mais ce sont des choses qui arrivent. Des confusions ou des crimes gratuits. Cette inquiétude, sans rapport avec lui ni moi, liée aux lieux solitaires par lesquels nous passions, contribua à dissiper le sentiment de soulagement que j'éprouvais en sortant du café. Les réverbères n'étaient pas encore allumés et il n'y avait personne dans la rue quand il me prit subitement par le bras.

"Vous ne savez vraiment rien de plus ? Vous ne me cachez rien ?" A cause du vent peut-être, sa voix paraissait faible, mal assurée. Je fis en même temps une découverte tout à fait inattendue : il avait peur. Peur d'une épreuve intolérable, irrémédiable, ce qui lui donnait un air hagard, brisé. Peur d'un changement qu'il se savait incapable d'affronter. Son visage avait perdu sa densité, ses traits se déformaient, légèrement mais sans cesse, vus à travers une pellicule d'eau frémissante. Dans ses yeux dont les défenses métalliques avaient disparu, on devinait (et je pensai aux orbites vides des statues) un étonnement sans fin.

"Elle a tenté de se tuer." Ce ne fut qu'un murmure. Le long de la rue déserte, je vis s'éloigner une feuille presque blanche, poussée par le vent. Je me rappelai le moment où elle m'avait remis la lettre. Là-bas, dans la forêt, je n'avais pas pu observer son expression. Un terrible soupçon me vint à l'esprit. Je fermai les yeux en espérant réussir à ne plus entendre ses derniers mots, à les oublier.

En songe, j'entre souvent dans une salle où je sais que, loin de se clarifier, tout ne sera que menteuse apparence. J'y rencontre une foule de gens que je connais depuis longtemps, mais ils parlent chacun d'autre chose que d'habitude ou, si jamais je reconnais aussi leurs paroles, je m'aperçois à leur ton qu'ils ne croient pas ce qu'ils disent, qu'ils m'abusent. Ce rêve est peut-être dû aux premières réceptions que j'ai vues à la maison : plus personne ne se ressemblait, même pas ma mère, que je ne pouvais pas approcher. J'y parvins pourtant un jour, ayant trompé je ne sais comment la vigilance de ma bonne. Maman bavardait avec un monsieur auquel, à mon avis, elle accordait beaucoup trop d'importance. Elle me regarda négligemment, comme si j'étais un petit garçon étranger et importun. La salle éclairée passa plus tard dans le rêve, pour revenir ensuite du rêve dans la réalité. Ces transbordements, d'ailleurs assez courants (j'en connais beaucoup d'autres), la déformèrent complètement. Retournée dans le rêve, cette salle dans laquelle je perdais mes certitudes se transforma en une sorte de sensation d'irréalité que je pouvais rencontrer n'importe où et qui m'obligeait alors à ne tirer aucune conclusion, à être très prudent, à ne pas faire un seul geste.

Lui parler de la lettre n'aurait plus servi à rien, de toute façon. Il était averti, il pouvait prendre ses précautions. Je n'arrivais pas à penser à autre chose mais, en vérité, pas non plus à ce qu'il venait de m'apprendre. J'eus une réaction des plus ridicules : je lui dis qu'il se trompait peut-être, qu'il imaginait seulement qu'elle avait tenté de se tuer, que les malentendus de ce genre n'étaient pas rares. J'oubliais qu'il ne m'avait pas indiqué de quelle manière elle avait essayé de se supprimer.

"Vous avez du mal à le croire ?" C'était une remarque, plutôt qu'une question. Il jouait à nouveau son rôle de personnage perdu dans ses pensées (mais cela pouvait faire partie d'une mise en scène). Lorsque nous nous dîmes au revoir, devant chez moi, il se pencha et se retourna de telle sorte que je ne pus pas voir son visage. Elle avait fait, je m'en souvins, le même mouvement rapide.

J'étais dans l'escalier quand j'entendis une porte s'ouvrir derrière moi. Je me retournai. Ce n'était pas celle du tailleur. Sur le seuil, se découpait dans le soir gris une haute silhouette dont l'obscurité du vestibule me cachait le visage.

XVI

Il existe des moments de courage inexplicables. A vrai dire, j'en fais preuve surtout en songe, mais cela n'y change rien. J'enjambe la balustrade et je saute sans hésiter dans la rue. Il ne s'agit pas, je tiens à le préciser, de ces bonds tronqués que nous connaissons probablement tous, quand on se jette de n'importe quelle hauteur et qu'on se retrouve aussitôt en train d'aller ailleurs. Non, ce sont de vrais sauts, je sais que je suis au premier étage, je choisis l'endroit où je tomberai, je ressens tout, l'instant où je m'élance et le vide et le choc subi par mes os nullement habitués à de telles expériences. Et je n'ose pas les répéter, toujours en rêve bien sûr, ce qui montre bien que ces sauts représentent effectivement des moments d'authentique hardiesse.

Après la vingtième marche, il n'y avait plus que la porte de ma chambre, je ne le savais que trop. Je n'étais pourtant pas inquiet, au contraire, plutôt euphorique. Il montait avec tellement de légèreté derrière moi que j'aurais pu croire qu'il ne me suivait plus. Je sentais sur mes tempes une fraîcheur qui ne m'a jamais trompé. Le tourbillon se rapprochait de moi. Lorsque, laissant la porte encore ouverte, je tournai le commutateur, j'entendis un bruissement comme le bond d'un chien dans le noir. Je me retournai et vis l'inconnu sur la dernière marche, la main sur la rampe. L'émotion ou l'essoufflement voilait sa voix. Je compris seulement "la lettre" et je l'invitai à entrer.

Quand il se faufila à côté de moi, je sentis l'odeur bizarre de son pardessus, qui semblait sortir d'une boîte à outils, et j'eus une certaine appréhension. Je lui demandai comment il avait fait pour venir aussi vite. Il m'indiqua d'un geste à peine perceptible qu'il devait d'abord reprendre haleine. J'observai ses mains aux doigts longs et minces.

"Je vous suivais depuis le café. J'aurais pu venir demain matin, mais j'étais trop impatient." Il s'assit lentement, sans me quitter des yeux. Il se tenait sur le bord de la chaise, ses grandes jambes étendues parallèlement, les bras pendants. Je crois qu'il avait les cheveux et les yeux noirs. Je fus frappé par sa peau, d'un blanc d'ivoire aux ombres bleues. Je m'éloignais de la fenêtre (je m'étais dit que l'autre guettait peut-être dehors) quand il me demanda brusquement, comme s'il se réveillait dans un lit où on l'aurait mis évanoui : "Mais qui êtes-vous ?"

Cette question m'en disait long sur lui. Il devait être très jeune. Je l'examinai et je reconnus les signes de l'imprévu, de l'incontrôlable ayant coupé son chemin, peut-être pour la première fois. Il avait brutalement quitté son territoire et était complètement désemparé.

Pour l'aider, j'approchai ma chaise de la sienne avant de lui parler. "Elle ne vous a pas écrit qui je suis ?" Il avait l'air encore hébété, mais je devinai néanmoins une espèce d'acquiescement. "Que voulez-vous savoir ?" Il se tut et je constatai non sans étonnement qu'il semblait encore plus absent. Je répétai ma question. Il ne répondit toujours pas. Je pensai à une machine qu'on n'arrive pas à mettre en route. Je m'étais trop pressé de lui montrer mon assurance – au fond, celui qui ignorait presque tout, c'était moi.

Cette idée changea les rapports de force. Mon impatience se mua en agacement. Je ne trouvais plus sa question aussi naïve qu'au début, c'était peut-être même une provocation signifiant : "De quoi vous mêlez-vous ?" Cependant, son inertie finit par me rassurer. S'il venait me voir, c'est qu'il avait besoin de moi. Je devais seulement savoir attendre.

Apparemment épuisé, il laissa tomber son chapeau sur le tapis. Je me dis : "Si quelqu'un me rendait visite maintenant, je ne pourrais pas le présenter." Des relations difficilement explicables. Bien entendu, il m'avait cherché parce qu'elle le lui avait demandé. Je voulais l'aider à me parler. Je murmurai : "Je n'ai fait que poster sa lettre. Je ne sais rien de plus." Il ne réagit pas. "Je ne sais rien, vous comprenez ? Je ne sais rien !" Cette fois, je criai et, enfin, il eut une réaction : il hocha la tête à quelques reprises. Mais il arrêta bientôt, comme si ç'avait été une simple impulsion mécanique. Je le lui répétai encore une fois, exaspéré. Cependant, ma voix était différente, curieusement assourdie ; encore insistante, mais plus du tout sûre. Je reconnus la scène.

Comment ce corbeau était-il entré dans ma chambre ? Personne, à la maison, ne m'aurait fait une farce pareille. Je le vis en allumant, perché sur le montant en bois sculpté de mon lit. J'ouvris la fenêtre mais, comme il ne s'en allait pas, je me mis à crier – je n'osais pas le chasser autrement, j'avais peur de m'en faire un ennemi. En outre, pour ne pas donner l'éveil, je criais en étouffant ma voix. Le corbeau s'en moquait, occupé par des choses plus importantes. J'ai oublié comment il disparut.

La situation n'était absolument plus la même qu'avant l'arrivée de l'inconnu mais, ayant soudain l'impression d'un blocage, je commençais à penser qu'il ne m'apprendrait rien. Je n'avais aucune prise sur lui, je savais seulement qu'il ne pouvait pas s'envoler comme le corbeau qu'une autre nuit avait jeté dans ma chambre. Mon inquiétude grandissait. Je ne le voyais déjà plus très bien quand, enfin, il me parla.

"Vous ne savez pas ce qu'elle m'a écrit ? Ni pourquoi ?" Mais qu'imaginait-il donc à propos de mes rapports avec elle ? En tout cas, il n'attendait pas de réponse. Il ne me voyait même pas. Son immobilité me lassait et j'allais détourner mon regard quand je remarquai les clignements nerveux de ses yeux, au bord desquels étincelaient comme des brillants de petites larmes, des larmes d'homme. Je posai involontairement la main sur son genou. Il sentit ma sympathie. "Pourquoi se moque-t-elle de moi ?" Il se tut et respira profondément, pour réprimer un soupir qui ne l'aurait sans doute pas soulagé, le soupir de la fatigue inutile, de l'amertume, de l'impuissance. "Que s'est-il passé ? Pourquoi s'est-elle enfuie ? Et maintenant, pourquoi me rappelle-t-elle ?" Il parlait d'une autre voix, faible mais claire. Ses doigts avaient laissé sur ses joues pâles de longues empreintes rouges que je regardais se décolorer lentement.

Un jour, trouvant ouvert le secrétaire de ma mère, je ne pus résister à la tentation. Je fouillai jusqu'au moment où je dénichai un certain rouleau de papier qu'elle avait refusé de me laisser lire. Je le dépliai. C'était l'acte de mariage de mes parents. Je le remettais déjà à sa place quand je me sentis perdre pied. Ce bout de papier matérialisait l'impensable, le temps d'avant moi. Comment ma mère avait-elle pu prévoir ma réaction ? Pour ce papier qui me brûlait les doigts, je n'existais pas et l'homme et la femme dont le nom figurait dessus étaient pour moi de parfaits inconnus. Je le rangeai vite.

Je glissais à présent sur une pente tout aussi dangereuse ; ce qui était en cause, ce n'était pas seulement l'image que je me faisais jusque-là de la jeune fille ; c'était tout un édifice qui hésitait au bord du vide.

Mon visiteur était retombé dans le silence. Mais j'étais sûr de ne m'être pas trompé, j'avais fort bien entendu.

Il se tenait la tête dans les mains et je ne voyais pas ses yeux. Il n'était certainement pas conscient de l'effet produit par ses paroles. "Ce n'est pas possible, vous vous trompez, elle ne vous a pas quitté, elle n'est pas partie de son plein gré", lui dis-je doucement, mais j'avais plutôt envie de l'attraper par les épaules et de le secouer violemment. Enfin, il posa sur moi un œil trouble.

Je me souvins de ce qu'elle m'avait dit dans le verger. "Avez-vous vu s'unir deux gouttes d'eau qui roulent sur une table ? On ne sait jamais laquelle se fond dans l'autre." Le vent jouait avec les mèches de cheveux tombant sur son front…

Une hypothèse absurde me passa par la tête. Il n'était peut-être pas celui qu'elle attendait. C'était une confusion. Il s'agissait sans doute de quelqu'un d'autre, de quelqu'un sans importance. Mais alors pourquoi l'aurait-elle appelé, lui ? Je m'embrouillais dans des suppositions ne menant nulle part. Cependant, tout ce que j'avais échafaudé était à revoir.

Mieux valait l'interroger. "Vous pensez qu'elle voulait vous quitter ? Vous croyez qu'elle s'est enfuie avec lui ?" "Avec qui ?" Il bondit presque de sa chaise. "Avec son frère, avec celui qui passe pour son frère. Vous le connaissez ?" Il se calma et répondit à mi-voix, sans intérêt : "Oui, je l'ai vu un jour avec elle dans la rue, mais elle ne m'a pas vu." Curieusement, il fut aussitôt évident pour moi qu'elle avait feint de ne pas le voir. (Savait-elle donc, elle aussi, montrer un autre visage, jouer un autre jeu ?)

Je me souvins alors – on comprendra aisément pourquoi – d'un printemps où je fus terrorisé par une meute de chiens perdus qui folâtraient dans ma rue, couraient dans tous les sens, se fuyaient les uns les autres, pour se rassembler ensuite, en une mêlée assourdissante. Je me rendis compte, une fois ma peur passée, qu'ils m'ignoraient totalement, même ceux qui se cognaient contre mes jambes. Un soir, je compris de quoi il retournait : ce carrousel avait pour moteur une chienne blanche qui, négligemment, m'avait lancé un regard méprisant : je faisais partie, moi aussi, de l'espèce inférieure, celle des mâles.

J'avais remarqué à plusieurs reprises, il est vrai, avec quelle aisance la jeune fille savait s'abstraire, éluder les questions inopportunes, vous exclure. Rien ni personne ne pouvait s'insinuer dans le secret de ses silences. L'inconnu avait peut-être commis l'erreur de croire qu'il franchirait cette frontière. Mais cette hypothèse s'effondra aussitôt : il était visiblement trop fragile, trop délicat pour ce rôle de soupirant indiscret.

Il se leva. "Prévenez-la que je suis arrivé, qu'elle me fasse savoir où je pourrai la rencontrer." Il voulait paraître sûr de lui, mais sa voix le trahissait. Il était sans doute très timide et réalisait à quel point tout ceci était peu ordinaire. Son message transmis, il ne pensait plus qu'à se sauver. Il se retourna pourtant, sur le seuil, pour me dire dans quel hôtel il était descendu.

Cela ne pouvait pas s'arrêter là. Je le rejoignis sur le pas de la porte. Il était beaucoup plus grand que moi et tenait la tête bizarrement, renversée en arrière, de sorte que je ne voyais presque pas sa figure. J'entendais un martèlement irrépressible dans ma tête. "Elle n'a pas pu s'enfuir, ce n'est pas possible, elle ne s'est pas enfuie…" Un martèlement, un murmure, finalement le clapotis de l'eau qui se referme au-dessus du noyé.

"Dites-moi comment ça s'est passé, comment elle s'est enfuie !" Il me regarda fixement, comme s'il avait du mal à s'en souvenir. Ses lèvres tremblaient. Je m'en voulais de violer le passé de la jeune fille, mais je n'avais pas le choix. "Elle était chez moi, tout à coup elle s'est trouvée mal et elle est allée à la fenêtre pour prendre l'air. Elle n'a plus tourné la tête. Sans me regarder, elle m'a envoyé lui acheter des médicaments à la pharmacie. En revenant, j'ai trouvé un mot sur la table. Elle me priait de l'excuser pour cette farce et de ne pas chercher à la revoir."

"Pour cette farce ?" La porte était ouverte et le courant d'air venu de l'escalier emporta mes paroles comme une feuille de papier qui s'envole d'un bureau, décrit des arabesques grotesques et s'en va rapidement très loin. Paralysé, je n'entendais plus que l'écho renvoyé par des murs de plus en plus éloignés.

C'est une séquence de film que je n'oublierai jamais. Le héros (un acteur dont le comique résidait principalement dans son calme imperturbable) dévale un escalier monumental à une vitesse cinématographique, poursuivi par un colosse aux intentions agressives. Au pied de l'escalier, une énorme potiche chinoise. Le héros s'en empare et, au moment où son terrible adversaire va l'empoigner, il la lui met posément dans les bras, après quoi il sort sans se presser par la grande porte.

L'effet du mot "farce" fut le même sur moi, que l'inconnu l'eût recherché ou non. Pétrifié, je ne repris mes esprits que pour l'entendre claquer la porte d'en bas.

Lorsque je rentrai dans ma chambre, le froid m'y suivit. Ce n'était ni le froid de la saison, ni celui de la nuit. Il y a des moments où les choses viennent miraculeusement à mon secours. La solitude m'a appris leur langage, elle m'a appris à déceler leurs signes, à établir le contact avec ces intermédiaires occasionnels. Les messages s'égarent quelquefois à cause de mon inattention et je garde alors une insupportable impression de vide, je me sens privé de défense ; je fais tout mon possible pour l'éviter. D'autres fois, il s'agit d'erreurs dont je ne suis pas responsable. (Un jour, par exemple, un chien errant entra chez moi sur mes talons. C'était une période sereine – je n'avais aucune raison d'attendre un signe quelconque – et pourtant je craignais de le voir disparaître avant de m'être rappelé comment je l'avais connu. Il avait une triste fourrure pelée, parsemée de taches grises. Je me souviens encore de ses yeux. Il m'évoquait une banlieue où s'écoulait une maigre rivière souillée par les eaux sales des tanneries, une banlieue dont j'avais entendu parler, mais où je n'étais jamais allé. Le message ne m'était pas destiné. Le chien se trompait d'adresse. D'ailleurs, il avait l'air intrigué, indécis. Lorsque je rouvris la porte, il s'empressa de sortir. Je le revois trotter dans la rue, le long des maisons, sans se retourner.) Si je comprends tous ces signes, c'est grâce à un contact plus étroit que la plupart des gens avec celui qui surveille nos jeux et que je surprends parfois en train d'intervenir dans leur déroulement. Peut-être aussi grâce à ma "légèreté", la légèreté des feuilles tombées qu'emporte le vent.

L'air froid des souterrains du château en ruine s'était glissé dans ma chambre, inquiétant oiseau de nuit aux ailes glaciales. Ayant déterminé l'origine du froid, je sentais les choses se transformer autour de moi. C'est une lutte dont je suis toujours le spectateur impuissant.

Après la mort de ma sœur, la maison commença à sentir la lavande. Tous les soirs, dès que je me mettais au lit, la bataille se déclenchait entre les objets dont la vue me rassurait et le parfum venu de nulle part. Je voyais s'estomper le tableau que je pouvais autrefois regarder longtemps, tandis que les pieds trop minces de la table, les battants de la porte, le vase de fleurs que maman posait le soir près de la fenêtre ressemblaient peu à peu dans la pénombre à une foule d'autres objets, de plus en plus inattendus. Je glissais enfin dans la brume, une brume dans laquelle l'odeur de la lavande m'arrachait des larmes dont les traces sur mes joues avaient la chaleur d'une caresse.

Cette fois-ci, l'évasion se passa différemment. Ma chambre ne changea pas, mais le froid y déposa une espèce de givre invisible sur tous les objets, une peau neuve, dure, hérissée, dont se dégageait une insupportable sensation de solitude. Bien que leur aspect restât identique, les objets ne pouvaient plus m'être d'aucun secours.

J'essayai malgré tout de résister, mais le froid, qui avait recueilli son humidité dans les bronches obscures de la terre, était de plus en plus pénétrant. Lorsqu'il me transperça la plante des pieds, à croire que je ne marchais plus sur le plancher, mais sur des dalles rongées par les eaux, je renonçai à me battre.

Dehors, le froid des souterrains ne me lâcha toujours pas. Il m'entourait le cou, écharpe rugueuse qui sentait les décombres, il m'écorchait, il m'étranglait. Je m'aperçus qu'il s'insinuait également dans mon esprit : la pellicule gelée devint une chemise ensorcelée sous laquelle chacun disparaissait petit à petit. Le dernier de mes hôtes fut le premier à s'effacer.

La nuit était belle et il y avait dans les rues plus de passants que de coutume. Pareil à un convalescent qui, emmitouflé sur la banquette d'une voiture, regarde avec étonnement les gens en tenue de printemps, j'enregistrais le tumulte ambiant sans avoir le sentiment de la réalité. Je ne distinguais pas les mots. Je croyais parfois les deviner, dans le brouhaha, d'après la mimique des promeneurs. Dans l'éther qui m'entourait et étouffait partiellement les sons, quelque chose atténuait les contours et exagérait les mouvements ; toutes les physionomies étaient un peu caricaturales, dérisoires, comme des mauvaises herbes sur lesquelles notre regard se pose par hasard. Je pensai à un moment donné à une fièvre contractée dans les ruines (une fièvre sans doute absente des dictionnaires médicaux) et dont je subissais les premières atteintes. Je m'aperçus qu'à chaque carrefour je choisissais mon chemin sans hésiter. (En fait, je ne remarquais les carrefours qu'après les avoir dépassés.) Je fus tenté un instant de retourner chez Kati. Mais cette idée ne faisait qu'offrir une nouvelle et trop facile victoire au néant qui m'habitait. J'eus soudain le sentiment d'une solitude immense et définitive.

"Tu ne peux pas comprendre ce que ça signifie, d'être le prisonnier de son corps de cette façon-là. Personne ne peut franchir ce mal banal, physique (il me montrait sa tête), pour pénétrer dans mon cachot et briser ma solitude. Vous restez tous à l'extérieur de ma douleur. A l'intérieur, il n'y a que moi et je ne sais même pas si ma souffrance n'est pas surtout cette solitude, que je partage avec elle." A cause des migraines, il finit par quitter l'université et, par la suite, quand il m'arrivait de le croiser, j'avais l'impression de rencontrer quelqu'un dont j'avais lu depuis longtemps la nécrologie. Je revoyais son regard désespéré, l'image de sa souffrance contre laquelle je ne pouvais pas l'aider.

Plus que tout, l'odeur des décombres était insupportable. Arrivé devant le café, je sursautai comme un voyageur perdu dans une forêt quand il se retrouve, après avoir longtemps erré, dans la clairière d'où il est parti. Aussitôt, je sentis à nouveau *leur* présence et je compris que je m'étais trompé en croyant qu'ils avaient disparu pendant quelque temps.

Deux hommes venaient parfois chez nous, que je sentais hostiles à mon père. D'ailleurs, j'avais entendu ma mère dire qu'elle ne croyait pas à leur amitié. (Elle ne disait jamais trop clairement les choses désagréables.) J'étais tellement sûr de leur haine que, lorsqu'ils rendaient visite à mon père, je me faufilais au salon pour ne pas le laisser seul avec eux. Un jour, je m'assoupis sur un canapé. A mon réveil, mon père n'était plus dans la pièce et les deux hommes me dévisageaient d'un air suspicieux. Je compris pourquoi. Ils craignaient que je n'aie fait semblant de dormir pour surprendre leur conversation. Ce fut pour moi une révélation des plus curieuses. Je savais que je les avais entendus à travers mon sommeil. Dans le noir, quelqu'un m'avait donné une cuillerée de confiture comme je n'en avais encore jamais mangé ; il ne m'en restait que le souvenir de la déglutition, je n'arrivais pas à en ressusciter le goût. Je luttais en vain pour élucider le mystère dormant en moi, blotti au fond de ma conscience. Pendant longtemps, j'eus peur toutes les fois que je les vis : ils se figuraient peut-être que j'avais réussi à dissiper l'ombre qui protégeait leur secret enfoui en moi.

De tout cet après-midi-là, il ne me resta que la partie mécanique, la marche, des escaliers, des portes ouvertes ou fermées. *Leurs* visages avaient disparu depuis je ne sais combien de temps et, en les revoyant brusquement, je compris que, pendant leur apparente absence (à moins que ce ne fût la mienne), il s'était passé quelque chose d'essentiel – ils avaient peut-être dévoilé leur véritable identité, mais à un niveau auquel je ne pouvais pas accéder. Seul le dernier venu ne retrouvait pas toute sa matérialité, hésitant à la frontière transparente entre les faits réels, indiscutables, et les visions de la nuit. Elle, elle m'était revenue plus facilement, peut-être parce que sa présence réclamait si peu à la matière. Ils s'éloignèrent à nouveau les uns des autres ; eux, ils n'étaient encore que des jeux arides de mon attention, tandis que son apparition à elle, je la vivais – une lueur dans la grotte de ma solitude. Pourquoi me dis-je subitement que je ne la reverrais pas ?

J'aurais voulu comme jadis abandonner ma petite main dans la main grande et ferme de mon père, dont la force protectrice me pénétrait en montant dans mon bras, mais je sentais seulement le froid qui m'enveloppait à nouveau.

Je ne reconnus pas tout de suite la longue rue déserte dans laquelle je marchais. Je n'étais allé chez eux que le jour. Il y a des rues qui, comme certaines gens, changent complètement d'aspect la nuit. Le plus étrange, c'est que ces derniers l'ignorent, d'où des incidents quelquefois extrêmement pénibles.

J'étais venu trop tôt, un matin, et ma vieille amie se sauva dès qu'elle m'eut ouvert la porte, pour aller se farder. A son retour, j'eus du mal à cacher ma surprise, due non pas à la révélation d'une misère physique, mais à une discordance effrayante : sur son visage de nuit, la poudre se plaquait comme sur la peau violacée des morts exposés dans une chapelle ardente.

La rue me montrait son aspect nocturne, un "autre chose" pas moins authentique que sa face diurne. Derrière les grilles des propriétés, rien ne ressemblait à ce que je voyais le jour. Pourtant, ce changement de décor total ne me troublait pas, je montais vers leur maison, tranquillement comme au moment où l'inconnu me suivait dans l'escalier. Et quand la vieille dame vint m'ouvrir la porte de la cour – il était donc plus de neuf heures, heure à laquelle ils la verrouillaient –, je n'éprouvai toujours pas la moindre inquiétude. Par contre, quand nous traversâmes le jardin à l'abandon, je sentis le changement : les esprits du lieu allaient mesurer l'étendue de leurs pouvoirs. Le vent secouait autrement les arbres défeuillés, les contours de la maison étaient d'une précision artificielle, le gravier s'enfonçait profondément sous mes pas. Ces affaissements incessants épuisèrent ce qui subsistait de mon inhabituelle énergie, due sans doute à une éclipse inexplicable de mon attention. Ainsi, je n'avais pas remarqué, à mon arrivée, l'expression de la vieille dame, qui trottinait maintenant devant moi. Dans le hall, elle alluma et me pria d'attendre, sans m'inviter à entrer dans le salon. C'était la première fois que je voyais le hall éclairé. Le crépi était écaillé par endroits, laissant apparaître les briques teintées de violet par l'humidité.

Tel un jeune chien qui, de retour à la maison après une longue promenade, court d'un meuble à l'autre, les saluant tous gaiement, le froid se répandit autour de moi et remplit le vide du hall. Cette familiarité prêtait à la réflexion. Je m'étais peut-être trompé en le prenant pour celui des souterrains, mais ce ne pouvait pas être non plus le froid propre à cette pièce, puisque je ne le connaissais pas auparavant. Une autre relation pouvait exister entre ces deux endroits et le froid qui m'avait arraché de chez moi pour me ramener ici. Cette idée bizarre dissipa les derniers pans du brouillard dans lequel j'errais et me plongea dans l'état d'alerte où me mettaient en général les regards glacés qu'il me lançait. D'une certaine façon, il était déjà aussi présent que s'il s'était trouvé devant moi.

Mon dernier visiteur ne m'avait pas aidé à progresser dans la compréhension du jeu, mais j'étais du moins sûr désormais d'en connaître tous les éléments.

La vieille dame avait disparu derrière l'escalier, sans le monter ; les chambres à coucher se trouvaient donc dans le fond de la maison, côté verger. Des initiales étaient gravées sur la vitre mate de la porte du vestibule. Je m'efforçais, pour m'occuper, de les isoler parmi les arabesques qui en rendaient la lecture impossible. Inutiles efforts. Elles ne m'auraient d'ailleurs rien appris si j'avais réussi à les déchiffrer. A quel ancien propriétaire correspondaient-elles ? S'ils sont encore à table, me dis-je, je devrais entendre le bruit des couverts. Or, le silence régnait. Je fis un pas, mais le parquet craqua si fort que je m'immobilisai aussitôt, le cœur battant, comme si je m'étais introduit frauduleusement chez eux. Mauvaise salle d'attente que ce hall nu, mal éclairé, avec ses lourdes portes en chêne sculpté et son escalier caché au fond, dans l'ombre.

Je ne comprenais pas pourquoi la vieille dame ne m'avait pas invité à entrer au salon. J'étais à bout de force et cet épuisement trop rapide m'inquiétait. (Me connaître ne m'aide nullement à me dominer. Au contraire, cela précipite parfois mes paniques.) Mes chevilles tremblaient. Pris d'une brusque peur, je cherchai des yeux un point d'appui. Il n'y avait que les murs écaillés, l'escalier et d'étranges fenêtres par lesquelles on ne voyait rien. Si je m'étais trouvé mal, j'aurais été obligé de m'étendre par terre.

Lorsqu'il entra, par la porte du fond, je fus si soulagé que je fis spontanément quelques pas au-devant de lui. Nous nous arrêtâmes sous l'unique ampoule du hall, qui pendait, nue, au bout d'un long fil tordu. Il n'avait peut-être pas refermé la porte, à moins qu'il n'y eût un phénomène analogue à celui qui se produit dans les salles de concert quand apparaît le soliste. La rumeur croît un instant, suivie immédiatement d'un silence qui commence toujours par me glacer. Le froid que j'avais amené, et qui s'était répandu dès le premier moment à travers le hall, s'intensifia pendant quelques secondes avant de disparaître, trompeusement remplacé par l'atmosphère convenue des visites attendues.

Il se tenait exactement sous l'ampoule, de sorte que son front rejetait dans l'ombre le reste de sa figure. Lorsque ses paroles parvinrent à mes oreilles, je n'étais pas encore prêt à les écouter. Je les compris seulement quand il les répéta : "Mais qu'est-ce qu'il y a ? Il est arrivé quelque chose ?"

Instantanément, tout se lia : le froid dans lequel je ne l'avais pas deviné à temps, l'angoisse qui m'avait chassé de chez moi, l'inertie qui avait balayé mon indécision pour me conduire ici. La révélation du piège dans lequel je me jetais ouvrit un gouffre devant moi. A l'idée que je venais faire mon rapport comme un automate, je fus incapable d'ouvrir la bouche. Hébété, je pris la direction du salon. Il se précipita devant moi. "Excusez-moi, mais je ne peux vous recevoir qu'ici." Son visage n'était plus dans l'ombre et je reconnus le sourire tranquille de mon condisciple aristocratique dont, au lycée, je ne réussissais pas à obtenir un seul regard. N'importe qui se serait cru obligé de s'expliquer, pas lui. Bizarrement, le dépit dû à cette désinvolture (même pas surprenante de sa part) passa au premier plan.

"Vous ne m'avez pas répondu. Qu'est-ce qui vous amène à cette heure-ci ?" Sa voix tranchante s'accordait parfaitement avec son air agacé. Il ne semblait pas s'intéresser à ce que j'allais répondre. Ceci me permit de lui dire d'un ton calme que nous nous étions séparés trop brusquement dans l'après-midi, que je n'avais pas bien compris ses propos et que je venais m'enquérir de l'état de santé de sa sœur.

"Je vois, je vois, c'est très gentil, mais il ne fallait pas vous donner la peine de venir aussi tard." L'ironie perçait dans sa voix. "Elle va mieux. Vous pouvez rentrer chez vous." Je ne contrôlais pas la situation. N'ayant donc plus rien à perdre, je lui annonçai sans détour que je voulais la voir avant de repartir. Il s'approcha brusquement de moi. Son intention était si évidente que je n'eus pas la force de le regarder : il voulait me frapper. "Vous avez sans doute un message pour elle." Je crus entendre le rire caverneux du tailleur. Je m'étais trahi, ce qui ne m'étonna pas. C'était dans l'ordre des choses. Dès que j'avais franchi le seuil, la partie était perdue. Je vis le malheureux jeune homme qui attendait fiévreusement dans sa chambre d'hôtel. Je niai, tout en sachant que cela ne servait à rien désormais. A mon étonnement, il n'insista pas. "Elle ne peut pas vous recevoir à cette heure-ci, je crois qu'elle est déjà au lit." Il me prit par le coude. Je ne réalisai pas aussitôt qu'il me poussait vers la sortie. Il chuchotait, apparemment pour ne pas la réveiller. "Elle va mieux maintenant, mais nous devons quand même l'envoyer dans un sanatorium, les soins et la surveillance y seront plus sûrs."

Un sourire mauvais flottait sur ses lèvres. Il mentait. Il ne l'abandonnerait jamais aux médecins. Il la laisserait plutôt mourir, se tuer. Lorsque je mis la main sur la poignée, le froid précipita comme les cristaux en solution au contact de certaines substances. Le cri entendu dans le souterrain me jeta de nouveau devant eux.

Je tressaillis si fort qu'il dut lâcher mon coude. Je les revoyais, nettement. Il la soutenait, molle, dans ses bras, et je compris sa brève expression de triomphe. Il avait probablement eu la même expression quand il l'avait arrachée à son ami en employant la menace de la terrible maladie.

Je me retournai, l'attrapai par les épaules et me mis à le secouer. C'était l'autre qui se servait de mes bras. "Je veux la voir, vous n'avez pas le droit de la cacher ! Je veux la voir, tout de suite !" J'ignore quelle tête il faisait quand j'arrêtai, car je n'enregistrais plus. Mon émotion s'exprime quelquefois de cette façon. Peut-être y a-t-il tout simplement un moment où je ferme les yeux sans m'en rendre compte, pour ne les rouvrir qu'une fois la crise passée.

"Elle n'est pas malade, elle n'a rien, je sais qu'elle n'a rien." Mes paroles sonnaient faux. Ma force s'était envolée et il réapparut. Il était semblable aux plantes cultivées dans les contrées sèches, rocailleuses. Sa raideur le rendait fragile. Cette pensée et, peut-être, le froid qui de toutes parts s'engouffrait en lui firent apparaître le squelette, cet "autre" qui nous survit. Je n'arrivais pas à faire abstraction de la structure indestructible cachée sous la peau fine de son front, de ses pommettes. Une idée absurde me traversa l'esprit. Il y avait un rapport différent entre lui et son squelette, mais il ne devait surtout pas apprendre que je l'avais découvert. Pour lui donner le change, je fixai ses yeux qui, dans la faible lumière du hall, étaient toujours aussi clairs. Mais je savais que chaque parcelle de mon visage pouvait me trahir.

"C'est donc de ça que vous avez parlé, elle vous l'a dit." Sa voix neutre n'avait rien d'inquiétant. "Venez !" La porte du fond était probablement restée ouverte et le froid de la nuit remplissait le hall, dressant devant moi une muraille invisible. Je ne pouvais pas bouger. "Qu'est-ce qui vous arrive ? Vous renoncez ?" J'étais très loin.

Le garçon qui occupait le lit voisin du mien à l'internat avait les yeux à la verticale. Nos yeux sont horizontaux, stables ; les siens étaient minces, taillés en hauteur. Je craignais toujours de les voir perdre leur équilibre et se renverser, provoquant des désordres aux conséquences imprévisibles. Toutes les horreurs qui peuvent survenir en rêve (et que nous ne réussissons jamais à subtiliser entièrement à la nuit car, comme celui des ouvriers des mines de diamants, notre chemin vers le jour passe devant un gardien infaillible) me menaçaient en même temps. Ma terreur de ce qui risquait de se produire dans ses yeux provenait sans doute aussi du cri qu'il poussait parfois pendant son sommeil. Ce cri fait également partie des choses indescriptibles. J'allumais et je voyais encore dans son regard le reflet d'une révélation intolérable déjà repartie dans le domaine interdit – comme les lézards qu'on aperçoit un instant à peine dans l'herbe.

Je fus arrêté par le pressentiment d'une catastrophe de ce genre. Par autre chose aussi.

Je ne comprends toujours pas (à moins de croire à une perversité précoce des enfants) pourquoi elle me racontait toutes ces fables dont elle avait certainement remarqué l'effet dévastateur qu'elles avaient sur moi. J'étais tout particulièrement impressionné par des créatures dont j'ai oublié le nom, créatures nées d'un être humain et d'un esprit. L'existence de ces monstres – je voyais défiler vertigineusement sous mes yeux leurs corps hybrides, aux membres, à la tête ou au tronc immatériels – et, surtout, leur contact plein de surprises me mettaient dans un état de complet déséquilibre. J'ignore quel plaisir cela pouvait bien procurer à cette fillette d'une dizaine d'années, pareille à toutes les autres, auxquelles je ne faisais pas attention.

Il ressentait la même joie sournoise, je le lus dans ses yeux. Il savait qu'il allait me faire du mal, énormément de mal.

Dans la lumière – il s'était légèrement éloigné et je le voyais mieux –, ses yeux prenaient la teinte des briques violettes, ce qui me fit penser aux souterrains du château. Son expression tendue me suggérait cependant une autre explication. Peut-être n'agissait-il pas seulement par sadisme. S'il avait deviné la raison de ma visite, il voulait m'utiliser : je ferais part à l'autre de ce que j'avais vu.

Aucune issue, je le savais. Il n'avait pas besoin de se presser, de profiter de mon moment de faiblesse – je le suivrais de toute façon. Au contraire, il prolongeait peut-être exprès cette scène, pour me tourmenter encore plus. Je ne pouvais pas détacher mes yeux de ses mains jointes devant sa poitrine, en un geste dont l'extrême fausseté ne m'échappait pas, mais que je n'arrivais pas à identifier. Il aurait, bien entendu, préféré emmener l'autre vers elle plutôt que moi. J'admirais son extraordinaire maîtrise de soi. En ne réagissant pas à mon geste brutal et apparemment incompréhensible, il avait trouvé la meilleure façon de me prouver sa supériorité.

Je fais souvent un rêve dans lequel je tire presque à bout portant tous les coups de mon revolver sur un adversaire qui continue néanmoins à sourire et qui, de ce fait, devient un intime, au point de me donner soudain l'impression d'être en moi et de guider ma main tremblante. Alors, dans le miroir qui nous voit (là, j'adapte les révélations du songe aux limites de notre perception diurne), je découvre que je suis la victime de l'agression la plus étrange, puisque le bras qui me tue m'appartient.

Un doute sur mon geste, dont je me demandais s'il avait dépassé le stade de l'intention, me plongea, selon un processus analogue, dans le même genre de panique. Je voulais absolument savoir à quoi m'en tenir. Un seul moyen pour cela : le frapper à nouveau, mais cette fois-ci les yeux ouverts. S'il ne réagissait pas, cela signifierait que je l'avais réellement agressé. Je le rattrapai et, naturellement, je ne fis rien.

Il s'arrêta devant la porte du salon et dit d'une drôle de voix, comme s'il voulait se décharger d'une responsabilité : “C'est vous qui voulez la voir.” Cette dernière hypocrisie ne m'atteignit même pas. Lorsqu'il ouvrit, je fus enveloppé par un flot d'air torride, étouffant. Il y a une chaleur que je ne connais que trop, celle d'une pièce où se trouve un corps brûlant qui a du mal à respirer. Mais cette chaleur-ci n'avait rien d'humain. Je pensai au souffle ardent des murs calcinés après un incendie qu'on vient d'éteindre. Elle, dans cette atmosphère…

Ce ne fut pas volontairement que j'évitai de la voir. J'avais sans doute choisi cette solution à l'avance, mais inconsciemment. Lorsque j'entendis de nouveau tourner le commutateur, je gardais les yeux fermés depuis je ne sais combien de temps.

Je vécus la surprise d'une libération presque miraculeuse (en dépit de sa simplicité) et simultanément l'amertume à laquelle elle se rattachait indissolublement. Je flottais, triste, sur l'eau saumâtre de mon humble paix reconquise, accablé par ma lâcheté, quand je le sentis, lui, à côté de moi. J'entendis la porte se refermer derrière nous. La faible lumière qui glissait sur les murs humides évoquait une modeste agonie – les battements d'ailes de plus en plus espacés d'un papillon blessé. J'éprouvais, plus net à chaque pas, un sentiment de désertion qui signifiait cette fois renoncer définitivement à quelque chose qui n'avait jamais été clair, qui pouvait devenir la cause de grandes peines, mais qui se trouvait sur le passage de la vie. En reculant, j'avais muré une porte. Tel est probablement mon destin : rebrousser chemin. Je le sais depuis toujours.

Notre ballon était tombé de l'autre côté du mur haut de trois mètres qui séparait la cour du lycée du jardin d'un voisin. Je grimpai sur un tas de gravats jusqu'au faîte du mur, derrière lequel poussaient quelques jeunes peupliers à peine plus élevés. J'aurais dû sauter en essayant de m'accrocher à leurs branches pour ralentir ma chute ; mais si elles étaient plus rigides qu'elles n'en avaient l'air, elles risquaient de me blesser. Finalement, je n'osai pas sauter. Les railleries de mes petits camarades furent vite oubliées. Mais pas l'amertume d'avoir renoncé à une tentation aussi forte que contraire à ma nature et dont je savais que je ne la retrouverais pas. (Si j'étais revenu à une heure où il n'y avait personne dans la cour, je n'aurais probablement rien ressenti au sommet du mur.)

Le moment dont on ne se souvient pas, c'est souvent le dernier. Avant ce moment-là, je me rappelle l'avoir regardé encore une fois. Au lieu de l'expression victorieuse à laquelle je m'attendais, je retrouvai la tristesse vue dans ses yeux le jour où nous trinquions chez moi. Je fus si surpris que je m'arrêtai et il resta immobile lui aussi, se reflétant entièrement dans mes yeux. Il aurait été balayé comme un tas de cendres si un courant d'air avait alors traversé le hall ; quand il ouvrit la porte j'eus peur, mais dehors l'air était inexplicablement calme. Il ne me raccompagna pas, ne fermant donc pas à clé la porte de la cour derrière moi. Comment savait-il que je ne reviendrais pas ?

XVII

J'étais descendu comme d'habitude pour prendre mon courrier. En rentrant, je trouvai mon visiteur de la veille assis sur la chaise sur laquelle je range mon pantalon le soir avant de me coucher. Je crus d'abord lire la déception sur son visage ; une déception discrète, il est vrai, à peine perceptible sous ses traits ravagés par la fatigue. Mais, l'observant mieux, je me dis que je me trompais peut-être. C'était plutôt une espèce d'apathie qui pouvait cacher n'importe quoi et tout aussi bien ne rien cacher du tout.

Tandis que je l'examinais, le spectre se balançait légèrement devant moi, comme un noyé que j'ai heurté un jour en barque. Sous le choc, ce que je prenais pour un tronc d'arbre se retourna et je vis tout à coup une tête enflée, d'une pâleur crayeuse, le menton et la bouche dans l'eau, dont les petites oscillations découvraient puis recouvraient la lèvre supérieure du mort. Chaque fois que la tête s'enfonçait un peu, il me semblait discerner dans les yeux écarquillés une expression, presque comique, de dégoût.

Je me mis à déambuler dans la chambre. Lorsque je jetais un coup d'œil sur la chaise, je le voyais toujours de face. Je savais que, pour en tirer quelque chose, il me faudrait beaucoup de patience (et donc de temps, qui se mesure différemment quand il s'agit de celui qu'on passe avec des spectres), or c'est précisément la patience qui me fait défaut. Dans un certain sens, sa visite n'était pas inattendue.

Elle était au contraire parfaitement explicable : un appel que je comprenais aisément. Y avait-il un autre message ? Apparemment non. La tête livide (tournée à cent quatre-vingts degrés par rapport au torse), qui me regardait d'un air impassible au-dessus du dossier de la chaise, me fut brusquement insupportable. Je sortis.

C'était un matin peu ordinaire. Lavées pendant la nuit, les maisons avaient été ensuite placées dans la vitrine du jour, brillantes de propreté. Il devait être tard ; je n'avais pas entendu, sur mon passage, s'ouvrir la porte du tailleur, ce qui signifiait qu'il était déjà en ville pour ses affaires.

Il m'arrive de surprendre la nuit des bruits rappelant ceux qui fusent pendant les entractes derrière le rideau baissé. Le lendemain matin, je trouve toujours du nouveau. L'éclosion des fleurs dans les jardins, la brusque arrivée de l'automne, ou des révélations moins importantes : une perspective pas encore remarquée ou simplement la couleur vive d'un toit. Ces découvertes sont parfois liées à d'autres, plus intimes.

Si, cette fois-ci, la nuit ne m'avait averti en aucune façon des changements survenus, cela était dû au sommeil de plomb dans lequel je m'étais réfugié. Plutôt un évanouissement que rien ne pouvait traverser. Ma surprise fut d'autant plus forte quand je m'aperçus que l'ordre des saisons était à nouveau perturbé. Ayant l'odorat très fin, je reconnus instantanément le parfum de la faible brise qui me caressait le visage. Lorsque les neiges commencent à fondre, ce messager parcourt la ville encore engourdie. On devine alors autour des branches dénudées une lumière pareille à celle dans laquelle éclatent les bourgeons ; dans l'eau oubliée par la pluie dans quelques fossés, la fraîcheur du dégel. Léger, le corps cherche l'espace.

J'étais tellement troublé que, sans reconnaître l'endroit, je m'arrêtai pour contempler les nuages blancs reflétés par de larges vitres. Soudain, leur image disparut et, à travers la vitre qui était un instant plus tôt un miroir réfléchissant le ciel, je vis la salle déserte du café. Chaises et tables y baignaient dans une tout autre lumière, triste, blafarde, qui s'empara de moi sans être gênée par le dérisoire obstacle des carreaux.

Trop souvent, un détail secondaire, un fait sans aucun rapport avec moi (la sinistre sirène des bateaux, par exemple) suffit pour m'empêcher d'oublier ce que je ne veux plus savoir. Rien ne subsiste de ma brève sérénité. Je n'entrai pas dans le café, mais pas parce que je sus résister à la tentation. Je ne me fais pas d'illusions. Mes initiatives ne sont pour la plupart que le lointain reflet de transformations qui se produisent indépendamment de moi (à un niveau auquel j'ai l'impression de ne plus être présent, à un niveau débouchant sur l'autre extérieur).

J'avais décidé de me sauver de chez nous. Il y a si longtemps de cela que je ne me rappelle pas pourquoi. Ce fut d'ailleurs mon unique tentative d'évasion. Je mis le pantalon long d'un costume marin. Lorsque je m'approchai de lui, le caissier du bac consultait sa montre de gousset, dont la chaîne ressemblait à celle de mon père. Je rentrai sagement à la maison.

Je m'éloignais du café quand je reconnus le grincement du tourniquet. Je me retournai rapidement, mais la personne qui venait d'entrer avait déjà disparu. J'eus une idée saugrenue : la porte à tambour avait peut-être accéléré exprès pour lui permettre de s'éclipser.

Le mirage était passé. Le vent sentait à nouveau la poussière et chuintait comme une pantoufle traînée dans un couloir crasseux. Pourtant, le parfum infiltré partout ne s'était pas encore complètement dissipé. Lorsque le tailleur apparut devant moi, je fus bloqué à la pensée du saut acrobatique que j'aurais à faire pour me situer sur le même plan que lui. (Mes rapports avec Kati ont une qualité : ils ne m'imposent pas cet effort. Le réglage qui s'opère dès que je me trouve avec quelqu'un d'autre, et qui dépend notamment de son humeur du moment, n'est pas nécessaire quand je suis avec elle.)

Vu dans la rue, le tailleur donnait une tout autre impression. Il avait l'air petit et pitoyable, comme le cheval de bois trouvé dans le grenier, quand je l'avais sorti du coin où il pourrissait parmi d'autres jouets oubliés.

Il m'adressa la parole avant que j'aie eu le temps de décider si je m'arrêterais ou non. Sa figure ne trahissait en rien ce qui allait suivre. "Le monsieur d'hier est revenu cette nuit." Interprétant de travers mon étonnement, il ajouta : "En votre absence." Je ne voyais pas pourquoi il m'aurait menti et pourtant ce ne pouvait pas être vrai. Mon visiteur n'avait aucune raison de revenir la nuit dernière. Je regardai le tailleur dans les yeux. "C'est bizarre. J'éclaircirai cette question." Les deux plis habituels réapparurent sur son nez rouge, et ses yeux aux paupières tremblantes se firent encore plus humbles. Je ne l'avais jamais pris en flagrant délit de mensonge, mais cette fois-ci j'étais sûr de pouvoir le faire, aussi répétai-je, menaçant : "Je vais éclaircir cette question, et tout de suite." Il baissa le nez, cachant son regard, et je le soupçonnai de sourire. J'eus un brusque pressentiment et je m'éloignai.

Il était inutile de courir, surtout si mon pressentiment se vérifiait, mais je n'arrivais pas à ralentir mon allure. En plein jour, les apparitions sont beaucoup plus désagréables. Sans doute à cause de l'effort accru nécessaire pour garder le contact avec elles. J'apercevais par moments l'inconnu parmi les silhouettes des passants filant à côté de moi et je le vis même avec l'expression hilare du noyé heurté en barque. Du coup, je me hâtai encore plus. Le temps s'était-il mis à courir aussi ? Une lumière de fin de jour nous entourait. Et plus cette obscurité artificielle s'épaississait, plus son image devenait claire, comme au cinéma quand s'éteignent les dernières veilleuses.

Des mois durant, je fus hanté par le visage d'un pion qui avait fait un court passage à l'internat.

Un visage anodin, une voix impersonnelle, rien ne justifiait le nombre de fois où je crus, par la suite, le reconnaître ou l'entendre en traversant la foule, si ce n'est le voir s'avancer vers moi ; cela, jusqu'au moment où, de très près, je réalisais mon erreur. Lorsque ces rencontres cessèrent enfin, mes interrogations ne portèrent plus sur le secret de mon intérêt pour lui, mais sur l'identité et les mobiles de celui qui agitait son double devant moi. Je n'obtins évidemment pas de réponse et je finis par me dire que j'étais peut-être l'objet d'un malentendu. L'apparition devait être destinée à quelqu'un d'autre.

Ce n'étaient pas de tels doutes qui m'assaillaient à présent. Les raisons de m'intéresser au nouveau venu étaient évidentes et il s'agissait bien de moi, mais le message ne passait pas.

A dix pas de l'hôtel, la vision disparut comme le leurre dans les courses de lévriers, une fois la ligne d'arrivée franchie. Le portier me répondit avec cette humilité professionnelle signifiant qu'on se charge de tous les torts, même si l'on n'est nullement concerné. "Ce monsieur est parti ce matin." J'avais fort bien compris, sans d'ailleurs m'étonner, et pourtant j'insistai : "Il est sorti, c'est-à-dire ?" "Non, il est parti pour de bon, il a réglé sa note et il est parti."

Je restai sur place, immobile. J'entendais le bruit sourd d'un corps disparaissant dans les flots.

Pendant que je me trouvais dans le hall de l'hôtel, le décor et la lumière avaient encore changé dans la rue. Les maisons s'alignaient à nouveau le long des trottoirs, mais toutes de la même couleur incertaine. Les branches grises qui dépassaient au-dessus des grilles des jardins étaient effeuillées depuis longtemps. Avenues et ruelles se suivaient, pareillement vides. Les rares passants s'éclipsaient dès qu'ils me voyaient arriver. Je pensai à une forêt dans laquelle la montée de la sève aurait brusquement cessé. Je faisais partie de cette forêt.

Le déroulement précipité du cauchemar s'arrête quelquefois d'un seul coup. Je me retrouve alors dans un territoire inaccessible, simplifié à l'extrême. L'air et la mer ne font qu'un. Le sable sur lequel je repose – je suis peut-être au fond de la mer – n'est que sa propre douceur. Ni lumière, ni obscurité. Un silence qui permet de sentir battre le cœur des cellules.

Lorsque je suis à nouveau sur terre, les choses ont du mal à trouver leurs contours. Flou, le passé hésite quelque temps au bord de la réalité.

J'ai fait ce parcours assez souvent mais, cette fois, je restais coincé entre les deux mondes.

Seuls parvenaient encore jusqu'à moi le bruit de mes pas et parfois, presque invisible, le glissement d'un passant sur le même trottoir.

L'événement se produisit dans ce vide.

Tout changea soudainement et plus rien d'autre n'exista. Comme les innombrables feux d'artifice d'une fête extraordinaire, la jeune fille éclata en moi. Il n'y avait plus qu'elle, affranchie de tout lien, aussi libre que la lumière, faisant de ma solitude, comme d'une nuit zébrée par des balles traçantes, son espace.

Son image ne passait par aucune des voies du jour. Elle n'eut pas à traverser le pauvre tunnel de mes yeux, ni à troubler son halo de silence, pour que je l'entende.

Elle me parcourait jusqu'à la confusion de nos êtres. J'étais transparent et double. Je savais que jamais je ne remonterais aussi haut. Combien de temps cela dura-t-il ?

J'essayais d'arrêter l'embrasement, d'extraire quelque chose du feu, de conserver un témoignage, un signe (un de ceux qui ne peuvent pas être décrits !), lorsque le dérapage se produisit.

J'étais à l'opéra. Les danseurs évoluaient sur le devant de la scène, dont le fond était occupé par le chœur, qui figurait la foule bariolée des invités à un bal dans un palais somptueux, il y a plus de cent cinquante ans. Je remarquai immédiatement un costume qui détonnait. (Lorsque je le lui signalai, Kati sourit, pensant probablement à mon ignorance en matière vestimentaire, mais il s'agissait là de tout autre chose.) Je ne voyais plus, parmi les choristes regardant placidement la salle, que le visage terreux aux yeux morts de celui qui ne chantait pas. La loge se remplit de l'odeur suffocante du vieux plâtras qui aspire comme une éponge le souffle des générations. Je savais d'où venait cette odeur. Aucun choriste ne s'apercevait de la présence de l'intrus. Ni sans doute aucun autre spectateur. L'air de plus en plus chargé de remugles souterrains ne dérangeait personne d'autre dans ma loge. C'était bien à moi que le message s'adressait. Toujours le même, périodiquement oublié, mais jamais pour longtemps. Impitoyable.

J'essayai, contre tout espoir, de retourner sur le chemin perdu. Je n'ignorais pas que j'avais subi, comme dans certaines réactions chimiques, une transformation irréversible, mais le gouffre de solitude que je sentais se préparer me fit tenter l'impossible. Chaque fois que la vision terreuse – sur laquelle les années n'avaient plus prise – s'évanouissait à nouveau dans l'ombre dont elle s'était échappée, je me jetais désespérément en arrière, m'efforçant de renouer le fil, de la retrouver.

Mais ses images se désagrégeaient aussitôt. Je m'obstinais en vain, les mains qui devaient modeler son visage ressortaient de plus en plus glacées du limon inerte.

Il y a quelqu'un que je vois bien seulement quand il fait le signe de la négation. Je ne comprends ses autres signes que rarement (il est probable que je ne les remarque pas toujours).

Lorsque je poussai la porte – l'inertie m'ayant ramené chez eux –, je n'avais plus le moindre doute.

Presque calme, j'entrai à pas lents, mais le silence régnant en moi se brisa brusquement – paradoxalement sous la pression de celui, incomparablement plus lourd, qui pesait tout autour – et je me mis à courir comme un fou d'une pièce à l'autre. Les volets étaient fermés au salon et je dus allumer. Je cherchai le lit sur lequel j'aurais pu la voir la veille. Il avait disparu. Les trois fauteuils fatigués posaient comme dans les ateliers photographiques de province.

Derrière l'escalier, il y avait deux chambres. En haut, je trouvai une salle nue, mansardée, où la poussière étalait un tapis velouté, vierge. Je m'accoudai à une lucarne et contemplai le ciel.

Un ciel blanc, immobile.

En sortant de la maison, je choisis le chemin qui passe sous les fenêtres murées.

OUVRAGE RÉALISÉ
PAR L'ATELIER GRAPHIQUE ACTES SUD
REPRODUIT ET ACHEVÉ D'IMPRIMER
EN OCTOBRE 1995
PAR L'IMPRIMERIE FLOCH
A MAYENNE,
SUR PAPIER DES
PAPETERIES DE JEAND'HEURS
POUR LE COMPTE DES ÉDITIONS
ACTES SUD
LE MÉJAN
PLACE NINA-BERBEROVA
13200 ARLES

DÉPÔT LÉGAL
1re ÉDITION : NOVEMBRE 1995
N° impr. : 38375.
(Imprimé en France)